从今天起面朝大海

杨传向 ◎ 著

天地出版社 | TIANDI PRESS

图书在版编目（CIP）数据

从今天起，面朝大海 / 杨传向著. —成都：天地
出版社，2017.7（2025.4重印）
ISBN 978-7-5455-2651-6

Ⅰ.①从… Ⅱ.①杨… Ⅲ.①散文集—中国—当代
Ⅳ.①I267

中国版本图书馆CIP数据核字（2017）第065197号

CONG JINTIAN QI MIAN CHAO DAHAI

从今天起，面朝大海

出品人	杨　政
作　者	杨传向
特约策划	苏白（武汉）文化传媒有限公司
营销统筹	北京京城新安文化传媒有限公司
责任编辑	罗月婷
封面设计	林思彤　严春艳
电脑制作	跨　克
责任印制	田东洋

出版发行	天地出版社
	（成都市槐树街2号　邮政编码：610031）
网　址	http://www.tiandiph.com
	http://www.天地出版社.com
电子邮箱	tiandicbs@vip.163.com
经　销	新华文轩出版传媒股份有限公司

印　刷	三河市同力彩印有限公司
版　次	2017年7月第一版
印　次	**2025年4月第三次印刷**
成品尺寸	165mm×230mm　1/16
印　张	15.75
字　数	247千
定　价	39.80元
书　号	ISBN 978-7-5455-2651-6

《从今天起，面朝大海》对于我来说，是带着土腥味的心情笔记和人生经历。

禅意飘过心灵——在乡间的月色下行走，我的心灵得到洗涤后的安宁；生日听雨，我以一片"秋心"享受着生活哲理；面向社会的大海，我借海子的智慧领悟到某种思想。这些采撷于现实生活中的花絮，经过时间的过滤，渐渐地有一缕禅意在渗透。

淌在血液里的牵挂——我的赤子情怀，让我感受了父母的恩惠，平凡经历的启迪，血乳交融的亲情熏陶，叶落归根的厚重归宿。每个人的生命都是伟大的，它伟大在不屈不挠的生长、无奈的凋谢，以及由此而进入永恒的记忆。

梦燃烧的地方——这块生我养我的土地，既然承载了我，也就让我承载了它。我在返璞归真中认识了灵魂扎根的厚土，是生命的伟大酿造者。而这酿造者，就是老屋、从远古走来的城头山、神秘的涔阳——这里有被称为世界城祖稻源的灿烂文明，有血泪斑斑的历史宝鉴。我顶礼膜拜在它们的脚下，就有一种魂升梦飞的躁动与力量。

灵魂走过的痕迹——人生路上的自然风景和社会风景给了我多少见闻、感知和感动！这些见闻、感知和感动陶冶着我的情趣、启迪着我的心智，它们构成了我视觉的方方面面，刻画出我情感的投点和内心的折射。每当我冷静下来反观这些投点和折射时，我常会有一种心潮澎湃的强烈感觉。原来它是我行走人生的轨迹。

浮游众生的馈赠——一朵浪花、一片羽毛、一次邂逅，也许微不足道，但在自然和社会中，它们会让人感到，与人接触，其获无穷；与物接触，其乐无穷。一个故事、一点教训、一种观念，都是对人的警醒；一件事情、一番经历，都是对人的丰富。

　　生命色彩，不会因为太阳的升起而发光，亦不会因为太阳的落下而黯淡。精神的力量，在用正能量要素和灵魂规格定位以后，就是一颗永不落的太阳。

　　我穿越在古今之间，踏上心灵之旅，物质和精神，是我飞翔的双翼。我更乐于追求心的翅膀翱翔在美丽的梦境。

目录

Contents

第一辑·禅意飘过心灵

在月亮的摇篮里

日月经天，江河行地；天地乾坤，日月交辉。日以阳刚激发生命，月以阴柔创造灵魂。阳光把一切希望引向现实，希望却在月色的清辉里孕成。人们为了希望而在阳光下劳作，而劳作之后又在月的帷幕中休息整顿。地球永无休止地沿着基因的轨迹运转，时间匀速奔跑在没有目标的直线上，只有日月轮流守护着她们怀抱里的生灵代谢繁衍。我敬佩太阳用她的力量创造伟大，也歌赞月亮用她的温情制造魅力。请不要问我到底更爱太阳还是更爱月亮，我只能告诉你我不可能愿意只有左眼而没有右眼，抑或只有左腿而没有右腿。只不过此时此地此景，我独步在朗朗月色中，我的全身沐浴着月光，仿佛一瓶醇酒沿着我浑身的血管，渗透到我生命的所有细胞，我和我的灵魂完全沉醉在她那银色纱帐笼罩的温床。

这银灰的月色呀！从我的生命在短短的九个月紧张地完成了凝结亿万年的进化过程而踏上人间大地起，就映照着我一步步走向今天。孩提时的我，喜欢听着"月儿弯弯，弯上天；月儿圆圆，像搁盘"的眠歌入睡；也喜欢唱着"月亮走，我也走，我给月亮提笆篓"的童谣跟在大人身后。我常在筛银撒翠的大树下听大人们讲述月亮的故事。他们说：月中有桂树，吴刚每到八月就要撼落桂花酿酒；月亮是嫦娥仙子的宫殿，每月十五，嫦娥要在广寒宫里舒袖跳舞。一位老秀才摇着蒲扇，有板有眼地说：月亮者，驾车之神也，曰望舒……望而舒之义也。一位读过西学的青年口齿伶俐地说：月亮是阿尔忒弥斯女神，一位狩猎女神，她那弯弯的蛾眉，也是阿尔忒弥斯神弓的象征。我们村的一位女孩长得花容月貌，大家把她比作月亮，唤名婵娟。

可能是这些许的熏陶，我幼小时的心灵里就种下了钟情月亮的种子。因为这个原因，我爱在向南窗下的床上睡觉，拉开窗帘，打开窗扇，让无论什么时候、什么形状、什么质地的月光都为我盖起生命的居所。也因为这样，我有的是机会去全过程地感受月的恩赐。我曾苦守着傍晚的挂耳月依依不舍地走进夜幕，也曾看着晨曦的镰刀月放飞奇想。由于迷恋圆月的朗色，我常常溜出家门和几个伙伴捉迷藏玩游戏夜深不归。当春月从花间嫩绿中走来时，我闻得到她带来的缕缕芬芳，那驾着暖风飘进家园的香月，吸一口，彻肺透心的清爽。夏月从荷叶树荫中姗姗而来，她挟来丝丝清凉，那轻风的羽毛，抚去酷暑，撩得我骨酥身软，沉沉地进入梦乡。吻过柑橘蜜柚的秋月，是一年中的甜月，她捎着秋天的明信片，洒落在床上床下，我感受到的是叶落果熟的醉意。冬月踏着霜色雪辉而来，用冷静的热情和透明的夜幕抚慰勃勃生机。我看她的银光，充满着催生的智慧，闪烁着希望的祈使，于是领受冬之冰月，我在寒凝大地发现春华。

当然，月的惠赐不只是她的自然属性常常满足我生理的愉悦，更多的是她的性灵和文化气韵无时不在滋养我成长的心灵。我从少年步入青年，在知识的海洋一域打捞，虽然思维的大网漏掉了对我一生的立身行事来说是重要的，却被我的愚钝或漫不经心而忽略了至今还难醒悟的宝石那样珍贵的东西，但对月亮来说，我是把她当作闪光的贝壳牢牢挂扣在网上的。当月色进入《诗经》而被吟作"月出皎兮，佼人僚兮；舒窈纠兮，劳心悄兮"的时候，我看她成为男女相悦相念的情思；在张若虚的"人生代代无穷已，江月年年只相似；不知江月待何人，但见长江送流水"的境界里，我看她是宇宙人生的流年纪事；在范仲淹的"明月楼高休独倚"的情感中，我看她是游子的愁肠；在张先的"花不尽，月无穷"的衷肠里，我理解她为爱情的忠贞；在苏轼的"月有阴晴圆缺，此事古难全"的胸怀里，我理解她为古今变迁之道；在清人万树的《上元灯月》里，月因"层层雪作葩""盈盈飞玉翠""璨璨喷银花"而使人"缓缓寻欢噱，深深夜未休"，成为我心中的快乐天使。

在文化的走廊零星拾萃我自然欣喜，而进入"恋月"诗人李白的"月亮宝堂"，我对月亮文化的丰厚更是惊诧不已。我说李白是"恋月"诗人，因他"酒入豪肠，七分酿成了月光，剩下的三分，啸成剑气，绣口一吐就是半个盛唐"。（余光中《寻李白》）人说他无酒不成诗，我说他好诗伴月成。在他的浪漫情怀里，"山衔好月来""挂在东溪松""月行却与人相随""白露垂珠滴秋月""起看秋月坠江波"。月之形也，如盘如钩："呼作白玉盘""又疑瑶台镜""倏忽城西郊，青天悬玉钩"。月之色也，且清且秀："秀色不可名，清辉满江城""皎如飞镜临丹阙，绿烟灭尽清辉发"。月之情也，可思可诉："举头望明月，低头思故乡""我寄愁心与明月，随风直到夜郎西"。月之性也，时豪时郁："人生得意须尽欢，莫使金樽空对月""孤灯不明思欲绝，卷帷望月空长叹"。月是美人，"翠娥婵娟初月辉，美人更唱舞罗衣"；怜月孤独，"白兔捣药秋复春，嫦娥孤独与谁邻"；愿为月友，"举杯邀明月，对影成三人"；做月舞伴，"我歌月徘徊，我舞影零乱"；借月沽酒，"且就洞庭赊月色，将船买酒白云边"；与月同醉，"醉月频中圣，迷花不事君"……

后来，我带着古月的神采，欣赏王洛宾的"半个月亮爬上来"名曲，领略到的是又一番花月风流。"半个月亮爬上来……照着我的姑娘梳妆台……怎么我的姑娘不出来……请你把那纱窗快打开……再把你的玫瑰摘一朵……轻轻地扔下来……"简洁的歌词，深厚的意蕴，动魄的乐曲，复沓的旋律，是超越时空的透力，是敲击灵肉的鼓点，是唤醒人性的纯真，是撩逗欲念的留白……陶醉于神韵空灵的幻境，我在内心不禁轻轻呼唤：月光，你这多情的姑娘，没有你，灵魂安在？你这美好的使者，没有你，生活何依？你这性情圣者，没有你，感情何托？

我的思维的触须，再度投放到现实的月，是受了于勒·列那尔的警示和莫泊桑的启发。于勒·列那尔在《月亮印象》里说："神秘的月亮使无知者的心里难受。对于一位不能讲出点有关她的新鲜东西的诗人来说，月亮即绝望的象征。"我不是诗人，但在月亮面前，我算不算个有知者？我能讲出点有关她的新鲜东西来吗？无论怎么搜索我之所见所闻所学所想，都不敢给出肯定的答案。正在我心虚得几乎绝望的时候，莫泊桑的《月光》指点我：大自然中的一切都是按照一种绝对的、奇妙的逻辑造出来的。有一个"为什么"，就有一个"因为"，它们永远是互相平衡的。创造晨曦是为了使人们一觉醒来感到身心舒畅，创造白日是为了使庄稼成熟，创造雨水是为了浇灌庄稼，创造黄昏是为了促进睡意，创造黑夜是为了安眠。那么，创造月亮呢？月亮为什么有盈有缺，有朦有朗，有隐有现？在思维的探索中，我渐渐感到了朦朦月的深沉、穿云月的锐进、朗月的豁达。

朦朦月披着淡淡的云彩，顶着薄薄的纱巾，呼吸着微雾的气息，躲躲藏藏、不声不响，静悄悄、羞涩涩而至，也给夜的世界带来静悄悄、羞涩涩——风不动，树不摇，小鸟不飞也不叫……宇宙茫茫，鸿蒙空旷。每一个生灵，都独立在世外仙山的蜃楼，歇息自己的灵魂。而当此时，我却可以走进时空隧道，去探索我生我灭之间的所思所想和所作所为，以及以何物何证去作为我之所思所想和所作所为；由此推及我生我灭似的前人及前前人、后人及后后人，他们在如我所在的月境下，会有何思何想何作何为，而又以何物何证去作为他们的所思所想和所作所为。

穿云月在天宇的浩瀚波涛或重峦叠嶂中搏击攀越，行行复行行，日复一日，月复一月，年复一年，似乎在意坚定不移的方向而不在意目的，只求逻辑严密而踏实的过程而不求结果。乌云遮挡了她，大山阻拦了她，但不久，她便又出现了。有时"昨夜西风凋碧树，独上高楼，望断天涯路"；有时"衣带渐宽终不悔，为伊消得人憔悴"；有时"众里寻她千百度，蓦然回首，那人却在，灯火阑珊处"。圆也好，缺也好，现也好，隐也好，没有博大的胸怀，沉睿的哲思，谁能做到？穿云月的境界是不是可以烛照洞视患得患失、裹足不前、只求胜不思败而胜不得也败不得的灵魂呢？

朗月只有在朦朦月、穿云月之后出现，才能更显出她的风范。朗月之现也，阴霾尽扫，天壁碧透，夜色空明，大地耀辉。山也、水也、小桥也、田野也、房屋也，都找到了自己的角色定位。无论谁在朦朦月之后见到朗月，都会在冥冥中获得"山重水复疑无路，柳暗花明又一村"的感悟，或"忽如一夜春风来，千树万树梨花开"的豁然，或"俱怀逸兴壮思飞，欲上青天揽明月"的志怀。尤其对于一个苦于前路不爽，耽于命运多舛的人来说，朗月是盆火，它可以融化结冰的心；朗月是一杯酒，它可以激动缓滞的血液；朗月是一阵春风，它可以催生被埋藏的理想的种子；朗月是一柄利剑，它可以劈开封锁光明的心胸；朗月是一架风筝，它可以载着灵魂飞进快乐的童话。

我常常在朦朦月和穿云月下检点自己，勾画生命曲线；在朗月下安慰自己，舐舐身上的伤口，放飞快乐的翅膀。

记得少小的我，想挣点工分为在贫穷中辛苦挣扎的父母减轻点负担。有一次，以稚嫩的肩担起九十来斤稻谷步行五里路程到粮店交公粮，一路气喘吁吁，汗流淋漓，几十米一歇，肩痛如灼。从后面大步流星而来的担着150斤稻谷的五大三粗的生产队长，对我一顿抢白："这么没用，将来蹲在饭甑里都要饿死！"歧视和轻蔑使我好痛心，幼稚的我竟然夜不能眠，独在月下，以蒙眬的泪眼对着穿云走雾的朦朦月，企想着有力量能够搬开压在家庭之上的贫穷的石头，并报唾言之怨。

参军入伍了，我戴着五星，佩着领章，扛着钢枪，在边关哨卡，一边用刺刀挑着月亮巡行，一边幻织穿着戎装的理想，感到一身是胆，浑身是劲，豪气满怀。可几年的服役期弹指而过，我还没来得及迈进理想的门槛，便解甲归田，心里又是一阵失落。也是穿云走雾的月，启发着我与之同行，在隆冬屋后清冷寂静的大堤上，在炎夏蚊虫嗡嗡围攻的油灯下，抛弃过去，望着未来，跋涉唐宋，攀登数理，踏进了大学门槛。在大学里，又在校园月色下，构筑"三尺讲台一支粉笔"的梦。

大学毕业三十年矣，我的黑板上的圆圈沿着梦的曲线快画圆了，但在这圆圈里填充了些什么呢，我仍是怅然。我怅然于圆圈里的现实与梦境的需求太远。我不得不思考退休，及之后如何打发生命！

今天又是一个穿云月夜，一个农历十五的夜晚，是我该尊重日历计算并策划生年的时候。我缓步在湖滨稻乡的小道上，去欣赏那一轮孤月。这里的月宁静，没有城里的喧闹浮躁；这里的月清新，没有城里的浑浊混杂；这里的月纯洁，没有城里的光怪陆离。我可以静心地一边看她在大海的波涛中游泳，一边想象我的退休哲学。月亮一头扎进浪里，不一会儿又在波谷闪露一下笑脸，然后又一头扎进下一座大浪……我想，退休的这一天到来，职可退而休之，但生命却无权休而退之。没有了职却可以有业。无职一身轻，轻松好做事。在这个时候，也只是这个时候，无岗位之局限，无时俗之缠绕，无名利之侵袭，无目的之逼迫，我才可以最终找回我的灵魂，找到我的自由之身。我才可以在我个性的房子里，放上张事业的温床，安置我的生命……那一路心无旁骛、匆匆忙忙穿浪而行的孤月，已经甩下了身后无数道浪涛，而她的前面同样有无数道浪涛她要去钻，谁也不知道，她也不去考虑她要钻到哪一道浪涛为止……我往后能做的事有多少呢？我该做些什么事呢？请原谅我不能回答这个问题，我的事业只能在我心底，在我手头。因为太多的等待希望的教训，把我训练成熟练的习惯于做了才能说，或者做了也不必说的人……

就这样一路地想下去，我行走在家乡湿地田间的小道上，我追着月的影子，我攀爬在灵魂的高山，我在月的乳汁的色泽和蚕丝的柔软营造的和谐中憧憬着我生命的真正黄金时代。

突然，眼前透亮起来，抬头一望，天色瓦蓝，云已隐去，朗月当头，光华如洗，一天明辉，把个夜变成了水晶宫。我的心也随着眼的视觉一下亮堂起来，我不觉想起了我曾为一个学校的教师写的一首《惜时自警歌》来，歌曰：

月到下弦光阴少，人到老暮叹息多；唯有少壮勤努力，春华秋实果丰硕。惜时如金自有金，笃志砺行莫空过。劳动之余休息好，精力充沛利工作；饭后茶余光阴贵，探索创造有开拓；时似海绵可挤压，志者得来乐呵呵。"时间空余难打发"，只有庸者如是说；身边时流他不觉，岂知瞬间机遇过；娱乐嬉游荡时光，消耗生命是罪过；转眼岁月染白发，回首万事成蹉跎。人心敬你凭能耐，莫把俗见放心窝。从来业精执着者，时间载志不懈惰。白驹过隙抓不住，唯有事业谱赞歌；心血育人付流年，桃李天下自康乐。

我觉得"惜时自警"，对我，尤其是这个年龄段的我，最重要不过了，只不过针对这个年龄段，要补正几句，即：年随造化心由己，不暮朝气无怠惰；少也拼搏老也勤，季季花开季季果；老骥伏枥壮志在，万事可成生命歌。

远处，大湖水晶宫的一角，仿佛立着两个影子。我内心感应到，他们该是于勒·列那尔和莫泊桑。他们似乎知道了我与月亮的一些事情。我感到了他们的微笑。

好一个生梦、追梦、圆梦的月亮呀！你，一个深沉的哲人。没有你，灵魂何在？生命何安？

【湖南作家网的评论家芙蓉j评论】

这篇散文汪洋恣肆，意象雄浑飞越，想象奇特丰富，情致滋润旷达，给人以超凡脱俗与崇高美妙的感受，在论坛上独树一帜。你的文章体制已脱离文学体形式，进入到纯粹抽象思辨的哲学本体论。标志着论坛散文已经发展到成熟的阶段。可以说,《月色心灵》(此文原名《月色心灵》,改名为《在月亮的摇篮里》)代表了论坛散文新的成就。

生日听秋

今天,我独享生日秋声。

我今天生日的秋声,非太阳绽开桂花引来秋蜂子的闹香之声,非飘红的落木对"父母"的依恋之声,亦非南迁的大雁鸣叫长空的悲凉之声。乃是风携雨点唤清秋之际所发出的,兰亭微茫曲水潺,杨柳婆娑霓裳舞,千家掩户西窗敲的天籁。

这天籁,天地人为我所馈赠也。

在我度过的几十个生日里,还没有一个像今天这样得天地人之缘的。

我上查天谱,老天把我的生日注定在八月又二十八的吉日后,却没有哪一位圣神来与我争福分。

我下勘人缘,今天除了手机上收到两条信息外,再没有一人来干扰我的独得之乐。

此刻,我的父母在秋风黄草掩映的另一个世界里,他们已经超脱了尘世,当然忘记了他们凡尘的儿子及其生日。要说儿子的牛日是母难日、父恩日,该是做儿子感恩父母的时候。可是今天,父母却不能像以往那样接受我的感恩跪拜了,我的感恩只能变成默默的心灵祷告,但这祷告,是凡间俗礼,我怀疑他们在极乐世界是否签收?尽管如此,我还是走完这个程序,让独享生日秋声的心多了些许安慰。

老婆、孩子身居远方的家乡,她们只能在手机上用电波来表达她们的心意。这让我独享生日秋声的心情单纯起来。

亲友,对于他们来说,别人的生日,是需要提醒的。我独居一隅,愿意用这个"提醒"招来麻烦吗?因为我不会做口味时髦的饭菜,特别是越来越没有了酒量,更不喜欢打牌,再加上父母生我时又忘记了送我唱歌跳舞的天分,所以我害怕用提醒干扰他们从而干扰自己此刻的心境。

对于兄弟姊妹们也是如此。他们也是背井离乡，各居一方，忙忙碌碌地苦苦经营着自己的生计，我不想他们为我的这个日子而做千里之赴，以致浪费时间、丢下事儿，这样倒使我不安宁。

过去的生日，虽然宾客盈门，但不主要是我在职的原因，而主要是父母和老婆的操持。他们操持出场面后，热闹是他们的，我只有忙碌作陪的份儿，而忙碌作陪完了，感觉所得除了一身疲劳，什么印象也没有。哪有我今天这样的自然、自由、自我，独享的惬意！

若说地缘，除了远居的陌生送给我宝贵的单纯与安静外，最主要的是此地恰是时候、恰到好处的一天秋雨，洗去了城市的浮躁和尘世的纷扰后，把爱闹"不夜天"的脚步早早地禁锢起来，把我的居室静默在秋声里，让夜尽快进入我的空间。我周围的时间和空间一下变成了我生日的独有。

本来，这白天的秋声不是没有的，只是今日白天的秋声很细微：雨不够，风不够，当然也就声不够了，更何况还夹了些"杂质"呢？这杂质是最影响事物质量和心情效果的。比如，这秋声在田野的稻穗上，人们想到的是"雨打黄谷日晒麦"的愿景，秋声并不被关注。如果在篱边绽开的菊花瓣上，人们的思维又被"采菊东篱下，悠然见南山"的意念牵扯着，谁还去在意那微妙的秋声。倘若在小路渐衰的草尖顶，又太轻了，太纤弱了，不够味道。雨打红伞的听觉好吧，可是往往容易被婀娜多姿的倩影和风韵楚楚的脚步变成浪漫的情调，谁还去品那伞上秋声。雨打枯荷和落叶的秋声要说是出色的，但它们那抢眼的视觉形象，自古以来所引发的就是灰暗的悲愁情绪，人们所悲者，不在声也，而在形也。世界上的事物就是如此——若是有了杂质后，那杂质就会干扰本质，改变主体的味道。今天白天的秋声就是这样。

总之，秋声纤弱了不好，移情易性了不好，浪漫和沉郁过分了也不好。只有本色的才好。本色的秋声，无形无色无味，若即若离、若实若虚，能够给每个欣赏个体，留下安置自我感情或灵与肉的空间，只有这秋声才是真味道的正宗秋声，有张力、不落窠臼、使每个人有所得的秋声。这样的秋声，发生在今天的夜里，所以，我生日秋声的真正享受是夜里。

秋雨夜浓，秋声夜漫。雨幕一拉紧眼帘，我就关闭了手机，进入薄衾，这时，我的感觉真好——

不念天地之悠悠，无怆然而涕下。虽作老骥伏枥而不去志千里；虽叹烈士暮年而已无功名壮心。我尽管放松身体，静听雨奏秋声，让三百六十万个细胞无拘无束地享受老天送给我生日的礼物；让三万六千条血管无声无息地流淌秋声酿造的酒浆，让与宇宙同大的脑袋贪婪地摄取秋声激活的意象……何其爽哉！

户外，我闭了眼去想，该是这样的情景了吧：云暮楚江隐浊浪，雨洒街巷帘晚灯，红叶留声不见影，但凭一釜煮秋魂。

逆风在我的房居周遭处处寻找罅隙，它们把秋声演唱会的广告片反复地塞进来，这夸张的宣传让我高度重视起来。我坦卧在榻，深味细品，感觉雨点似乎渐密了，雨声似乎渐大了。窗户的不锈钢遮雨罩上噼噼啪啪、哇里哇啦地演奏的秋声渐渐进入高潮。主旋律即起，和弦萦绕，插曲突兀，韵律悠长，节奏错落，长短有度，洪细有致。

我好像被这动人心魄的雅致秋声煽动了幻觉，听到了浔阳古渡那"大弦嘈嘈如急雨，小弦切切如私语；嘈嘈切切错杂弹，大珠小珠落玉盘"的琵琶演奏，看到了老白与那个用琵琶遮面的女子，他们的两颗心，在沦落的天涯互相倾诉。我怀疑这在我的不锈钢遮雨罩上拨弦击节的秋声，就是他们来碰撞我生日的眼泪。

我仿佛被这秋声化为羽毛，飘到巫峡云雨间。在那里，我看到了峡谷急湍，那山狃流水，怒了浪花，醒了猿猴，急了扁舟，愁了舟子。这时，舟中主人把唐风揉进秋声里，吟咏着"巴江猿啸苦，响入客舟中；孤枕破残梦，三声随晓风；连云波澹澹，和雾雨蒙蒙；巫峡去家远，不堪魂断空"的诗句。吟罢，凭舟眺远，潸然泪下。我知道这正是吴商浩，怀疑他此时而来，就是要把我不锈钢遮雨罩上的秋声，变成我生日之夜思亲伤孤的情绪。

夜深了，风起了。雨点敲心鼓，凉风吹魂笛，撩动着我生命历程中的段段情结、股股情思。我在旧情的记忆海洋里打捞，竟然发现了老杜从他那个时代留给我的漂流瓶，瓶封着一张生日贺卡，上面写着《吹笛》赠语：

> 吹笛秋山风月清，谁家巧作断肠声。
>
> 风飘律吕相和切，月傍关山几处明。
>
> 胡骑中宵堪北走，武陵一曲想南征。

从今天起，面朝大海

故园杨柳今摇落，何得愁中曲尽生。

一曲笛魂韵，满腔边塞愁，牵出了本来过去已久的军旅情，勾起了我的戎马思。

于是，我意念遂起，心流汩汩，禁不住诌出杂韵"打油"，曰：

岁也花，发也花，十载军旅去无涯，白首夕阳下。

说解甲，就解甲，天安门前把泪洒，卅年老田家。

心无归，情难归，思绪常在梦中飞，铁戈疆场挥。

军号催，战旗催，溢洋豪气星月坠，壮士功高碑。

紫荆关，狼牙关，狂飙卷雪筑艰难，攀登若上天。

心相连，手相连，前仆后继唯争先，风光览绝巅。

黄河边，大漠边，千里奔驰一夜间，汗血染衣衫。

涉水滩，过沙滩，雄关漫道英雄汉，寒霜凝刀尖。

常思念，音书念，戎马倥偬唯望南，浓情付飞雁。

父眼干，母泪干，但藏家国甲胄间，忠孝不能全。

乡也安，城也安，万家乐享太平年，唯我夜无眠。

时事迁，情景迁，如今谁还念着俺，袖笼星斗伴。

星偏西，云起西，秋声渐起雨打衣，鬓华心事堆。

…………

如今，我只能把自己当梦蝶庄周，感叹人生，去对镜观发惜暮，看桃李堆烟，残蕊飘津了。身临其境，又不得不在岁月交接的风雨中，任凭新陈代谢，光阴促老。无奈之下唯有酒饮黄昏，心忧无成，让杯里春秋，愁面消骨，去悔那在驰骋红尘的劳碌里，让功名误了的人生。

现在反思起来，倒觉得还真是，古往今来秋声里——

王府雕阁杜甫楼，把盏消愁，思绪悠悠。志怀梦里已为君，铁马金戈，要塞春秋。头疏华发岁自流，公瑾祠空，武穆凄忧。黄花瑟瑟掩荒丘，古道西风，缘分无由。

夜将阑，我心已倦，那些往日的情怀，似乎要散。今日之生日，竟然让我老去的故事终究无以向人说，只以思念逐遗梦。尽管一身许诺傲骨，却输与了无限流逝的时光，与流水上往来的白鸥。

江山依旧在，过去了以往的莺和燕，无论你功高在碑，业丰在撰，仍然免不了付与来日之雁，生命历程的事情，别过就是一辈子，一旦别过后你就千万莫管。因为啊，过去了的一切，只不过是在你生命过程中划过的流星，你若被它把自己闪了，它会对你无动于衷的，纵然你怨，也是枉然。

这样一想，又不禁触发出我曾在《生命的玫瑰园》里写的一些句子，今天不妨摘录几段聊表此时的胸臆：

…………

打开生命的口袋

发现装着的

有在熙攘的人群

拾取的被挤掉的鞋子

有被当作香脂的

唾在面上的口水

有在拥挤中扒开别人时

也被别人扒开身上的伤疤

还有

酸葡萄留下的

刺激神经的苦涩

在荆棘丛中

惹下的纠葛

更多的是

百鸟朝凤的花腔

运气在大脑软盘上刻下的阴影

当然也不乏

多戈式的等待

堂吉诃德式的浪漫

从今天起，面朝大海

反思生命及生命的果实
有似遮挡泰山的一片叶子
有似抽刀断水溅的一点飞沫
有似一颗
从天际耀眼划过的流星
时间很快洗去
它绚丽夺目的倩影
空间很快空去
它曾经倔强着的位置

纪念碑高高
耸立的都是些记忆
人们虚幻的传说
那些魂牵梦绕的故事
往往是一只断线的风筝
生命留下的衣裳
不过是些嫁物
如果把它当作红烧肉
有人会嫌腻
不是啃过草根的
谁知它的价值
⋯⋯⋯⋯
生命的童话
是一方醉人的玫瑰园
只有在那里
露珠才告诉你
散落的花瓣才告诉你
生命是

大雨随意丢下的一颗水滴

太阳歇息时不经意间的一瞥

百花凋零后的孤寂

乱云飞过了的空寞

秋风染透枫林的单调

还有那

海一天

沙一天

绿一天

白一天

的苍茫

…………

在玫瑰刺划过的地方

你还会发现

生命又是一个浅浅的痕迹

在别人划过的地方

你划过

在你划过的地方

别人还要划过

如此推演叠加

形成一团乱麻

这团乱麻

告诉你生命的规则

存在的是过去的存在

经历的是曾经的经历

梦的是若干年传下的梦

做的是若干年规定的事

生命的规则

最后定于一理

那可能就是

一个痕迹

一个影子

一个叹息

一个故事

献给和你一样生命的

生命礼物

夜空从四周围来时

所有生命

都消失在烟海

…………

今晚，生日的秋声惠赐了我生命的记忆、体味与思考，由此我得到了灵魂的享受，灵魂独有的、安静的独受。

我在这种享受中渐渐进入梦乡。梦里，这夜啊，被我团成生日蛋糕，多味的；上面插着六十多支蜡烛，多彩的。我一口气吹灭的时候，秋声响起，心愿升起，我安宁的心脏，被秋雨的节奏变成了秋雨节奏，被秋声的旋律变成了秋声旋律。

踏着节奏的旋律，品着多味多彩点缀的蛋糕，我与秋声相伴。

昨夜风雨后……

昨夜风雨奏秋声，伴我写着《生日听秋》度过了生日。在我一梦醒来的时候，已是夜隐西山头，喜鹊闹枝头，朝霞染枕头了。

起床，推窗，开门，空气清新沁脾，蓝天一碧如洗。眼前的楼房披上了玫瑰色的丽装，那片把翠玉的微波推向远方的稻叶尖上，挂满了闪亮的珍珠，远山的林子浮起一黛青烟，晴空中舞着飞天的梦，似深闺少女，靓丽清纯。从山林那神奇的秘道里深藏的溪流，弹着无弦的琵琶，叮叮咚咚地款款而来，无数的白鹤从睡梦中苏醒后，一路追寻着这淙淙流水开始了新日子的劳动与娱乐。由此我想起了意大利作家拉法埃莱在《暴风雨》里描绘的情景与意境，深为他所说的那句"有时，人们受到种种局限，只看到事物的一个方面，而忽略了大自然那无与伦比的和谐的美"哲言所感动。

如画江山，使我感到了昨夜风雨给我带来的"一个方面"。其实我后来发现，这和谐美还不仅仅在此"一个方面"。

洗漱完毕，我如往常习惯的那样第一要务是打开电脑。首先看到了江山文学网梧桐文苑主编铁鹰老师对我感念昨日生日的那篇文章作的编者按：

"一曲独奏的生日之曲，是作者独在异乡为异客的心情倾诉，这样的秋风、秋雨、秋声、秋情里，又怎会不让人多愁善感？有更多的时候，这样的独自思考，或者才是最真实的自己。文字是什么？每个人都有自己的诠释。只要可以用来倾诉心声，便是最成功的作品。作者感情深沉，思绪飘飞，感慨良多，构成了本文独特的风采。海阔天空的神思，更加让作品多了几许浪漫的情怀……"

感谢铁鹰主编对我心情的解读。在网上遥握致以问候后，又看到评论部"诗词"文友的致意：

"……作者生日在异乡度过，但是还有祝福在你身边，还有梧桐社团全体人员给你的生日祝福……"

诗词文友还赠藏头贺诗曰：

【我】奏琵琶友唱歌，

【们】朋列队舞龙蛇。

【都】因世纪开新岁，

【来】为年关洒墨花。

【祝】语喧词真挚贺，

【您】斟美酒亮心霞。

【生】花妙笔才千斗，

【日】赋奇珠富五车。

【快】贴飞书传福禄，

【乐】桃献尔寿星夸。

诗词好友所说极是，生日这天，我孤单不孤独，因为我那时的心在江山的梧桐上。心思虽无身边人可诉却能对江山梧桐袒露，这不能不说是幸事。我收到了他们知心的理解与热情安慰，这是不是有点像拉法埃莱所说的情景呢："昨晚，狂暴的大自然似乎要把整个人间毁灭，而它带来的却是更加绚丽的早晨。"虽然昨夜的秋雨不能如此去比，但其道理应该有点相通吧。没有我生日的孤独，哪有我对生日风雨秋声的独享？而无此独享，则又何以为文，引来远方之友如此热心祝贺呢？

看来昨日的风雨没有亏待我。

其实，风雨带来的美不只是给我的，细品拉法埃莱美文的文眼"大自然那无与伦比的和谐的美"，我感觉我不过是自然中的一员。自然中的其他成员是不是也在这无与伦比的和谐美之中呢？

10点以后，秋阳已经很明丽了，她温和地普照大地，空气新爽而干净，我集中精力正写着什么，突然耳畔传来一阵嗡嗡的声音，我举起进入夏季以来就一直放在身边随时准备打骚扰我安宁的蚊子的电拍子，刚要打下，突然发现在我眼前飞舞的竟然是一只蜜蜂。既然是蜜蜂我立即本能地收了电拍子，因为它是我要保护的对象。我小时候读过杨朔的《荔枝蜜》，老先生所说的：蜜蜂"对人无所求，给人的却是极好的东西。蜜蜂是在酿蜜，又是在酿造生活；不是为自己，而是在为人类酿造最甜的生活。"这话一直装在我的心坎儿里，以后一见到蜜蜂我就会用杨朔的话来激励自己对它的感情甚而至于敬佩。

于是我对这只蜂子产生了浓厚的兴趣，开始关心它怎么会飞到我这儿来、从哪儿来的问题来。

我在房子里扫了一眼：来的不止一只——还有几只——一会儿又来了几只——还在继续来着。我更加奇怪了。顺着它们来的方向望去，我惊喜地叫起来：桂花开了！

我院子里的桂花开了！这性情孤傲的桂花，这不与它花争奇斗艳，即使在天庭也只愿清居蟾宫的桂花，就在昨日一天风雨扫除了尘埃之后，在阳光和空气都清爽之后，自我浪漫地开了。此时的桂花，满树满枝的，米粒般大小，莹白似玉、嫩柔如脂，披着阳光，在绿叶的陪衬下，闪闪发光。一树蜜蜂，嗡嗡舞舞，还有秋蝶，嬉戏其间，穿梭盘旋。此时，我才意识到，八月，一个秋声闹桂的时候，一个桂花飘香的时候，一个桂蕊销魂的时候，正是独在的我，与自然界的小精灵们沉醉的时候。

在这桂花飘香的情景里，这些小精灵竟然来造访我，也应该是有缘的吧。这缘在哪里呢？

我继续追寻答案，这时，只见这些蜂子参观似的在房子里转了一圈后，就像直升机那样一个个降落到客厅的食品架上去了。我突然明白了，这些精明的小家伙，它们竟然发现我的食品架上放着的一个瓶子——装着桂花蜜的瓶子。这桂花蜜瓶开始放在食品架上时的感觉是满屋透香的，后来大概是天天与之相处的缘故，就以其味为习惯而居香不知香了。但对于这些不期而遇的顾客，它们初来乍到，当然就特别敏感这香味了。何况蜜蜂具有特殊的追香寻花本能呢？它们今天到我院子里来，虽说为的是那一树桂花，但我客厅里的桂花蜜香它们岂能不来捧场啊！既然如此，我就郑重地打开了桂花蜜瓶子，舀了几勺放在塑料纸上，招待这难得请来的来自大自然母亲的客人。这几勺虽感吝啬但也感违心，因为这瓶桂花蜜啊，我一直舍不得打开，准备后辈子也不打开的……

这瓶桂花蜜我放了一年，因为它不仅仅是一瓶桂花蜜，而且更是一位老人的感情珍藏。送给我桂花蜜的这位老人是我的启蒙老师。

我的启蒙老师，一个慈祥温和的老师，一个爱生如子的老师，一个学识渊博的老师，他姓黄，我就避讳他的名字而敬称黄老师吧，一提起他，我禁不住拉开了记忆的帷幕。

黄老师教我只两年，我在他那里读完小学一二年级。那是20世纪50年代的事，农村条件艰苦，冬天里，阴雨天，我们把布鞋放在书包里赤脚踏着冻泥到学校后，脚已冷得麻木没有了知觉。一到学校，他就先让我们到厨房，他已经在那儿生起了一堆火，他让我们围坐烤火，然后端来一脚盆冷水，让我们把脚放在脚盆里，给我们一个个轮流着轻揉脚。在我们的知觉恢复后又换来一盆热水，同样地让我们把脚放在脚盆里，给我们一个个轮流着轻揉。直到我们浑身暖和了才让我们穿鞋上课。说来也奇怪，我们上了一个冷冬的学，脚竟然习惯了踏冻泥而不生冻疮。从小锻炼的一招儿，后来在部队里也充分发挥了作用。那是早春正月，我们连队野营登紫荆山、插箭岭的时候，连续的风雪低寒，温度下降到零下25摄氏度，我们穿着行军鞋的脚只要在踏雪上踩过，那雪就马上冻在脚上，非用枪托砸不能掉下来，行军时间紧，来不及砸，脚被垫起很高，但我的脚除打起8个泡外，一点也没有被冻坏。北方的战友为我这个江南人有这样的耐冻能力感到奇怪，我说我从小就进行了锻炼。当时我就感念过使我获得了锻炼的黄老师。

夏天荷花水涨的季节，江南水乡的沟渠、河道常常是水流似箭，冲垮桥梁和挡坝，在这样的情况下，儿童上学是很困难的，也是他最担心的。特别是我上学的路上，要经过一条小河，河宽30多米，河面没有架桥，只筑了一个土挡，土挡上还挖了一个5米宽的疏流口，口深在水不大时齐腰，水大时齐肩，有时候还冒人头。所以我上学来回非常困难而危险，可是黄老师每天都在我上学时等在口边，放学时送到口边，坚持把我背过来背过去。两年的两个水涨季节，这个口我是在他的背上渡过的。

"大跃进"开始后的那个冬天，也就是1959年寒假，黄老师被宣布下放了，说是支援农业生产。黄老师下放后，一到荷花水涨季节，就在劳动之余到我上学要经过的河边用网网鱼。他的劳动之余恰恰选在我上学来回的时候，所以我经过那个口还是在他的关照下。

我小学学业完成以后，进城念中学，因为去学校的方向不同，所以就很难见到黄老师了。分别十几年后的一天，我第一次见到黄老师时，是在乡政府办公室。那时我刚从部队回来，在乡政府办公室做事，不知他怎么知道了，提了一瓶蜂蜜来看我。也就是这个时候，桂花飘香的八月。他说一年四季的花蜜中，桂花蜜算是品质最好的，既营养又防病治病，不可多得。这时候我才知道自我上中学后他就养蜂去了。他这次来看我是顺便的，因为他是乡养蜂协会会长，是应乡党委之约来商讨养蜂事宜的。

我离开乡政府后来到学校，这又分别了几年，在这些年里，听说国家对他们那个时代的下放民办老师有政策给予认定或补助，所以他几次提着给我特意留着的桂花蜜来咨询我。我了解到国务院确实下达了这个政策，但由于各地的理解不一样，许多地方已经执行，还有省份没有执行。我们省在下放下岗民办老师的要求下，2011年开始考虑这个问题了。虽然省里做出了决策，但县里还没有拿出执行方案。可是黄老师已经80岁了。去年的桂花香魂满街巷时，他来找我填表，把那瓶桂花蜜就放在我客厅的食品架上。这时我看他：80个春秋的风霜已使他成为鹤发老人，满脸的沟壑刻着生命历程的故事，渴望的眼睛还闪烁着生命的追求。他还在做着国家对他民办老师认定的梦，他脑子里的民办老师意念一生没有放弃，他一直相信着公正待他的一天。他经常和我说："我要的不是钱，我要的是我这个人！"

他一直认为他这个人本应该是老师！

可是，意想不到的是，就在年底，在有关部门通知他开会的时候，他等不及的生命，已经抛弃了他一直追求的意念，让他含着遗憾撒手人寰……这一瓶桂花蜜，成为我老师赠给我最后的沉重的怀念……

回忆老师，感念着他对我的关怀，感动着他一生的追求，我仿佛看到那造访我居舍的蜜蜂，那辛勤采酿桂花蜜的蜜蜂，就是我启蒙老师的灵魂使者。今天是他来看我吗？

我无法看到他的身影了，也无法控制我想念他的感情了。日渐西斜时，我追着即将归去的蜜蜂，来到院子里。这时候，满园馨香，沁透心脾、醉人灵魂。我发现这时的桂花已经不是上午的嫩玉了，而是悲壮的金黄！这桂花是盛在洁白，衰在金黄，香在一缕芳魂吗？就像我的老师那样！

日落夜来时，蜜蜂已归。这时，华灯初上，微风柔拂，落蕊轻轻，澧州的大街小巷，满秋金桂飘香魂，我想起了宋人艾性夫的《桂花》诗，心里吟咏起来：

> 秋树婆娑风露凉，老蟾落子种虚堂。
>
> 胚浑天地中央色，漏泄神仙上界香。
>
> 贫里忽惊添粟满，老来不动买花狂。
>
> 带愁莫上黄楼去，归隐淮山兴味长。
>
> 蛾眉淡扫足风流，摇曳罗裳梦里浮。

珍重素心香自远，飘零清泪醉难酬。

流云一枕紫霜夜，落叶千行送晚秋。

忍向空阶寻旧迹，芳魂杳杳倩谁留。

此刻，我只想借以表达我在蜂影花魂踏香难寻我启蒙老师英灵的感情。

我还是感谢昨夜风雨，它让我今日遇到蜜蜂，还有那牵魂动魄的金桂，由此也寄托了对关心我又寄希望于我的启蒙老师的怀念。

从今天起，我们要面朝大海

人们大概都知道诗人海子的名句：面朝大海，春暖花开。从我个人的视角来看，诗句营造的意境是：人在做事处世时，在遭遇困境时，在有问题想不开时，要面朝大海——只有面朝大海，才能春暖花开。

"面朝大海，春暖花开"，首先要弄清个人与大海的关系。个人与大海的关系是怎样的呢？从宏观与微观的角度来看，一个人的生命来到这个世上是一种机遇，因此他应该珍惜自己、尊重自己和充分发挥作用。但这个生命在波涛汹涌的大海里只是一朵浪花、一溅飞沫——它在时间上只是一瞬；在空间上只是一个小点——其作用还不足以在礁石上划一道痕迹。可是，这浪花和飞沫一旦溶入大海的情怀就会永不干涸；一旦在大海的情怀里与其他浪花和飞沫团聚成整体，形成同向的海流，就会有惊天动地的气势和摧枯拉朽的力量。所以，摆正个人与大海的关系，就是要珍惜自己、尊重自己和充分发挥作用，这表现为依靠大海、投入大海、奉献大海。不要力图把自己摆在大海之外或置在大海之上！

"面朝大海，春暖花开"，必须要有大海的情怀。这就是要宽阔、包容，有坦荡的无私和敢怨敢怒的气势。

宽阔——一望无际的浩渺放飞着宇宙万物的梦想，从不把芥蒂当高山和深壑。

包容——深情孕育着万种存在，保护着它们的合理性，从不挑剔、抹杀和摒弃它们的差异。

坦荡的无私——"挥霍"着奉献，撒播着"乳汁"，对于哪怕是极其微小的生物个体，都呈现出自己的全部，给予谁的都是公平公正的养育机遇。

敢怨敢怒的气势——用她的"和谐正义"，激起翻天覆地的力量，荡涤着腐朽，冲击着暗礁，伸张着"存在"的真理。

我们追求大海的情怀，就要有大海的宽阔而不要像狭窄的石缝连一支求生的草根都要拼命地排挤，就要有大海的包容而不要眼里进不得沙子，就要有大海的坦荡无私而不要处事从自我出发以己律人、以私私人，就要有大海敢怨敢怒的正气，而不要于公时寻找躲闪的理由、为己时则以斗鸡尖嘴伤同类的红眼尖嘴伤同类。

"面朝大海，春暖花开"，要追求春暖花开的态度。对于具有万千种差异的万千生物个体来说，以"春暖花开"的态度对待，就是给万物以春光般的灿烂惠人，如春阳似的和煦曛人，像鲜花那样用内质甜蜜和微笑魅力感人，用美好的祈愿和祝福信赖人、激励人。没有把万物看成是"春暖花开"的态度，就不可能有待万物以"春暖花开"的感情。而要达到这个认识和精神的境界，必须"面朝大海"，放开眼界，在漫无际涯的浩浩荡荡的波涛中找到自己是哪一朵浪花、哪一溅飞沫，真正认识到自己是大海的儿女，激发出感恩母亲、亲爱同胞的情愫；必须敞开胸怀，把大海拥入其中，用她的浪涛尽情地冲刷自己，扩大"胸域"，洗礼灵魂，荡涤沉渣，升华生命的素质。只有当心无沉渣，眼阔心宽的时候，那美善的祥光才会照耀着瑰丽的灵魂步入"春暖花开"的极乐殿堂。

"面朝大海，春暖花开"，强调的是获得春暖花开的效果。即要看到万物如春天里的景象：天地放爽，阳光送暖，和风催生，雨露滋润；万物勃发，争艳斗奇，酿造果实，创造理想——一切都是积极的，一切都是向上的，一切都以自己的个性和特色发展着……有着美好的存在，有着合理的不容否认的差异，有着互相作用互相补充的优势……要看到这样的效果，当然也是需要眼光和胸怀的。这眼光和胸怀往往是仁者见仁、智者见智，或者是佛者见佛、魔者见魔的问题。还记得苏轼与佛印的故事吧。苏轼是个大才子，佛印是个高僧，两人经常一起参禅、打坐。佛印老实，老被苏轼欺负。苏轼有时候占了便宜很高兴，回家就喜欢跟他的才女妹妹苏小妹说。一天，两人又在一起打坐。苏轼问："你看看我像什么啊？"佛印说："我看你像尊佛。"苏轼听后大笑，对佛印说："你知道我看你坐在那儿像什么？就活像一摊牛粪。"佛印听了报之以憨厚的微笑。这一次，苏轼以为佛印又吃了亏，回家后就在苏小妹面前炫耀。苏小妹听后，笑哥哥这次输得太惨了！原来，在佛家的眼里，外物即内心的映射。参禅人讲究的是"明心见性"，即你心中有眼中就有。当佛印说你是佛的时候，他的内心就达到了佛的境界。由此，要看到万物的"春暖花开"，是要有眼光和胸怀的。这眼光和胸怀不仅仅是个智慧问题，更是个德行修养问题。

那么凭什么修养我们的德行呢？当然还是"面朝大海，春暖花开"。即"面朝大海"修养自己，让心性品质具有"春暖花开"的德行，那么你就可以看到外物的"春暖花开"了。顺你之心者你能赞赏之，逆你之意者你也能善待之。

"面朝大海，春暖花开"，就可以得到"春暖花开"的回报。当你的虔诚之心视外界为"春暖花开"的时候，外界也就会同样地视你为"春暖花开"，并且赠你以"春暖花开"。这时，你就会感到：

"春暖花开"是一种释怀——一切久积沉重的闷郁，就会在大海的博大启迪下冰消雪融；

"春暖花开"是一种陶冶——当大海的博大打开了你的胸怀，春光艳阳便照彻你的心田，让你快乐的幼芽茁壮成长；

"春暖花开"是一种提纯——当大海的波浪卷去深压在你心灵深山的块垒，你就会体味到身躯洗去污垢那样的轻松；

"春暖花开"是一种善真——当大海的包容向你展现丰富多彩的个性时，你就会感悟到"一花开放不是春，万紫千红春满园"，狭隘和自我是多么的虚假和累赘，融入丰富的世界交往如我的个性，是多么的真实和美好！

只有面朝大海，才能春暖花开。如果说春暖花开是一种释怀、一种陶冶、一种提纯、一种善真，那么面朝大海就是一种获得、一种解放、一种幸福和享受。而这种获得、解放、幸福和享受，只能感悟得到、体味得到、实践得到。

可曾记得：为了我们共同的事业，从远古隧道传承来的精神，炎黄代代打造的龙的风骨，把我们结成钢铁长城，汗水泪水和鲜血化作人间长虹。我们走过了遥遥长征路，翻过了重重雪山险岭。陌生的双手紧紧地拉着，我们蹚过了泥沼冲过了陷阱。心的力量鼓励着我们挡住了阴风，抵住了寒流。那时，我们不曾考虑过自我，不曾动摇过信念，在祖国母亲庆祝华诞的时候，我们激动的情感汇融到天安门前的滚滚洪流。这时，我们的内心装着大海，我们的精神开着灿烂的春花。我们用希望的琼浆，酿造着科学发展的硕果。

在过去的漫长历程中，我们常怀感激。感激陌生的手，感激南腔北调的鼓励和问候，感激来自四面八方的友谊和关切的眼光……我们甚至感激伤害自己的人，因为他磨炼了我们的心志；感激欺骗自己的人，因为他增进了我们的见识；感激鞭打自己的人，因为他消除了我们的孽障；感激遗弃自己的人，因为他教导了我们应自立；感激绊倒自己的人，因为他锻炼了我们的能力；感激斥责自己的人，因为他助长了我们的智慧。这样，人世之间，生命路上，你与你自己，你与他人，你与自然，就只有乐观的意境，不会有邪恶的梦魇。

当然，要达到"面朝大海，春暖花开"，从人性的本原上讲，得认识自我，认识自我是一种清醒，不能以己之昏然蛊惑于人；得改变自我，改变自我是一种勇敢，常常要为了适应生命群体而自剜心肉；得理解别人，理解别人有时是一种痛苦，要忍受着自己的处境而替别人着想；得宽恕别人，宽恕有时是一种付出，常常付出的是讨还伤害的代价；得包容别人，包容有时是一种牺牲，要从许多方面让出自己的利益位置；得求同存异，存同求异是一种克己，要强压自己的感情和个性。

总之，人性的美丽之花，开在高尚精神的山峰上；高尚的精神山峰，耸立在大海的境界。

我们要面朝大海，春暖花开！

第二辑·淌在血液里的牵挂

父亲的身影

父亲，虽然他的脚步迈上了九泉之路，但生命的身影并没有消失。我们在用记忆重现他时，就能泛起那些积淀在心灵深处的身影——永远鲜活的身影。

虽然，他的身影曾经渐渐地把岁月老去，同样地，岁月也渐渐地把他老去，但那只不过是对他行路节点的塑型。对于父亲来说，岁月塑造了他，他也塑造了岁月。

实际上，父亲和岁月谁塑造了谁对于我来说并不太重要，重要的是他在岁月里的留影以及岁月对他的刻画，一直成为我生命空间灵动的线条。这些线条幻织在我的脑海，吸引着我不断地重组他不同时期的形象，复活着他的灵魂，同时也摇曳着我的头发染上秋霜，伴随着我的酸甜苦辣，温馨着我的悲欢情愁。曾经，它给了我微笑，也凝结了我的惆怅；激励了我的追寻，也滋润了我的梦想；牵系着我的思念，也串连着我的泪珠……

"太阳帽"下与牛合影

在耕牛走地的阳春里的一天，那是个星期日，我们农家的孩子照例要做些家务。父亲牵牛踏着融融的泥巴路犁田去了，我放下碗筷，就切了一盆猪草，放进猪槽。这时，母亲又吩咐说："儿子，要割牛草啦！"

在这个把牛当作劳动力的时代，耕牛是繁忙而劳累的。农家把它看作心肝宝贝，既要珍惜它的劳动时间，也要照顾它的生活。因此，耕牛下田了，割牛草就是农家的头等大事。听到母亲的吩咐，我赶快拿了镰刀，担了畚箕，就向村西的大池塘走去。

村西的大池塘里有一个浅滩，浅滩涌动了暖气，各种初露身姿的草嫩嫩的、绿绿的，牛见了就馋出涎水。我一来这儿就努力地割着，一会儿就割了几小堆，眼看日高影短了，牛要小歇了，我赶快把草堆收拢来，装满了两畚箕，就去拿扁担。这时，我站起身来，不经意地抬眼透过岸柳的翠枝向东边的田野望去，一个镜头把我醉着了——只见一个高大的身影和一头健壮的牛，在春光下的田园背景里，组合成了一组生动的动画片。

在这组动画片里，圆盘似的太阳像帽子一样戴在父亲的头上，父亲的手把牛鞭举过"太阳帽"顶，鞭鞘在上面游龙似的潇洒旋转，发出噼噼啪啪的脆响；牛一步步地稳实前进，用劲拉动着犁；犁每向前一步，那紫云英的紫色花朵覆盖的泥土就翻身过来。父亲左手扬鞭的同时，右手握鞘，嘴里有节奏地念着催促牛的调子，脚不时地把新卷起的泥块踏实。他和牛走过的地方，繁华耀眼的紫云英里滚动着黑色的波浪。那肥沃的泥土一溜儿一溜儿翻卷过来时，新鲜的泥香透过紫云英的花香，诱来了衔泥的燕子、觅食的白鹤，还有斑鸠、八哥，它们围绕着父亲与牛盘旋、穿梭、追逐、鸣叫。当每一浪新泥翻过来时，它们都要争先恐后地一拥而来，我知道它们为的就是抢捉那些被捣鼓出来的蚯蚓和昆虫。

这组动画片就出现在这个冰雪刚刚消融的地方。阳光柔风送暖，地毯似的紫云英铺开紫色的云，紫云英的花朵畅放出馥馥郁郁的花香，嗡嗡的蜜蜂和翩翩的蝴蝶在广阔的原野飞动着浪漫。在这个背景里，父亲与牛是那样的和谐自然。

冰与火的形象

一个腊月，雪霁不久，残雪还散布在田野，村里的大池小塘覆盖着薄冰，北风不厌其烦地摇曳着冻僵的树枝。一天夜晚，父亲从堂屋的火塘边走出屋外，看了看在瓦蓝的天空里眨眼的繁星，转身回房叫来我说："儿子，今日个陪我去摸鱼！""摸鱼？"一听到这个词我就禁不住打了个寒战：这寒冬腊月的冷巴天，赤身到水里摸鱼是个什么概念啊！这我是有体验的，那也是一个寒冷天，傍晚时分，我拿一根竹篙到家附近的堰塘赶鸭子回来，一不小心滑到了漂浮着冰块的深塘，好在我会水，好不容易挣扎了上岸，可是浑身湿透了，傍晚的寒风彻骨的刺凉，我的肌肉在紧缩，血液几近凝固，脚手麻木得失去了知觉，牙齿颤抖得不听使唤地嘎嘣直响；到屋后恢复知觉时的情况更糟，父亲用冷水给我浑身揉动时，身上有千万个虫子在爬动，那种钻心的痒简直无法忍受。一想到这个体验，我不由自主地后退了一步。

还没等我明确表态陪不陪，他一把将我拉到厨房，把稻草扎成的烧土灶的草把捆了一大捆，然后递给我装鱼的竹篮和小桨，顶着小船就出发了。父亲走了，我不得不跟上。我们踏着发出咔嚓声音的冰碴儿路，来到了湖边。此时，湖面寒风微荡，薄冰反射着星光，父亲把船放下水后，要我就在湖岸上看着，他却把短桨一拿，就上了船。在微弱的冷光里，我看到父亲把上身的棉衣脱下半截，围捆在胸部以下的身上，然后俯身匍匐在船艄头。这时，我双手套在厚厚的棉衣袖套里不由得又打了一个冷战。父亲这时已经砸破了薄冰，把裸露的上半截身子投下水了。这该是多么冷啊！可是不一会儿，只见他胳膊每在星光微弱的夜空绕身向上划一道影子，船里就发出跳跳蹦蹦的声音，我知道这是鱼的闹腾。大约30分钟后，船近岸了，我赶快把火把点燃。父亲边烤火边告诉我：

天越冷、风越小、夜越黑，这鱼就越好摸。鱼也是怕冷的动物，冬天里，黑鱼和鲤鱼藏在淤泥里，鲢鱼寻找孔穴，鳜鱼躲在孔穴或自己巢的泥窝里，鲫鱼和黄姑鱼抱成团躲在暖和处。天冷捉鱼，手接近时要轻，手有温度，你轻轻地过去鱼不会跑，鲫鱼还会跟拢来，但抓时要快要准……冬天捉鱼要辨鱼种，鲫鱼捉头、鲤鱼、黑鱼、鲢鱼抠鳃，鳜鱼要扣眼窝——千万不要扣它的鳃和背，那家伙的鳃像刀、背上有刺……

父亲一边烤火一边给我现场传经。等到身上暖和后，他又下湖去了。

父亲这样一连下了三次湖。最后一次，父亲披好衣服过来烤火，我提篮到船上去装鱼。父亲这晚摸的鱼不少，有鲤鱼、鲫鱼、鲢鱼，还有鳜鱼。我一条条地捡到篮子里。

当我提着一满篮重重的鱼伸腰时，朝燃火的地方一望，天哪！我又被惊呆了：那夜幕四围的岸坎儿，后面是在寒星微光里浮着冰凌清气的如山岭般向两边远远延伸的大堤，前面是薄冰覆盖的广阔湖面，一尊高大的坐像张开两臂，披着衣服，袒露着身子，火在他座下熊熊燃烧，他被映得彤红。这幅影像双手箕张，双眼微闭，面含微笑，姿态闲适，一股坚韧之气漾在眉骨……这是一幅怎样的影像啊，我的内心又被震撼了！

险堤下的"铜像"

我青年时候的一个夏天，屋前屋后村里村外的堰塘、沟渠、小河的荷叶密了，荷花红了，稻禾秆艰难地弯着腰，低下沉重的头，饱满的稻粒在阳光下泛起黄澄澄的光，习习南风吹拂着万顷稻浪，眼看着是一个大好的丰收年。稻农们喜得合不拢嘴，各家各户都在准备割谷刀、箩筐，妇女们也把一些旧衣服找出来，缝补洗晒，以备双抢时用——抢收抢插是在跟时间比赛要收成，繁忙且不说，那一身汗水一身泥的谁也舍不得穿好衣服下田。生产队也准备好了打稻机、平整好了稻场，就等这三五天内，队长一声令下，大家就争先恐后地下田收割。可是，正在人们紧锣密鼓备战夏收秋种的时候，晴天里南风一停，须臾间便吹起了北风。北风越吹越大，一会儿便推来滚滚乌云。这是农历六月中旬的傍晚，一场大雨被乌云带来了。大雨初来时，还是稀稀拉拉的铜钱大几点，在地上溅起灰尘，在池塘里击起水泡，可不一会儿，就哗哗如流地从乌黑的天空倒下来。这可急坏了村里所有的人。

暴雨从头天傍晚一直下到第二天黎明才住。可是，等人们迎着六月的朝霞走出家门时，生产队里突然传来紧急的抢险号令。原来，村西的排渍小河已不堪雨暴水涨的压力，在上游渍水滚滚流经我们村的挡口时，突然出现了堤渗漏的现象，若不及时堵住，就有决堤溃垸的危险，那么这几千亩稻田、几百户人家的家园马上要成为龙宫泽国，农民们不仅一年的收入泡汤，多年营造的家园更是要遭受到不可估量的损失。情况紧急，人们飞一般奔赴险处，父亲饭也没有扒完，拿了铁锹扛上畚箕就向险段跑去。

父亲到达险段时，那里已经来了不少人。可是小堤的渗漏不但没有堵住，险情反而在继续扩大。人们快速而焦急地取土堵漏。忽然，有几块土块从小堤半腰垮下来，随即一股浊流哗哗地冲出几尺远，险段堤面约两米的堤身迅速后坐——堤马上要坍塌决口了，情况非常危险，吓得站在上面的人丢下锹和畚箕就向两旁跑。看到这情景，说时迟那时快，只见父亲奋不顾身地冲上去，用他的身躯背部死死地顶住下坐的堤身。此时，他赤裸着上身，浑身的肌肉一瓣瓣鼓起，两腿撑地，两脚陷地，牙关紧咬，两目圆睁，双臂劲张，双拳紧握。他的头上，是瀑布似的水帘；他的前面，是金浪滚滚的稻浪。稻浪深处，树木掩映的屋宇，正缓缓地升腾着炊烟。夏日灿烂的太阳和稻色水光调和在一起，射在他身上发出古铜色的光泽，他就像铜人一样岿然不动地屹立在最险处。这形象多么令人震撼啊！一下震撼了包括我在内的所有抢险人。于是，就在父亲奋力用身托起将要坍塌的决口的地方，生产队长、会计，还有几个年轻汉子迅速地冲上了，大家这时手挽住手，以父亲为中心组成了一道人墙。其余的人也纷纷而来，取土、装袋、堵洞、护堤……河堤终于保住了，凶猛的洪流服服帖帖地向远方的蓄洪区流去，眼前的丰收又向人们张开了笑脸。大家松了一口气，用钦佩而感激的眼光望着父亲。父亲开心地笑了……

夕阳拉长的身影

父亲一生最计较的就是不劳动。

生活吃差点，可以！衣服穿破点，可以！但不劳动，不行！他这样要求我们，更这样要求自己。

八十高龄后的他，那些愈来愈短的日子基本上是在病中度过的，但同样也是在劳动或对劳动的眷念中度过的。病了，他不着急；不劳动，他就内心不安。即使在他最后的日子，也不愿卧床。他的子孙们劝慰他：

您是心脏功能衰竭，必须静养的，活动多了就会病情加重。

他却这样回应我们：

我这么大年纪了还怕死吗？不能做事了活着还有啥意思？

在他的视角里，劳动就是生命，生命就是劳动；人是为劳动活着的。我们拿他没辙。

在我退休后的一个夏秋之交的日子，听小弟电话里说父亲的病又犯了，这次服服帖帖卧床休息了。我赶快买了点营养品搭车从城关回家。可是到得家来，小弟家里哪里有人——大门虚掩着，几只鸡在院子里打闹追赶，斑鸠在稻场边沿的草丛里悠闲地迈步。

小弟一家到哪儿去啦？想起父亲卧床的信息，心头升起一种不祥之感。不管怎样，来了是必须进屋的。我推开虚掩的大门，走进堂屋，直奔父亲的房间。父亲的房门没有关，他的床上被单凌乱，蚊帐也没有挂上，鞋子一前一后地摆在地面上。这情状更增加了我的不祥预感。老父亲到哪儿去啦？我赶快拨通小弟的手机，问他在哪儿？小弟说他和弟媳在堤外承包田里补秧排苗。当我问到父亲在哪儿时，他先是一惊，然后质疑地说道："哥，你不是蒙我吧？父亲不在家还能到哪儿？他现在只能勉强站起来了，还能到哪儿……"

听了小弟的话，我的预感立刻改变了，再没有多说什么，挂了手机就朝屋外走去。

我站在小弟的稻场上朝西边一望，果然看见了一个熟悉的身影——一个佝偻的身影，西落的太阳又像帽子一样戴在他的头上。他一手挂拐棍，一手拿稻秧，正在小弟承包的晚稻田里排苗补秧。只见他一兜秧苗补好后，就用拐棍艰难地撑起身子，然后把腿从泥里抽出来，挂着拐棍向前慢慢迈步，到了该补苗的地方，又用拐棍支撑着慢慢把腰弯下去，再右手执秧插到田里。他每插完一兜秧苗或每迈进几步后，都要双手扶杖停一会等，看样子是在喘息……这时，太阳斜射的红光和稻田的绿色吻在他弯曲的身子上，拉出一道长长的黛影，显得十分苍凉……

最后的生命弧线

自从那次父亲背着小弟下稻田补秧给小弟带来自责之后，我们兄弟几人就商量了轮流看护父亲的措施。父亲这时已经85岁高龄了，可是对于我们兄妹们各自对自己的任务负责的看护非常不满，经常给予我们微词，说我们不懂他。

这时候他实际上已经腿肿、胸部积水，病在晚期，医生已经下了治疗无果的结论。可是一生劳动惯了的父亲对于整天躺在床上感到很不舒服，我们就只能给他按摩身体。

记得那一天，农历九月十八，我陪父亲在病榻上睡觉，不断地给他按摩身体，他渐渐地安静下来，接着就睡了。可是在梦中，父亲不断地把双臂伸出来在空中抓什么，那伸臂、张指、抓握成拳，然后回收的一连串动作，经过灯光一映，在蚊帐上投下了深深的影子，像皮影一样生动，这倒把守在床边的大妹吓了一跳，她连连说道："坏了……坏了……老爸今晚要走了……这是抓空……抓空……人快死时的征兆……"

可是我当时并不相信。

我只以我的经验来理解父亲那双手划下的影子，是那年举臂挥牛鞭的影子、隆冬赤膊摸到鱼后反手挥臂向船舱扔的影子、为顶住快要坍塌的堤段而举臂握拳用劲的影子、拄杖握秧插秧的影子……由此我激动于这些影子所撑起的他作为父亲的责任、他所负责的一家人的生活、他作为劳动者的使命……甚至将这影子看作是他对劳动的缱绻——一个劳动者以劳动的形象表达出的缱绻。

后来，当我含着泪珠看完父亲用那饱经风霜的双手，在病榻的蚊帐上以不断地抓来完成自己的生命动作的时候，感觉到了一个生命的痛苦过程。

这痛苦对于活着的人来说，好像是一个过程，而对于死亡的人来说，却是一种结果。人们在痛苦的过程中挣扎也许会改变痛苦的结果，但在自然约定的痛苦结果中怎么挣扎也不会得到有用的意义。就如我的父亲那样，他生命最后挣扎所得的结果只能是痛苦，对于这种结果性的痛苦，我们除了感叹而外，还能起什么作用呢？

父亲的最后动作给我们留下了生命之谜，我们无法理解他，更不可能改变或代替他。感叹、眼泪、悲痛，对他来说都不现实。如果感叹、眼泪和悲痛在一个生命还处于过程中的时候没有发挥出应有的作用，那么当这个生命在完结时再怎样发挥作用都与这个生命没有关系了，即使是人们所习惯的忏悔也只不过是对忏悔者的安慰或掩饰，被忏悔者已没有必要去接受它了。

那晚，父亲这样一次又一次地做完了他的生命动作后，也就是把生命化成弧线抛出去之后，就安静地睡了……我们也伏在他的身旁疲倦地合上了眼睛。

雄鸡叫白的时候，我们醒了……父亲却再也没有醒来……

一封寄不出的信

堂姐：

这封信早就想给你写了，但我一直没有写出来。

原因嘛，就是写出来也没有用。因为你收不到——没有地址、没有确定的名字（你只有乳名，叫"丫头"，这里叫丫头的女孩多的是）。

写一封对方收不到的信，就等于是写信人写给自己的。故我现在给你的信只能理解为是给我自己的——给我的记忆和感情，或许给那些将来还记得起我的人。

这样也好！那些将来能够记起我的人，有可能通过我的这封没有寄出的信而知道你呢。他们会惊讶地发现我们家族中原来还有一个你。如果是这样，你在九泉之下也该知足了吧。

一想到家族中的人有可能通过我的信来知道家族中原来还有一个你的时候，我就感到这封信有写的必要了，不仅有写的必要，而且还必须写。因为在我们的家族中，能够见到你的人不多了，而能够还记起你的除我而外就可能没有了。因为你离开我们有五十多年了，扳指算一下，是五十多六年。这五十多六年里，你可知道，"三十年河东""三十年河西"的变故都快要经过两番了呢。

你的父母和我的父母都早已过世。两家的父母即使在的时候，在许多年里也不曾听到过他们在孩子们面前提到你。因为你死得不是时候，是死与活几乎没有区别的时候，是人的死就像鸡遭受瘟疫一样那么简单而频繁的时候，所以你的死在他们的心灵虽然也引起过悲伤，但无情的时间和现实却像大浪淘沙一样早淘去了你给他们烙下的那点痕迹。他们当时的悲伤只不过是遭受一阵寒风袭击而已，风过泪干，也就渐渐地去屈服于现实了。以后时间久远了，人们怎么还会去打捞对你的记忆呢？

当时除了两家的父母和我外，能够见到你的还有你妹和你弟。你妹在你走时，才8岁；你弟在你走时，才5岁。8岁和5岁的孩子无论从生理上还是感情上，对过去的事物会有多大的印象呢？何况你妹在你走了14年后就远嫁他乡。现在她最大的孩子都40岁了，膝下孙子、外孙一个参加工作，一个上了高中。她在经营她的家庭时，哪有功夫去搜索那稚嫩的感情里关于你的记忆呢？

你的弟弟现在也是61岁了。他现在的生活境况和你那时大大不同：小车楼房，儿孙满堂；旅游观光，一年几趟。这是你不曾想到的。他在经营这个家庭的时候，也是着实劳碌了几阵子的。他在这些劳碌中，我估计很难想到他5岁印象里的你。

你弟弟后面还有两个弟弟这是你不知道的，就像他们不知道你一样。他们现在也接近50岁了。同样子孙满堂、小车楼房。他们可能还不知道你曾经来过他们的家一趟呢。

我说这些话不是在替还活着的人和后来的人因为记忆中没有你而寻找理由。我是在说，人的生命渺小、脆弱、短暂，且又像流风一样对时空没有多大影响。但生命作为一种生长，它没有理由和权利不去注意自己的存在而忙活着受自然支配的挣扎。亲情、爱情、友情，在某种程度上是生命在精神层面的膏脂或光环，当生命的物质层面遭受危机时，人们的精神往往会变得困惑或颓废。至于超出"饥者歌其食、劳者歌其事"的本能规则，而让生命在物质营养枯竭时由精神燃烧起悲壮来，那是一种非凡的修养境界。这种境界是如你我这样的农村贫文化户里的平凡生命难以想象的，我这样说的理由就是：皮之不存，毛将焉附！

如此，你死了，天空是蓝还蓝，是灰还灰；大地该黄得黄，该绿得绿。你生活的地方许多人都在生活。你的亲友最多只是嘘唏几声。世界不会因为你而受到丝毫冲击，时间也不会因为你而停下脚步。更何况你本来就来得微不足道呢！

我说你的生命来得微不足道，是指老天虽给了你生命，却没有给你生存的保障。你就像一颗种子一样，虽然有着所有种子的生命机能，却没有得到发挥生命的条件。你就是这样，是被老天不小心遗落在一块岩石上的种子，机遇让你在岩石上枯竭而不是让你成长。旁边的同类长高长大的时候，它们对于那颗枯竭在岩石上的种子是什么也不会知道的，包括它的感情和痛苦，以及萎缩了的梦。

你的微不足道好像是一种命运的支配。你虽然是我的堂姐，却经历了三个父亲。

第一个父亲把你弃落下来后，就根本没有履行他应该担当的责任，你也还根本没有尝到父亲的味道。他就在你母亲生下你的妹妹那晚离家出走。去了哪儿？你母亲不得而知，只是在苦等了两年之后才突然得到一封从一个你母亲不知道的那个遥远的地方飞来的一纸无情休书。休书到手，你们的老家就被转移了户主，你们母女三人生活无依，你母亲可怜而无奈地牵着你、抱着才两岁却由于营养缺乏而走不稳路的妹妹出门讨饭。

从今天起，面朝大海

你们母女出门逃荒那年是个灾年。你可怜的母亲带着两个瘦弱的女儿——背上背一个、手上牵一个。你们娘儿俩各拿一个破碗，挂一根打狗棍，毫无目的地走在不知地名的漫长讨饭路上。你们母女三人经过了一度春夏秋冬的轮回，最后在大雪覆压的隆冬傍晚，来到一个牿牛棚的柴门前。

牿牛棚的柴门打开，从里面伸出了一双黝黑的手。那黝黑的手一只端着一个葫芦瓢，葫芦瓢里盛着可以照出人影子的稀饭；一只拿着几个刚烧熟的红薯。那双黝黑的手向你们伸来，稀饭和红薯递到你们面前。稀饭和红薯都热气腾腾地在冒气，红薯香喷喷地散发着诱惑。在你妈背上的妹妹闻到了红薯的气味，她"要—要—要"地大喊起来，你母亲就先接过了红薯，你就把那个破碗伸了过去。谁知那葫芦瓢里的稀粥倒进你的碗后，你被冻僵的小手却无力端稳那碗，碗一偏粥就泼到了地上。要知道你当时是犯了多大的错误啊！你们母女三人在一个大山沟里顶风踏雪转了一天，才找到这么一户人家，一户敢于慷慨出手的人家——这一碗稀饭几个红薯绝对可以解决一天的饥饿而使你们能够熬到第二天早晨的，可是由于你的不小心这稀饭就都吃不到了，这一天的盼头就被你毁了一半。你母亲当时的那个烦啊！简直无法形容。她不由分说，举起打狗棍就朝你身上猛抽过去，你被打第一棍时，痛上加怕，尖声大哭。你妈的第二棍打出去后，却着落在一个瘦老汉的身上，原来听到你那尖声的哭叫，他迅速跑了出来，你一头扎进他的怀里。你妹妹当时也被吓哭了，你母亲更是泪流满面。瘦老汉看到你们这可怜巴巴的样子，就把你们都接进了牿牛棚。

进牿牛棚后，瘦老汉马上把土灶里的火扒出来，在屋子的中间架上了几根木柴，热烘烘的火燃起来后，你把生着冻疮的小手放在火焰上取暖，那生冻疮的手猛一受热就钻心地痛，你在屋里跳起脚来，那瘦老汉马上把你的小手放在他粗糙的手上轻轻地摩挲起来。一会儿你的手就不痛了，浑身感到暖流在流淌。你妹妹也把小手伸近火塘烤火。

这时，瘦老汉又往火堆里丢了几个小红薯，然后就把一个鼎锅吊在从屋子檩条上放下来的铁丝钩上，往锅里放了两三碗水和小半碗米。

不一会儿，你们母女三人又吃到热乎乎的稀粥和香喷喷的红薯了。瘦老汉用笑眯眯的眼光看着你们贪吃的样子，一脸的慈祥。直到你妹妹摸着圆圆的肚皮打饱嗝儿的时候，你们才罢休。吃完了你和你妹妹都瞌睡了，你妹妹躺在妈妈的怀里，你却靠在瘦老汉的腿上。安全！满足！这个时候的你也许享受的是一种父亲般的爱。

外面的雪还在下。

这晚，你们仨就睡在瘦老汉的床上。瘦老汉就睡在稻草铺的地铺上。

第二天雪仍然在下。

你母亲一早起来就想把你们拉起来走路，说打扰人家不过意，人家也是个困难户，一下来三张口山都吃得垮。可是你们躺在暖被窝里说什么也不起来，你母亲说的那些话你们根本就听不懂，或不愿听。你母亲有些烦了，举起巴掌要去打你，又是瘦老汉拉住了。

瘦老汉说：这大雪天的，山里人家稀少，出去往哪里走啊！再说山路封冻，又滑又险，掉进悬崖雪谷里怎么办？孩子又小又单瘦，风都吹得透，这样出去不是往死里奔吗？

你母亲听了，感到瘦老汉说得句句在理，也就没有办法了。

这年末送岁的寒雪一下起来就没有个完。山沟里已断了人迹，山民们都习惯在雪锁深山的封闭环境里过与世隔绝的生活，不是春动山青不会出门交往。你母亲没有法，不得不带着你们在这里待着，趁闲帮瘦老汉缝缝补补。瘦老汉也趁雪到山林里捕捉来兔子和山鸟，给你们改善生活。你妹妹在这里吃了几天饱饭后就活泼起来，懂事的你就帮助做点扫地、烧火的小事。这和谐相处就如一家那样。

在互相都得到了照顾的温馨后，瘦老汉终于把憋了几天要说的话黑红着脸对你母亲说了。他说他从小就是个孤人，没有父母和贴己的亲戚。远亲倒是有，可是不知有多少年没有来往了。路远无人问，人穷无己亲，日子就孤独着穷巴过。现在天赐良机，遇到了你们，就有了非分的想法，想把你的母亲做他的亲人，要把你母亲的孩子当作他的孩子。你母亲一听，内心像发生了地震，羞羞涩涩犹犹豫豫了两天才答应他。

这样，你们姊妹终于如愿地在这里住下了。

瘦老汉是个剃头匠。他这辈子还没有享受到女人的味道。打从这起，他有人缝补浆洗、收拾屋里、做饭弄菜了，脸上也就年轻了许多，屋里屋外做事也就非常勤快。在以后的日子里，他每天出去剃头都要带点好吃的回来分给你们姊妹。

一年后你母亲给你们添了一个弟弟。

可是好景不长。你弟弟刚满两岁，瘦老汉一病不起，只弥留人世两个月就撒手西归。这样，你们的生活再次陷入困窘。而且比先前又多了一张嘴。你无奈的母亲又开始带你们出去流浪。

你的第三个父亲是我父母撮合的。

那天，也是个岁关将来的腊月。北风呼呼，漫天撒着冰碴，是屈原涉江遇到的那种霰吧，敲在人脸面上有明显的刺痛感。就是这些霰，竟然上了树，树被它们包裹成青亮的铠甲，在北风里摇出吱吱的破碎声。地面上也被镀上青亮的玻璃，脚踹上去是嚓嚓的摩擦响。人走在青亮的光滑玻璃上，很难把稳脚跟，说不定什么时候就要滑倒摔跤。这样的天气，这样的地面，谁出门啊！

傍晚快到了，天色渐渐暗淡下来，霰还在飒飒地纷撒，怕冷的鸡早早地入了笼，母亲正在厨房里做饭，父亲带我在堂屋的火塘里烤火。

火塘里的木柴含有松香的气味，乳白色的淡烟从火焰上轻轻地飞出来，一缕一缕的，在房屋里打了几个旋转后就出大门。因为烟要出去的缘故，大门打开了半扇。

我坐在火塘边眼追着一缕缕淡烟像春溪的细流那样慢悠悠地绕着有趣的旋涡依依地飘出门去，突然发现那淡烟飞出去被北风散走以后，看到门前不远的路面上明显地来了一撮人影。这撮人影高矮三个，都蒙裹着土布包袱，拄着棍子，像醉汉一样一步一滑、跌跌撞撞地对着我家的大门而来。

渐渐地，来人近了，突然一个小个儿滑了一下摔倒了，棍子丢到一边，大声哭起来，听声音原来是个女孩。这时，只见比她高一点的马上过去拉她，可是人没有拉起来，自己也被带倒了。眼看两个人如坐滑滑梯一样向路坡下滑去，那高个子急了，赶快上前去拉，可是一弓腰，也一屁股坐地滑倒了，披在身上的包袱被风吹到一边，这时从包袱里又露出一个小孩的脑袋，小孩子被甩在一边在包袱里大哭起来。

眼看着三人手拉手地往下坡滑，不懂事的我看到这滑稽的样子觉得好玩，就拍手大笑起来。我的笑声引起了正在整理火塘的父亲的注意，他顺着我目光所投的方向看去，见到了这个场面，马上出门去把人扶了起来。

在这傍晚的雪地里朝我家门前走来的原来就是你们母子四人。父亲把你们拉起来后，你们就来到门前，只见你一上门前的台阶，就习惯性地向门内深深地鞠了一个躬，然后就像背书一样熟练地说道："爷爷奶奶叔叔妈妈你们好：有吃不完的饭菜给我们受难人一点，我们会记得你们的恩情的，生不能报答死了给你们做猪做狗做羊……"

不等你说完，父亲便把你们拉进了屋，安排在火塘边坐了下来。接着父亲就去厨房，要母亲又加米煮饭。

饭菜都弄好了，母亲和父亲端着来到堂屋，可是我母亲第一眼看到你母亲时便大吃一惊："是你呀！熊姐……这些年你都在哪儿？我几次回娘家都没有看到……"

原来你母亲最先嫁的一户人家是我母亲娘家的邻居。

这两个母亲在这里相遇后，先是寒暄了一下近况，然后是流了一阵眼泪，最后是父亲劝你们上桌吃饭。

你们母子四人围桌坐好后，父亲忙要我去偏屋里叫伯父来吃饭。

伯父是我爷爷的哥哥的儿子，孤身一人，以前娶过一个老婆，可是老婆嫌他穷，不到两年就走了。以后他就喝酒打牌，把房子也玩掉了。父亲见他孤独可怜，就把他接过来腾出一间偏屋让他住。伯父现在虽然不打牌嗜酒了，可是一贫如洗，没有女人跟他，他就这样孤身好多年。眼下雪大天冷，外面的事做不了，伯父就裹着被子偎在床上。

伯父来后我们就开始吃饭了。

饭后你母亲就帮着收桌子洗碗，你找来扫帚就扫地。当时你给我的印象就是勤快！

尔后母亲就留你们在家住夜。这样你们就住了下来。

这夜，我在蒙蒙眬眬的睡意中听到父母在床头的谈话：

"熊姐我知道，很能吃苦的，勤快人……是嫁错了人。"

"命运把这样一个人毁了……造孽了这些孩子……"

"不知他伯伯同不同意！"

"他还能怎样啊！现在这个样子，单身的进不来……不能没有内当家啊！也要朝后想想嘛……"

"明天试试。那大孩子看来也懂事了。"

"一下添了几口，日子是穷一点……就大帮小凑拉扯着过吧……"

第二天，我父亲就向伯父说出了他夜里和我母亲商量的主意。

伯父嚅嚅嗫嗫了半天后，就说了一句话："就我这个穷光蛋，人家看得来吗？"

后来我母亲和你母亲商量这事，我也只听到你母亲说的一句话："穷怕什么，我们都是穷习惯了的……"

这样，你的第三个父亲的婚事就定下来后，你母亲就把我家当娘家了。因为她的娘家再没有近亲的人了。

这样，你们在我家过了一个年。

新的一年开头后，刚过正月十五，我父亲就把伯父住的那间偏屋拆了，还买了一些木料，就在离我家两百多步的伯父的老屋场搭了两间一偏的茅屋。

后来就在新屋里举行了一个简单的婚礼。

从此你们就定居新家，靠男耕女种的劳动生活，摆脱了无家可归、逃荒流浪的日子。

那个时候我虽然比你小4岁，但也渐渐懂事了。

农村孩子的懂事就是会做事。其实我的从小做事是受到你的影响，你当时虽然只11岁，但很会做事。贫穷的磨炼使你什么事都敢做会做愿意做，比如家里养鸡、喂猪，田里挑肥、砍草、扯秧、插秧、割谷……你什么活儿都干。当地的家长们都拿你当榜样教育自己的孩子。我母亲当然将我和你相比，认为你干的好多事我都能够干，这样就慢慢地把我逼上了在家里不敢有闲的生活状态。

我至今印象深刻的是那时你家养了猪，我家也养了猪，那挖猪草的事几乎就是我们的。

你每天都邀我出去挖猪草，而且比我挖得多，我母亲一次看到你背着满满的一篮回家，可是我提的篮子猪草才平篮口，母亲当面说你扎实，我玩心大。

第二天你又邀我去野外寻找猪草时，你跑得特别快，挖得特别多，我怎么也赶不上你，我当时还以为是母亲表扬了你的缘故，你是特别要和我显示一下差异呢。可是到装篮回家时，想不到你却把我的篮子拿过去先装，你把我的篮子压压实实地装满了后才去装你的篮子。

这天，我的篮子手都提不起了，也和你一样背在肩上回家，母亲这次看到了说："今天和姐姐一样扎实了。还是要说的。"听到表扬后我并没有高兴起来，只是不好意思地红着脸看了你一下。

你大概觉得我尴尬，以后挖猪草时，就提出合作挖，分篮装。你说我腿跑得快，要我专门找猪草，你就专门挖。当时不知你的用心，后来才知道你是要特意照顾我。

你来的第二年秋天我上学了。我上学的路上要过一条小河，过河的地方有一道挡坝，堤坝把小河横截断后只留下一个5米宽的口子让河水上下流通。堤坝口上没有架桥，平时来往的人都是摸着齐膝盖的水过河的，冬天也是一样。赤脚卷裤管过河后再在一块石板上洗脚穿鞋。我上学去当然也要如此。因此大人不放心，每次上下学都要到河的堤坝口送接我。可是在忙月里，你看到大人很忙，就提出接送我过堤坝口的任务由你负责，我老爸看你虽然还只12岁但很能干，也就放心地同意了，何况又是山寒水瘦的秋季，堤坝口的水不深。这样你就每天按时早起等在我的门口送我过堤坝上学，下午又准时地等在堤坝口接我过堤坝口。而且每次过堤坝口都不要我脱鞋，我总是被你背在那稚嫩的背上。尽管非常不好意思但没有执拗过你的诚挚与执着，渐渐的，我也就习惯了。

可是有一天，想不到半天如注的秋雨竟然涨了秋汛。堤坝口的河水齐腰深了，而且水流很急。我放学来到堤坝口后，你早过口等在那儿了，你下半身的衣服湿漉漉的，我看了很感动。不由分说，你背着我就摸水过口，想不到脚下的石头一滑，再加上流水的冲力和背上的重量，你一下没有稳住脚，就滑倒在水里。

你和我全身都栽进水里了，眼看身体马上失去控制。眼看就要被冲进下游河里。情况非常危险。可是你非常清醒，在水里努力地把我往上托，让我的头露出水面。把我托到岸边后，幸好旁边有一棵小树，我一手抓住小树，一手伸过来想拉你，可是你把我托到岸边后一撒手，一股激流冲来，你被卷到河里去了……

我吓得在岸边大哭大喊，我的喊叫惊动了堤坝背面一个打鱼的，他听到"救命"的声音后马上丢下渔网赶来。这时你已没入水里，河面只有双手摇动着往下游流去。

这打鱼人立即跳入水中，将你救了起来。

你被救起来后咳嗽了一阵，头脑清醒后，就向打鱼人跪下磕头，感谢救命之恩。我当时仍然惊魂未定，头脑混乱，还在号哭。你感谢了打鱼人后过来安慰我说："没有事，有老天保护的。"说罢又拉着我的手上堤。

刚上堤，父亲来了，父亲知道了刚才发生的情况，激动得给了你一个深深的吻。并且连声对我说："你要一世感谢你的姐姐……一世不忘你的姐姐……"

日子穷，过得平稳也好。

可是我们那时候的日子穷却过得很不平稳。

你我交往的第二年，公社合村、村合队。我们两家被分散到了两个地方。

正月十五以后，我家到了后面的三队，你家到了西面的五队，四队就空无一人了。

队里的人被分迁走后，房子也分别被拆到两个队。

我家的房子拆到三队后做了集体居民点，我们住在新的居民点里。

你的茅屋被拆后在五队做了猪棚。你们按照队里的安排与那里的农户划屋而居。

三队和五队路隔两里。这样我们的来往就很少了。再加上生产队每天的劳动任务安排紧张，大人们一天到晚累得骨头都几乎散架，有点时间也没有精力去两家相会。

这年，队散屋拆人分还不算。时运又送来了三年困难时期。

这灾害发生的头一年，我们眼下的四周赤地一片，从二月以后就没有下多少雨。

早稻插不下去，龙骨车转水几度给田里供水，无奈忍不住连续的干旱，插下去的秧也活不好。人们车不到水后，都老人小孩地全体出动，到堰塘底挑水。挑不起水桶的老人小孩，就拿着碗、钵和瓢在塘底舀水。我是舀水的对象。我想你那时可能是挑水的劳力了。

尽管如此，还是没有熬上几天。

渠里干了，塘里干了，河里湖里也见底走人了。

这一年的早稻可以说颗粒无收。

一个星期六，放学早，我回家的时候，想到老屋去看看，就特意绕了一个大弯。

我看到我想念的老屋场，这时虽然是百草茂盛的时候，却因为早无人烟和干旱的缘故，已是黄草披覆。

在这干黄的草里，走近了看，还可以发现藏在里面伸展的南瓜藤蔓。

这南瓜藤蔓虽然不很精神，却也顽强地泛着发黄的绿色，而且还奇迹般地开着黄花。

我在我老屋坐落的地方仔细地寻找掩盖在荒草里的过去的厨房、卧室，怀想曾经住在这里的状况，突然一阵哭声传到我的耳朵，接着就有一个呵斥声震撼着我："你个'强土'（小偷）！你还敢'捞'（偷）集体的东西！老子打死你！"

这呵斥的声音很可怕，我吓得忙蹲在深草里躲了起来。

我在草丛里听那呵斥压迫下的哭声很熟悉，就探出头来一看，想不到是你。

我吃了一惊。

这时，我见呵斥你的人可能是生产队长，很凶的。我见他把高举的手一挥下，你马上又发出要命的喊叫，我听得心都碎了，但我不敢出来。听他那口气，我如果被发现了也一定会是"强土"的，当然也是被打的对象，所以我不敢露头，孩子面临这样的大人，而且还是有生杀予夺权力的生产队长，好无奈。

好在生产队长打了你几下后，就拿着从你手里抢过来的南瓜走了。

他走时，也恶狠狠地赶你走。

你们走远后我才从草里钻出来。

我钻出来后，因为怕他发现，又绕了一个大弯，打算从东边的高屋场下取道回家。

我刚到高屋场边，鬼精灵的你竟然突然出现在我的眼前。

差不多半年没有见面，我们一见面你还是大姐姐的气派。先是给我脸上擦汗，边擦边问父母的情况。问了后就说："你肚子饿了吧！来，跟着姐姐走，我有好吃的。"

我当时看到你什么话也说不出来。我的双眼老是盯在你的嘴上。

你的嘴红肿了。

两嘴唇肿得老高。还有血丝渗透出来。那个吃猪糟的队长下手太狠了。我心里在暗暗地骂道，嘴里却说："姐！你痛吧？"我说这话时掉下了眼泪。你却把嘴上的血一抹，说："没事。这样的痛我经过多啦！"脸上还露出了不在乎的笑意。

接着你把我拉到一个荒草洼地，那里曾经是你家做屋时挖土填屋场留下的。这里由于地势低，南瓜藤长得比其他地方好，花儿也开得黄。

你把我拉到这里后，朝四周望了望，觉得安全了，就把我按在草地上坐下来，然后从一丛南瓜叶底下拿出两个比拳头要大的南瓜，将其中的一个在土布上衣的大襟上擦了擦，递给我。另一个就塞到自己的嘴里，咬了一大口，咀嚼了几下，眉喜眼合缝地说："好吃！甜……你的怎样！"

我也同样地咬了一口尝了尝，香嫩脆甜，饥肠辘辘的肚子非常欢迎，于是高兴地说："真的！好吃！好好吃！"

说真的，过好日子的时候，虽然父母给我买过许多好吃的东西，什么糖果、桃酥、饼干等，都赶不上这时的生南瓜的味道。这味道一直铭刻在我的记忆里，以后我常常回忆它，想寻找这种感觉，却总是令我失望。后来我渐渐明白，这味道可能找不到了，因为我从东汉光武帝刘秀封稗子为"百谷之王"的民间传说中理解到这味道是不可能找到了。据说刘秀兵败处于绝境时，几天没有吃东西，跟跄地来到一个小茅棚时，一个老人给他吃了一顿稗子饭，这顿饭他吃得很美，感到过去身处王公贵族地位时吃尽天下佳肴都没有吃到这个味道。所以他做皇帝后就特意来感谢老人，封稗子为"百谷之王"。这其中深含的道理是我无须探究的。

姐！你当时看我吃得好开心，在我吃完一个后又给了我一个。

吃饱后你又塞了三个在我手里，要我带回家。

你还要我待天色晚了回家，免得别人发现惹出麻烦。

走时你也带了几个，撩起那件土布上衣的大襟包着，说是给家里人的，特别是弟弟妹妹，他们正等着呢。

我们再一次见面时是连续三年困难时期的第二年。

这一年三月，一场大风把我们住在三队的房子全部吹倒了。我们这些失去了住所的四队迁来的人，又面临着重新安排。父亲想念着你们一家，于是就提出了到五队，被分配到离你们不远的一户人家，一家四口在这家划分了一间半住所。

这样我们又有机会见面了。

可是，虽然我们两家离得不远，但见面的机会还是很少的。

我父亲和伯伯是男正劳力小组，他们每天早出晚归干队里的重活儿，并且还经常出远门干活儿，一出远门就是十天一月，有时候时间比这还长。

两家的母亲是妇女半劳力小组，她们每天都干地里和蔬菜田的活儿。

你在妇女正劳力小组，活儿的轻重介于那两个小组之间，主要干稻田里的活儿。

我当时就不明白你为什么就成了妇女正劳力，你才15岁啊。后来才知道，是你母亲给你多报了3岁。因为当时的口粮标准是：男正劳力每天半斤米、妇女正劳力每天4两米、男女半劳力每天3两米，干不了活儿的老人小孩是每天2两米。你母亲给你报到妇女正劳力的档次，就是为了多得那一两米。那个时候我还在学校读书，所以只有2两米的指标。

当时我们都吃大食堂。可是开餐后我们从食堂里端了饭大人是不让马上吃的。原因很简单，无论男女大人老人小孩，在油水极差劳动又重且饿空了肚子的情况下，那点米谁吃得饱啊？所以，饭端回来后，得在家里重新放上菜了再吃。往往一钵白米饭要添加两钵菜才能够填饱肚子。

但在当时，在家里开火是违法的。一旦看到哪户人家白天冒了炊烟，就会有人举报，举报者可以奖赏2两米，被举报的就得扣除2两米，而且还要在每天的餐前食堂会上站桌子挨斗，甚至还要遭打。所以这菜是大人们每天夜晚偷偷地生火煮的，菜煮熟后，把白天端回的米饭放进菜里，像拌猪食一样拌均匀就行了。

那菜是什么菜啊！蔬菜是很难有的。因为各家都不许有菜园地。我记得我饭里放的菜有苦菜、车前草、棉絮菜、榆树叶。这其中苦菜还好点，最不好吃的就是棉絮菜，又苦又涩，气味难闻。

要吃的人多，野菜几乎长不起来，后来人们就在夜里偷生产队的萝卜、白菜、紫云英，麦子快熟了就到田里搓麦穗，稻谷快熟了就下田搓稻穗。生产队种什么偷什么，谁不偷谁就有饿死的危险，乱葬岗里新坟极少不是饿死的。

但是偷就要冒风险，因为大队组织的基干民兵每天都背着枪或大刀、梭镖日夜在田里巡逻，谁要是在田里被抓住了，就会被游斗鞭打。那时的平民百姓就像很少不偷一样很少不被打。可是对于这些，人们开始还怕了一阵子，以后也就不在乎了。为了肚子，已经不知道尊严、不怕挨斗挨打了。可是伯父不行，伯父胆子非常小，胆小的人很笨，他只偷过一次萝卜就被抓住，在新食堂吊了一夜，第二天又挨了一顿打，屎尿都吓出来了。从此以后，就是饿死也不出去偷了。他之所以没偷而能够活下来，就是因为有你。你机灵，差不多每次都能够得手。

为了一家人的生活，你和你母亲每天都会来邀我母亲夜间出门。我父亲也是个胆小鬼，他不敢下田，就只躲着望风或接应你们。

可是有一天，你们偷队里的南瓜终于失手了。

那是个秋天的夜晚，天上布满乌云，没有星星，简直伸手不见五指。你们又来到老屋场摸黑摘南瓜。正在顺藤摸瓜的时候，突然几道手电光射过来，一下射到你和你母亲的身上，你和你母亲吓坏了，提着装了小南瓜的篮子就跑，拿手电的基干民兵就照着你们追，这黑漆的夜晚，脚下哪里辨得出路啊，你高一脚低一脚地跑了不远，就摔倒在一道田坎儿上，被两个基干民兵按住了。你母亲朝另外一个方向跑，她动作比你笨，在你之先就被抓住。我母亲看跑不脱，就躺在垄沟里没有敢动。几个基干民兵见抓住了两个人，用手电在屋场上扫射了几个来回，没有发现其他人，也就押着你们到队部去了。

第二天一早，队里开斗争大会，你们母女俩可就糟糕了。队长首先向全队的几百号群众宣布你们盗窃集体财产的罪行以后，为了杀鸡儆猴，就指挥几个基干民兵给你一顿棍子。你母亲被队长把你们偷来的一个小南瓜拿起来砸去，一下砸在眼睛上，你母亲的眼睛顿时鲜血直流。

斗争会结束后，我父母把你们母女俩搀扶回了家。从此，你母亲的一只左眼就失明了，你也一病不起。

一天清早，我还在梦中。房门突然发出一阵急促的咚咚声。伯父在外面悲切地喊道："兄弟——兄弟——快来——快来啊——丫头去了……"

听到伯父的喊声，我们知道发生了什么，马上从床上一骨碌爬起来，父亲在前，我跟在父亲后面，母亲跟在我后面，我们边跑边穿衣服，朝你们住的地方跑去。

离你的住处老远，就听到屋里传出"儿啊""肉儿"的哭声。

进了你的屋时，只见一块门板两条长板凳搁的简易床上，一顶补丁叠补丁的土布蚊帐被两边撩起，你就躺在蚊帐里，脸面浮肿，胳膊和腿也浮肿，泛着青紫色。但是你很安静，双眼紧闭，谁也不看，嘴却张着，好像有什么话要说。可是我喊你，平时一看到我总是非常亲热的你这时好像是个陌生人，根本不应我。你的弟弟妹妹在你的身旁，一个摇着你的手，一个摇着你的腿，边哭边姐姐姐姐地喊叫，你也不应声。你母亲坐在地上，苦命的儿啊肉啊地喊着哭着，你也无动于衷。

我父亲来后，用手抹你的嘴，你总不愿意把嘴合上。我父亲哭着说："苦命的孩子，你就去吧！你有什么话叔知道，你是放心不下你的亲人，放心不下弟弟妹妹，是吧……你去后我们会帮你照顾的……啊……你就放心地去吧……"

说也怪，我父亲给你交代了这些话后，你的嘴巴就被抹拢了，脸上现出了安详的样子。

我母亲望着你哭了一会儿，就拉你的母亲，劝她注意自己的身体，特别是那受伤的眼睛，过于伤心不得，还有你的两个弟弟妹妹需要照顾……

邻居来了，抱走了你的弟弟妹妹。你的父亲这时瘫坐在地上，脸面浮肿，目光呆滞，显得麻木——想必在你被打不能起床的日子，他已饿坏了。

我父亲忙找人把你从门板床上抬下来放在地面上下榻。接着请来木匠，将你睡的那块门板做了一个匣子棺材。

这匣子棺材不到一个钟头就做好了，父亲和另外一个人把你放了进去。

你没有享受到习俗里给亡者穿的寿衣，没有寿鞋，身上依旧是去年你送我南瓜时穿的那件土布衣裳，袖子很短，好多地方都是补丁。

棺材里连被子也没有放，你睡的被子我父亲本来想给你垫上的，可是刚提起来，有人说要留给活着的人，父亲一犹豫就放下了。

你死的房间没有设灵堂，你没有灵位，没烧香，没烧纸。家里什么都没准备。

棺材盖定钉了几个马钉后，两个人过来，绑好绳索，在你的棺材上猛地拍了一下，发出惊耳响声，接着，一声吆喝，抬着你就一路奔跑。

你一出门，门前就放响了一挂300响的鞭炮。接着就有人拿着竹扫帚在屋里到处扫了一阵，听说是赶鬼气出门的，其实就是赶你的。

抬棺材的跑得很快。因为你是夭折的人，还有父母高堂在，你不能享受平稳送上山的待遇。

除了我的父亲送你到了墓地，再没有一个亲人送你，我要去时被人拉住了，说送夭折的人会沾上鬼气的。

你被葬在大食堂西边一个叫阴古堰的长满杂树的岛上。这地方的杂树已经被砍了许多，新埋的坟不少，有几座还燃着"烟狗"（用稻草编织的像辫子一样的绕坟墓底部一周的草龙，点燃后冒烟，据说可以给新亡人做伴）。可是送你的人连烟狗也没有给你准备。

你走的那天晚上，我和母亲端了一钵煮熟的南瓜去看你家人，可是南瓜送到后，还没有来得急给你盛上一碗祭奠你就被你的弟弟妹妹抢去了，你父亲也从中盛了一碗……他们吃的那个馋样儿把我都看呆了！

要命的饥饿让亲人把你忘记得太快了！我感觉到你到那个世界去得好孤独好凄凉。当时我不禁想起我们姐弟相处的日子，想起你水中舍己救我的时刻，还有父亲交代的一世感谢你不忘你的话……可是我们从此阴阳两隔，想念只能在心里，想见只能去寻梦。父亲要我感谢你的话我凭什么去兑现呢？我感觉没有机会了。唯有伤悲地泪湿衣襟……

悲哀，遗憾啦！

苦命的姐，你走后不到一年，三年困难时期的劫数就过去了。大生产队就解散了。大食堂也被拆除了。那个打你的队长受到惩罚。我们都回到原先的老家，都重新做了房子。一切都慢慢好了起来。可是你没有熬到。

你走后我继续上学，后来参军，再后来到地方工作，被安排到了外地。

你的父母和我的父母分别在八十多岁的高龄去世。我清明节祭祖曾经去了你的墓地。可是墓地不知什么时候没有了。那个堰塘已经被填了一半。你原先所在的那个岛已经成了人家的生产地。

你一去就56年了，这56年来，世事沧桑啊！

你怎么也不会想到那生南瓜的味道现在已经不复存在了。

你的脑子里也许还认为世界上味道最美的食物就是生南瓜呢。

信写到这里我要收笔了。

我这封信虽然写的是你却是无法寄给你的。

因为没有你的地址，不知道你的名字。你收不到。

我只能说我是写给我的记忆和感情的，这记忆和感情在你救我命时就奠定了。

我现在确实希望我们的后人们能够知道你是我们家族中的一员！以此信作为永念！

故土魂

"爸爸：不孝儿回来看您了……您送给我的'护身土'带回来了！今天归还您……"

堂伯俊刚正跪在镌刻着"故显考刘公讳正和之墓"字样的大石碑前，点燃两支蜡烛和三炷香，烧燃一叠冥钱纸，磕头三下后，从怀里掏出一个被磨得油光发亮的心形小皮荷包，倒出一抔血黑色的土，撒在坟头上，然后，双手捧头，伏在碑前，悲泪长流，暗泣不语。

这是发生在1988年10月8日的一幕。这是中华人民共和国成立39年零7天的日子。深秋的爽风，吹拂着蓝天的白云，撩动着他银白的鬓发，金色的稻浪漫卷着悠悠的稻香，沁入他的心脾。可是他现在，脑海里激荡的却是51年的岁月风云。这51年里，他跨越了几个世界，经历了太多的沧桑。多少坎坷曲折，多少刀光剑影，多少腥风血雨，残酷地逼迫他去经历，拷打着他的生命，洗礼着他的灵魂。他毕竟走过来了！回归到了朝思暮想的故土。这跟随了他51年的装着故土的皮荷包，这皮荷包装着的一抔51年前的故土，就是历史见证。

从今天起，
面朝大海

他怎么也不会忘记：1937年的10月7日，一声半夜狗咬，他的梦还没有醒，就被几个枪兵破门而入，强行按在床上，用绳子绑捆着双臂，推出了门。母亲歇斯底里的哭喊、父亲带血的呼唤，弟弟妹妹们胆战心惊的哭叫，没有阻住他被架走的脚步。父母被枪托击倒在地上；他被绑架着离开了家门。——他就是这样被抓了壮丁的。

他被押解到区公所培训了一个星期，10月14日，堂伯的父亲通过保长的关系，才得以见儿子一面，父子见面时，父亲的眼红肿着，走路一瘸一拐的，显然是枪托击打在腿上的伤还没有好。他内心有说不出的心痛。父亲来时给他带的衣物他一点也没有得到，他从父亲手里唯一得到的就是一个心形皮荷包，父亲把装土的皮荷包双手捧着交给他时，含着眼泪说："孩子，离开家了，没有谁来照顾你了，就带上这一包家里的土吧！这'护身土'会保护你的……"

堂伯的父亲被一声暴喝赶走时又补充了一句："记住，一定要带着它回来……"

堂伯的父亲送给堂伯的这个礼物要说是家乡风俗里最为珍贵而动情的。因为老百姓敬土、重土、亲土、靠土，我们家乡更有远行赠土寄情的习俗，即凡有游子出行，其家里或家族中的长者，必定要把家乡的净土包上一包郑重以赠，祝愿吉祥有成、快乐健康、不忘根本、安全而归。对于这一点，古籍有说："己土卑湿，中正蓄藏。不愁木盛，不畏水狂。火少火晦，金多金光。若要物旺，宜助宜帮。"（《滴天髓论》）无非是说，土能生万物、土能养万物，土能助万物，土能保护万物；万物有土而固根本，有土而发展，有土而吉祥，有土而平安，有土而根脉千里不断。

堂伯颤抖着双手从他父亲手里接过荷包，内心悲伤得已泣不成声。那时，他才15岁。

堂伯和像他一样的壮丁被拉上了运兵的汽车。此去一别到如今，已是51年！

我的父亲和侄子们把堂伯劝回了家，他知道他母亲死于当年腊月，父亲死于第二年四月，一个哥哥和一个妹妹后来死于水患饥荒，家里只剩下一个弟弟，由叔父收养的情况后，又是悲痛了一番。他想分别去找死去的亲人的坟头，可是，哪里还有寻处呢！

堂伯向我们反复说，他所以能够活到今天和我们见面，就是他父亲送的那个心形皮荷包包的一抔家乡土鼓励了他、保佑了他。

他说："告别父亲后，我和这些同乡壮丁几经辗转，被分散到各个军队，拉到不同的地方。我被拉到南京，那是1937年的11月底。当时，一个同口音的都没有，老兵又欺负新兵，我年龄最小，受到的气最多。行军、训练、打仗，既累也危险，孤独、辛苦、害怕和侮辱，折磨得我几次想去死，可是，一想到父亲临别赠土的话"它会保护你的""一定要带着它回来"，我又鼓足勇气活下来了。我感到我不是为一个人活着。我当时最想我的亲人、我的父母，特别担心他们的身体。我常常一个人拿着父亲送给我的皮荷包掉泪，看到它心形的样子，就猜父母也一定在想我；闻到家乡故土的香味，就像闻到了家乡的气味、父母的气味，感到无比亲切。晚上睡觉，我把皮荷包放在枕头底下，多少个夜里梦中，我都摸摸它，摸到了它，我才能安下心来。白天行军、训练、上岗、作战，我把它装在贴心的上衣袋里……说实话，它简直成为我的灵魂依托、精神支柱……

"我每天都带着装故土的心形荷包，它确确实实在保佑着我，在激励着我。当时战事吃紧，日寇南进，华北、豫皖、苏北大部分地区沦陷后，南京暴露在日寇的前沿，国民党政府1937年11月28日开始撤出南京，迁往重庆，我们担负保卫撤迁任务，于是，我随队到了重庆地界。后被安排到万县担负防空警戒任务。在那里，我们遭受到日寇一遍又一遍的空袭。

"1938年2月至1943年8月，日寇对战时中国陪都重庆进行了长达5年半的战略轰炸。在5年间日本对重庆进行轰炸218次，出动9000多架次的飞机，投弹11500枚以上。万县也是重灾区，我至今记得1940年7月28日中午时分，几十架日军飞机从宜昌方向黑压压地飞过来，向万县主城区的西山路、环城路、二马路，以及郊区的陈家坝、沙河、枇杷坪等各处疯狂投弹，并俯冲下来用机关枪疯狂扫射。那次我在枇杷坪，一颗炸弹落在我的旁边，我当时滚到一截残墙边，只听得轰的一声巨响，我被震昏了过去。我醒来的时候，正躺在担架上。我当时意识到胸部有点痛，用手一摸，发现流出了血，我马上担心起我的荷包来，从袋子里掏出来一看，皮荷包被击穿了，胸部上的血渗透到了荷包的土里，土里还藏着一块弹片。医生告诉我,只是腿受了砸伤,要害地方胸部要不是装土的皮荷包给挡了一下,我的心脏也许就击破了,现在也只是弹片的棱角擦破了一层皮。我倒抽了一口冷气——真的是父亲送的一荷包土保佑我。从此,我更珍惜它了,我把皮荷包上被弹片击穿的洞一针一针地缝好,那块裹在土里的弹片我就把它作为纪念留在了包里。这个故土包从此我当成了保护神。"

堂伯说到这里,眼里闪着光芒。他喝了一口茶,从皮荷包里拿出弹片,有两块。他指着其中一块说:"这就是万县的。"

那块弹片呈不规则的多边形,比一块银元要大。

接着,又指着另外一块较小的呈三角形的弹片说:"这块是衡阳的。"

衡阳的只有万县的一半大。

这两块弹片都锈迹斑斑,还沾着带血的土。

"家乡故土包使我第二次保全生命的是衡阳会战……"堂伯继续说,"那时我在衡阳守军军长方先觉的第190师容有略部……"

当时的形势是,1944年5月27日至8月8日,侵华日军为了打通大陆交通线以挽救孤悬南洋的日军,鼓舞因太平洋战役屡遭败绩而低沉的士气,便发动了豫湘桂战役,衡阳会战成为豫湘桂战役的最重要阶段。史书记载:1944年6月18日长沙沦陷后,日寇分三路南进,直指衡阳市。中国陆军第10军守卫衡阳,兵力1.8万人,军长是方先觉。在兵源不足、装备不全、援军不到、粮弹不继的情况下,仅凭粗陋野战工事,抗击着日军五个师团及独立第5旅团共11万人的围攻,历时长达48昼夜。战斗结果,中方伤亡1.5万余人(其中阵亡7600多人),日军伤亡6万之众(其中直接被歼1.9万多人),导致日本首相东条英机下台。

堂伯说:"那次战役十分惨烈。敌人的飞机、大炮狂轰滥炸,连毒气弹都使用了,我们没有一个退却的,连伙夫都参加了战斗。我是敌人第二次冲击时受的伤。那次我们连续血战9昼夜,渴了饿了连死人的血都喝过。

"我受伤是7月13号,就是击毙日军120联队联队长和尔大佐那次,我在一个民房院墙里向来犯日军扔手榴弹,我把绑捆在一起的三颗手榴弹扔出去后,人刚转身过来还来不及隐蔽,敌人一颗炮弹落在我前面5米的地方,我又被弹片击中了。当时受伤四处。"

堂伯拉开衣服亮伤给我们看，只见右小腿上、左大腿上、腰部，各有一个大伤疤，左胸一道伤痕。堂伯指着左胸的伤痕说："又是这个地方，弹片也恰巧击在这个土包上，这次虽然击得很重，我被掀倒了，右腿骨折。但关键部位胸部又只是划破皮肉，流了一些血，没有沾到心脏。"

家乡的故土再一次救了他，也再一次饮了堂伯的血。

"你看：这一道长口就是这次的纪念，那个短一点的是万县的纪念。"堂伯指着伤说，"如果没有它（故土包），我真的不知道还有不有命呢。"

堂伯说，衡阳保卫战结束后，他在后方医院治疗了很长一段时间，腿能够下地了就被运到台湾，驻守在台南垦丁。

他说：在垦丁的日子是我最孤独的日子，也是最思乡的日子。当初刚上去台湾的船，我就感到不妙，感到回家无望了。到垦丁后，海峡两隔，就像阴阳两绝。我每天看蓝天白云，日起日落，海鸥西去，只想它们带着我的魂魄飞回我的故乡，能够与我的亲人团圆。那个时候，蒋介石天天鼓动"反攻大陆"，我们也还真相信过……不过，说实在话，我们这些普通老兵所关心的"反攻大陆"并不是什么帝王霸业，什么政党是非，我们关心的只是背井离乡，不想在台湾成孤魂野鬼。我们都是父母生养、在故土长大的呀！父母之恩、兄弟姐妹之情、故土风物，形成了我们的血肉灵魂，我们能够割舍得了吗？所以在我们许多老兵的思乡情感中，我们的"反攻大陆"就是能够重新踏上大陆、回归故土、见到亲人！过去，由于我们的软弱与优柔寡断，我们已经失去了回归故土的许多机会，那是因为还抱有总可以寻到机会的愿望。到台湾后，就绝望了，——海峡宽、海水深、两边对立，我们只能望洋兴叹、望云生悲！而"反攻大陆"倒给了我们返回大陆的机会，如果有这个机会，我们是无论如何不能再让它失掉了。我和我的同命运的老兵都私下里这样议论着。后来，国民党在治理台湾上渐渐出现失误，"反攻大陆"的口号一天比一天降调，最终成为泡影，而"台独"的苗头却渐渐露头，我们真正地伤透了心。每天夜枕海浪心思翻滚，日望鸟飞魂魄难归。我的那一荷包相思土，日益用无情的相思催白了我一头黑发。

堂伯到台湾时是26岁，他一直守住他父亲的一荷包故土生活，一直用老父亲的箴言似的两句话填充自己的精神，许多人给他介绍对象都被他拒绝了。他从来的愿望就是回家安家。直到1977年，年届55岁了，再不谈婚思子，就有鳏寡终生、断子绝户的危机，当时，有人警告他"不孝有三，无后为大"，他才感到问题严重起来。本来父母在而"远游"、有父母而"不养"，就是不孝，再加上失去"薪火传承"，这不就是"全不孝"而加"大不孝"了吗？由此一想，才结婚生子。

堂伯以家乡故土为念而力图独身明志的决心我们虽不敢肯定，但却无限感动，直到他终于老年婚配得子，我们才放了心。

堂伯这次回来只住了短短的10天，我们家族10多户人家，还有乡、村、组，都热情地接待了他，为他特设宴席，他感到享受到了从来没有享受过的待遇，无限感慨，说他来之前看到的一些不和谐的无聊宣传太滑稽了。堂伯这次是只身而来的，他风趣地说自己好像是个"侦察兵"，不过他已经侦察到了实情，那就是大陆的发展，大陆的日新月异的变化，特别是人际关系的和谐、乡情亲情的深厚，常常使他感动得热泪盈眶。

他说还会来的，下次要来的不仅仅是他，还有他的老妻和女儿。他还要把自己的见闻和感受说给更多的大陆游子——与他同命运的老兵，这些老兵正是暮年秋风、傍晚夕阳，在望眼欲穿地等着他的消息呢！

眼看假期转眼就到了。临行前，他特地来到父母坟前告别。他又正跪在墓碑前，三叩首后打开父母生前送的那个紧紧跟随他几十年而在战火中受伤的心形皮荷包，把父母坟头的土捧了一抔装上，习惯地装在贴心的上衣袋里，然后才在我们的护送下挥手道辞，依依离别。为此，我特念了一首《八声甘州》以纪怀：

敢挥戈，万里浴枪弹，腥风卷衣衫。

叹苍茫大地，金瓯破碎，白骨凝寒。

尔男当慷慨，马革裹尸还。

痛饮东瀛血，裂胆抛肝。

谁想萧墙又乱，海峡亲缘断，离恨难言。

岁催华发老，雅愿付虚涵。

念故乡、梦逐浪涌，睡无眠、怅眼向青天。

夕阳落，九旬孤苦，唯泪潜然。

我第二次见堂伯时是2010年5月。那次，我作为省教育考察团的成员，上午8点多乘飞机到厦门，再乘船宛转到金门。在金门小憩后，乘台湾小型飞机到台湾桃园机场。完成了在台湾大学、淡水大学等几所学校的交流后前往台南。这次堂伯和堂伯母特地赶到赤崁楼迎接了我。堂伯是坐着轮椅特地从台南荣军大院坐了约莫40分钟的车来迎接的。刚到赤崁楼汽车站下车，他就看到我了，催堂伯母推着轮椅来到我跟前，他把我还有我们考察团的成员接到餐馆就餐。原来这饭是他早就订好了的。餐后，堂伯和堂伯母带我来到他的住所。

这次相见，看到堂伯的身体已经远不如以前了。毕竟年近九旬，银白的头发下，满脸是岁月刻下的沟壑，浑浊的双眼带着隐隐的忧愁。精神面貌已经远不如我们第一次在老家见面时的情景。听堂伯母说，原来他和我们在湖南老家分别回台湾不久，高血压、心脏病发作，特别是那条在战火中受伤的老腿病也发作了，住了一年多医院，生命虽然挽救过来，但双腿已无法听从指挥了，只能靠轮椅活动。堂伯母特别告诉我，他回乡以后更加怀念故乡，他几乎是每天都枕着那包故乡的土睡的，他经常拿着那个故土荷包跟我们谈家乡的故事，他回乡10天的故事20年都没有谈完。我们都从他的描述中知道了如今的大陆情况，家乡感人的亲情。我们也一直盼他身体好转后一起到老家来的，可是，我们一直没能成行。女儿尤其想见从未谋面的大陆家乡亲人，但你堂伯身体不好不能离开。受他描述感染的还有我们同院的老人，这些大陆来的老兵都被他的感受激发出原本就日益膨胀的回归欲望，过去的一些不实之词造成的阴影渐渐被淡化，他们后来基本上寻根问祖回了故乡，有的还在家乡定居。

堂伯母很健谈，我们一见如故，她滔滔不绝地谈论着，40分钟不知不觉地过去了。我们下车，走过一道整齐的林荫道，来到一个院子前。堂伯母告诉我，这就是荣军院，里面的小楼房是荣军楼，这里住的基本上是退伍老兵，绝大部分来自大陆。

进得门来，只见习习海风吹拂的院子里，夕阳斜照的林荫下，到处是水泥面圆桌、小凳，也有长椅睡凳，不少老人在谈天闲聊，也有的下棋打扑克、看书看报、活动身体。见到我这个陌生人来了，带着一股大陆的味道，都感到一种新奇，他们友好和善的眼光中，渗透着一丝不易察觉的羡慕之意。这些久经风霜的世纪老人，谁能想到他们曾经是久经沙场的战士，抑或是叱咤风云的将军？而此刻，命运的浪涛把他们抛掷到了海疆一隅，无情的岁月消磨着他们过去的信誓旦旦、豪言壮志。现在，他们只能在自然的摆布中，伴随着夕阳走向黄昏。从他们那由情感纠结和思维习惯形成的渴望、祈求与孤独所长期训练成的眼神和面容中，可以看得出他们目前最大的心愿是叶落归根，骨藏故土，灵位列族……

我们坐电梯上到五层楼，堂伯母刚把门打开，从内房里传来一个银铃般的"国语"腔调："是大哥来了吧！"

随着声音走出一个红衣少女。

"是啊！你就是小妹玉春吧！"我用乡音回答说。

堂妹20世纪70年代末生人，今年三十来岁。在家族18个同辈兄弟姐妹排序中，我年过半百了，自然是老大，她是女孩中最小的，所以我称小妹。只见她身材苗条，一脸笑容，浑身充满青春张力，性格开朗活泼。她大学毕业后从职幼教多年，现在又到一个电子厂搞财务管理。

"不好意思，下班迟了，没有去接你。"堂妹边说边招呼座位，端茶。

堂伯母给我介绍她时揭她的短说："你堂妹就是个工作狂，从不关心个人的事，成老女了！"

"不要老女是不是？我偏不出去！"堂妹笑着用半嗔半逗的话封住母亲的话头。

"客人来了，我们能不能谈点新的话题！"堂伯转移话题。

"饭已经好啦！我们席上谈吧！"堂妹说。

"我们刚吃饭不久呢！"我说。

"那我们就边喝饮料边吃菜呀！堂哥远道而来，不容易的，得争取机会尝尝我的手艺啊！"堂妹说。

"好的！我们都来！"听了堂妹的话，我不好推辞，马上响应。

堂妹做得一手好菜，不仅会台湾风味，也会湘菜风味。

"吃湘菜在大陆不为奇，在台湾，是凤毛麟角吧？"我问堂妹。

"才不呢！你到台湾的夜吃店看看就知道了，湘菜在台湾的大街小巷到处都是，特别是两岸'三通'后，简直成了小吃、夜宵的潮流。知道是什么原因吗？"堂妹说。

"湘人多，湘菜是思乡之菜，还有湘菜口感好，所以才流行，这还要大哥说吗？"堂伯母替我回答。

"郝伯村、宋楚瑜、马英九都是湖南人，都有湘菜情结。你们忘了吗？"堂伯说。

席谈间，我对堂伯说，堂伯回去的时候，我们那里还是比较闭塞的，也不富裕，堂伯走后的20年，已经发生了巨大变化。

我说，我们家乡的村居完成了城镇格局，村道基本硬化，水泥村道沟通所有家庭，田园经过平整，完成了棋盘格局，沟通了机耕路。

接着，我讲到我们几家的经济收入，年平均可达10万元人民币，家家修建了楼房。

我把来前拍摄的几家房居彩照拿出来给他们。堂伯、堂伯母、堂妹，轮流观看、品赏、感叹。

"哇！这家是别墅呢……这房子至少有400多个平方，真耗费大……他们能够建这么大的楼房……"堂妹不断地发出惊叹。

"在台湾，像我们这样的普通老百姓连想都不敢想！"堂伯母说。

"是的呢，我去的时候住的房子就很大。你们不相信！"堂伯在旁补白。

"我一定要回老家看看……一定！老爸，身体快好起来！"堂妹羡慕得有点急不可待的样子。

"等你的个人问题解决了，我们三代同堂去！热热闹闹去！"堂伯母又开始将堂妹的军。

"肯定不？"堂妹爽快地说。

"肯定！"堂伯母爽快应承。

堂伯高兴地望着他们，举着一个包说："这样好，拿着它向祖宗汇报！"

看到祖宗遗传下来的那个油光发亮的心形故土荷包，堂妹的神情郑重起来。她知道这个故土荷包，记载着她父亲特殊的际遇、不平凡的家史，她回乡不是简单观光，而是血溶于乳，认祖归宗……

于此，我向他们发出了诚挚的邀请。

我的台湾之行很快结束了。5月27日，我从台中机场乘机到金门，在金门，在台湾高粱酒的原产地，替堂伯设宴，再次请考察团的队友们喝高粱酒，纪台湾情。

过后，日子平平流逝，海峡两岸电信频频遥传亲情，互相在鼓励和盼望中憧憬着再次的亲情、血脉、乡谊之际会。

可是，一年后的一天，农历2011（辛卯）年的腊月二十九这天，下午5点，海峡两岸万家除旧迎新团圆喜庆之际，我突然接到海峡对岸的电话：堂伯去世了！

顿时，父亲立即在我们的团圆宴席上特别添加了一个"席位"——同时添加了碗筷、酒杯，父亲边斟酒夹菜边祭告："俊刚老哥：你一定是太想和我们相聚了，你15岁离井背乡到今天快90岁了，一直没有和我们在一起吃过团圆饭。你想必太在乎这年关团圆了，所以你抛弃躯体魂飞而来，我给你安席敬酒，你和我们一起举杯同饮吧！"

说罢，父亲把祭祀酒酹在祭位前，然后令满桌大小亲人陪饮一杯。

一年一度最郑重的年关团圆饭于这年来说，是在一直沉默中进行的。席间我们说不出像以往那样的喜庆话，但也没有说悲哀的话。这是讨吉利的传统习惯使然。我们只觉得人间的亲人又少了一位，而我们的先人又多了一位，我们不愿意谈这得和失，父亲倒是安慰我们的晚辈，多一位先人阴助总会多一份吉祥的。如果真能够如此倒也罢了，但我的感情总是过不去，于是，在千家万户爆竹焰火彻夜闹繁华的时候，我为我的堂伯写了一首题为《情倾一抔故土永念你》的打油诗，现不妨记录下来以现当时感情：

你怀揣一抔故土走到第九十个春秋

大江南北海峡两岸留下了你的身影

想不到你长愿未了就郁郁而去

给我留下了无限的悲摧

长风可知我悠悠的悼念

大海可知我深深的叹息

海峡两岸绵绵的风浪

你可知我对一个亲人的悱恻缱绻

对你最初的印象是父亲的记忆

父亲的描绘塑造你成英武的将军

其实在父亲的心坎里

是你俩的患难共命

历史的错误和社会的悲剧

把你们兄弟活生生分离

在你们心灵刻下的伤痕

比台湾海峡的海沟还深

我对你最急切的祈盼

是收到来自台湾海峡对岸的书信

你殷殷的述说让我惊愕不已

怎么也想象不到

你的生命经过了若干年的枪林弹雨

在六十年的军旅里苦度了五十年单身

你刻意追求的是一缕乡情

隔山隔水远不如隔离海峡两岸

紧闭的大门

你送日送月送海鸥在浪尖上飞逝

却送不走对故乡泥土的恋情

晚得弱女为的是乡愁传递

弹雨中闯出来的生命为着的是故土苦因

从今天起，面朝大海

我最欣喜的时刻是我们带着眼泪的拥抱

你一身的干练带着一脸的慈祥

炮火的喧嚣和海风的侵蚀

没有改变你楚风遗传的乡音

军人的风范与异类的意识

遮挡不住你血缘传承的气韵

你趣说你我虽在两个政局里

竟然是故土的一脉后裔

再残酷的风云也摧毁不了血脉根系

岁月的航母载着的总是黎民百姓的共同命运

我最意想不到的是有机会与你台湾相见

你从赤崁楼把我接进

海风送爽的台南五层荣军小楼

小院迎接我的是一双双干渴的眼睛

这些过去的战将

如今的耄耋老者你的同伴

在夕阳下构想落叶归根的梦境

虽然乡愁的酿造者已经归化泥土

但思乡的藤蔓却强劲地在心田里延伸

你反复用我带来的家乡照片

在同伴面前展示你的骄傲

无形的心理在你九十高龄的面颊上

绽放出青春烂漫的涟漪

我最感动的是

离别时你在我手里塞入台币

要我在两岸最近的金门

用纯正的高粱酒招待我的同队

这些来自全省的文教精英

以尽你的地主之谊

感激你的殷切之情

我和我的同队同饮同醉同舞同乐金门

和平的气氛无形地形成一种使命

同根的亲情永远是人性的主旋律

我最悲哀的是你放下高寿西去

电话把噩耗变成残忍的钢针

在我的心灵刺出点点血滴

来不及看一眼你最后的面容

来不及听一句你最后的声音

来不及最后一次和你握手

在海峡两岸合家团圆的岁末之夜

你避开万家灯火悄悄而走

只有寒竹在你故乡亲人的院子里簌簌发抖

雪片在你曾住过的玻璃窗扇上不断撒着白花

我握紧电话变成一片失落的羽毛

可怎么也飞不到你的身边

渐渐远去的岁月

只能酿成今天备战忘却的记忆

希望留给你的后代子孙亲人

记住你在峥嵘时空刻下的生命痕迹

情倾一抔故土永念你

堂伯走了，但堂伯的情未了！

堂伯的未了情终有继情。

堂伯走后第二个年头的清明——2013年4月5日，我们终于接来了来自海峡对岸的客人——堂伯母和堂妹偕妹夫及其刚满周岁的孩子！

车到家门下来，堂妹和堂伯一样，偕家人先到祖父母的坟前墓碑下，亲手点烛燃香烧纸，正跪磕头祷告，堂妹夫带着孩子及堂伯母同样点烛燃香烧纸正跪磕头祷告，一切如堂伯的风范。末了，堂妹像她父亲一样从怀里拿出先祖传送的那个记刻着特别意义的油光发亮的心形皮荷包，把父亲带出去的土归还了老祖宗，再从老祖宗那里讨来新土装上，塞进她的小宝宝——又一代男丁的襁褓里。

这一切做完之后，堂妹又打开一个袋子，从里面掏出几件衣物。她神情凝重地说："爸爸希望魂归故土，但因某种原因暂时不能办到，我们就在老祖宗的旁边做一个衣冠冢吧！地方都是他指定了的！"

于是，我父亲马上吩咐人很快办完这件事。

回到家里，给堂伯立了一个灵位。

月圆中秋时……

很快，又是中秋了，万家团圆赏月的时节！

湛蓝的天幕，缓缓地浮动着羽毛般的白云，几分灵气，几分浪漫，为月圆人圆的节目铺设好了场景。

八月的秋风，轻轻地拂动着竹树，几片棕红的木子叶飘下来，几分眷恋，几分忧伤，撩动着中秋情结。

中秋，一年一度的，也是我想念家乡，和家人团聚的时候。可是在今天，这种团聚已被心情虚化为梦想了。

梦想，在眼下的中秋摄取了我的灵魂。

此刻，我下了公路，顺着一条沟渠走着。我一边走，一边念着苏轼的词：

　　　　十年生死两茫茫，不思量，自难忘。千里孤坟，无处话凄凉。纵使相逢应不识，尘满面，鬓如霜。夜来幽梦忽还乡，小轩窗，正梳妆。相顾无言，惟有泪千行，料得年年肠断处，明月夜，短松冈。

我感叹这滴血断魂的悲情意境，但又可惜不是为先母而作。

我怀着探望先母的急切心情，走到了与我一直相伴的大堤边，然后转弯穿过一道茂竹掩映的小道，来到了老家。

老家还是老样子。我的两个弟弟的两栋两层小楼并立着。两栋小楼之间一间较宽敞的老平房，就是我父母的居室。

老家眼下没有住人。两个弟弟都携妻带子在东莞办厂。三妹、幺妹一家及二妹的孩子一家都在小弟的厂里。大妹也随孩子到了他乡。这中秋的黄昏，回到老家的只有我一人。

我回来时没有惊动任何人，除了我妻外。我只想一个人在这月圆之夜与先母的灵魂做短暂的相会。

可是我来到这里，倒惊动了一群斑鸠、小雀，这些平时自由自在惯了的小精灵对于我的突然出现很不理解，也不愿意。它们听到我脚步声，从齐膝深的草丛里猛地蹿飞起来，落在附近的大树上望着我咕咕、叽喳地闹着，似乎是抗议我干扰了它们的生活。

我没有想那么多。我只感到母亲生前住的房子，包括弟弟们的房子及整个院子，都被它们和荒草搞得孤寂而凄凉。但我却又无由去责怪它们，也许，它们是我父母寂静空间的要好伴侣。

我拨开母亲门前的杂草，正要开门，手机响了。

"哥！带大嫂、锋锋和慧慧到我们这儿来吧！大家都等你们来团聚呢。我派车来……"

"我不啦……我不在深圳……"

"在哪儿？"

"老家！"

"怎么不告诉我？"

"你们忙，千里迢迢的……"

"那……回深圳了到我们这儿吧。"

小弟挂了机。听语气带着几分遗憾。

今日月圆，弟妹们阖家他乡团聚，也不失为幸事。只可怜了两座孤坟独守故土。要是父母尚在，大家总是要回来的。那时的年头月节，这老家几代同堂，洋溢着浓郁的亲情气氛，是多么的热闹啊！现在斯人已去，光景不再了。

我想，这维系家庭亲缘的孝心，到底是一种责任，还是一种感情？

要是一种责任的话，那么父母入土为安时，是不是就是责任完成日？

倘若是一种感情，父母之恩放到记忆深处，带到哪里都会存在。逢年头月节，不忘了放一个碗、搁一双筷，这孝心也算是一种表达吧。

像我今天，不远千里而归，独步父母房前，究竟为的是什么？我当时回来的心情，绝不只是为了放一个碗、搁一双筷，只是感到就是要来！反正要来！

父亲逝世已经多年，我们已经习惯了他的逝去。只是母亲走在今年农历四月初八的酉时，她的逝去像她的存在那样鲜活，我的情感和思维无法摆脱这种鲜活的缠绕。

我把为母亲准备的月饼放在她的灵位前，也给父亲放了一个，嘱告以飨。

接着，我擦拭母亲遗像上的蒙尘。母亲仍然深情地望着我。她满脸的沟壑藏着近90个春秋的烟云，一双深邃的眼睛蕴含着世情的冷暖与清浊，满头白发飘动着人生的风霜。母亲的神态像松树那样庄重而苍劲，又像石碑那样镌刻着命运的符号。

母亲苍老啊！她用自己的乳汁哺育了7个儿女之后，用自己瘦弱的双肩担起了家庭之后，用辛勤的劳动养活了一家之后，日夜为儿女操劳的双手渐渐变得像枯柴之后，在曲折的人生路上带领她的儿女走完了她的生活历程之后，在她的儿女一天天长大、成家、立业又儿女满堂之后，她走了——带着苍老、疲倦和一身的疾病！

此时，天色已晚，中秋的圆月东升，月亮的辉光像母亲逝世那天的脸一样惨白。我坐在母亲的灵位前，不愿拉灯，望着投在眼前像母亲的脸一样的月光，眼里浮现母亲驾鹤西去时的情景……

那天，她躺在病床上，把疲惫不堪的身子倚靠在用被子卷成的枕头上，吐一口血，她身体下的土地吓红了脸；她侧过头看窗外的菜园地，她亲手种的油菜、白菜、莴笋掉下了担忧的泪；她望了望屋梁，上面吊着的她收藏的种子在心惊肉跳；她无力的眼光落在床前的桌子上，未喝完的开水、鱼汤还散发着等待她接吻的热情；然后，她有气无力地念着她的儿孙的名字，声音越来越小……越来越小……最后……最后她的头向我们的背面一歪……关闭了心灵的窗口，歇息了生命的摆钟，锁住了气息运行的关隘，无声无息地走了！

此时，江南晴空的下午，夕阳把最后的一抹红霞从西窗里射到她的身上，她就安静地躺在霞光的轻纱里，面颊上的沟沟壑壑定格着褶皱而安详的微笑。

她走得很匆忙，就像卖小菜赶早市那样。她的大儿媳带着她的孙女和重外孙正在从深圳赶回来的火车上，她的二儿子、幺女、二女的孩子的一家人都在匆忙回家的路上，她的三女儿一家还来不及上车……她就走了，谁也不等，没有一丝犹豫。

当一片哭声赶走她的孤寂时，她竟然毫无表情。她脸上凝固的微笑，一点也不被这撕肝裂肺的哭叫所动。

透过泪帘我望西窗，红霞的余晖已经收尽，一只白鹤正向西天飞着，我仿佛看到母亲的灵魂被它带到一个神秘的幻境。我此时真愿意相信宗教的描述，希望这个辛苦的灵魂，可以"逍遥宝树下，自在莲台中"！

我最后一次轻抚母亲的面颊，我最后一次轻摸母亲的手，她对我就像对陌生人一样，用冷冰的感觉冷却我的心。她的儿女使劲地拍打着她的病榻，摇动着她的身子，她竟然无动于衷。

在我们的颤抖中，母亲被无情地放进黑棺，我才敢于去意识那无奈和遥远，才敢于去想象母亲的另外一个世界。

到了这个时候，我们才想到把佛香点燃，把冥钱烧过去，把给她扎的房子烧过去，把还带着她的体温的拐杖、鞋子、衣服烧过去。

直到殡葬回来，我才反应过来，以后见母亲就只能在她的遗像上了，想母亲就只能到梦里了，回忆母亲就只能在她生前住过房子、用过的物件和走过的路径上留下的一些痕迹里了。

眼下，母亲生前住过的房子、用过的物件和走过的路径上留下的一些痕迹，正编织着母亲的形象。她睡过的床、她用过的炊具、厨房熏黑的烟尘、母亲每天从房里到水井到操坪到菜园走过的路径，无不闪现着她的身影，那是些从年轻到年老的身影，是些由健步如飞到佝偻蹒跚的身影，是些伴随我们长大成人而自己却日渐衰下去的身影……

月光如水，我心如梦。

我看见，三月的菜园地里，雨后，一个瘦弱的身子顶着铁锹的锹把，挖开堵塞的排水沟，旁边插着一根拐杖，还放着一个凳子。沟通了，水在汩汩地流，她坐在凳子上歇一口气，又转向另一条堵塞的沟……那是我退休的第一年回家看到的场景。

我看见，夕阳西下的霞光里，母亲用瘦弱的身子压着压井的压杆，一下，一下，又一下，压杆发出喘息的声音，水在一束一束地流淌，水把红色的塑料桶注满后，她双手努力地提着，颤巍巍的步子几步一歇地提到厨房，然后，厨房里冒出了炊烟……那是我退休的第二年回家看到的场景。

实际上我是常回家看母亲的，每次看到的都是她劳动的场景。母亲离不开劳动，她害怕自己不能劳动。其实在她的晚年，弟妹们是不要她劳动的，每次和她拌嘴时她总是说："人不搞事了还有什么用……搞不得事了活着干什么……"

我们都不得不屈服于她的执着。

就在她逝世的前三天，她还挂着拐杖，把从菜园里收来的豆角、黄瓜之类的种子包好，要我给她吊在屋梁上。她说："这些种子我是用不到了。你们还要用的。"

月亮方圆，我情正怨……

我为什么今天一定要来！说实话，自从母亲逝世后，我内心里一直藏着一个悔怨。

偏偏在母亲人世间的最后一个中秋——去年的今天，我们没有回家。那天，我带着妻子、女儿、女婿、外孙，还有两个弟弟、三妹、幺妹一家及二妹的孩子一家，都在东莞小弟的厂里过中秋。酒过几巡之后，我们在笑笑闹闹的气氛中竟然忘记了数千里之外的故乡的老母亲。不是老母亲从大妹手里要过电话打过来问好我们，我们还在得意忘形……

偏偏在母亲人世间的最后几天，我回家来看她，竟然在守候她的配床上睡着了。我被她轻轻地唤醒时，一碗冒着热气的荷包蛋，被一双颤抖的手端到了我的床前。

月色发晕了，浮云渐密。

竹林里响起了沙沙的声音，还有几片叶子带着重露落下来！

我感觉到是母亲来了！这种感觉，是从来就有的。从小时候起，母亲在晚上忙完了家务后来看我，轻轻的脚步就像风吹动的树叶。

母亲最后一次踏着霜露来给我压被子是去年过年的时候，我睡在小弟的房里。

母亲最后一次在我的被子上加盖衣服是她今年二月的生日那天，我躺在她的床上。

每次，母亲关心我的冷暖时我的暖流里总渗透着羞涩。老大年纪的人了还要老母亲操心。每次看到我不过意，母亲总是安慰地说："你就是100岁也是我的儿子，娘身上的肉！"

一句话让我如鲠在喉！

可是，沙沙的声音响过，母亲却没有来。我无限怅然！一种无法躲藏的忧伤又在我心头蔓延。

夜又静了，月光又冷清地在竹林里、在树梢、在门前的荒草地，孕育着一种情感，它把我的心沉了下去。我由母亲的逝世想到了生命的短暂与悲哀。其实生和死与忧伤无关，伤感只是一种情绪。世事艰辛，人生无奈，有很多无法忘怀的事，有很多不可解释的过去，还有很多无法排除的烦恼，在心中留下的终是一种轨迹。今夜，我在这里所守望的只是心的另一隅，那就是一种一厢情愿的心结。

有些事，一过去就是一辈子。人生有太多的事无法估计，当一切都成为过往，当你用失去的日子回忆曾经的人生时，你才会发现，有那么多的人和事，让你后悔不已……就像我的今天，想为母亲补上欠缺的中秋，已经没机会了；想为我的过失向母亲说句道歉的话，已经过时了。这一过去就是一世，这世永远不会来了。

母亲一生的形象、母亲最后的定影、我内心深藏的悔怨——将是我有生之年的心灵守候。

今夜月圆我无缘。我只为心结独守。

菜园里

谁也不知道她是什么时候躺在屋后的菜园里的。

这屋她住六十多年了。屋尽管比她的大儿子大5岁，但毕竟比她年轻了23岁。尽管屋瓦没有丝毫现代气息但仍然发着青光，墙砖在岁月里逐渐风蚀但仍然红着。她喜欢这红砖青瓦，就是因为在那个最困难的时节，这屋子在方圆之地成为她和她老伴儿的骄傲，成为她离开教师队伍后给她扬眉吐气的自信。她的孩子们一个个都是在这个屋子里长大的，后来又都出这门而学有成飞远了，进城了，就这一点来说，这里的人简直对她家嫉妒得羡慕也羡慕得嫉妒。可是她就是不听孩子们要她进城的劝告。她始终恋着这个老屋，为着一些渐渐远去的情愫而紧紧地锁着自己。

屋后的也就是她现在所躺下的这个菜园，叠累着她无数的脚印，从东边垄沟到西边垄沟，从后墙的脚下到北边公路，她不知来回了多少次。她一年四季都忙活着种菜收菜，菜园四周的树木伴着她的岁月。东边和西边的椿树、杨树、樟树、柚树都是老伴儿在时栽下的，现在都很高很粗。这些树也简直太熟悉她的脾气了，它们用安静打扮她爱安静的个性，也耍手段招徕鸟儿以美妙的歌喉逗她朝树望一望或笑一笑，那些树就在她一望一笑间摇枝舞叶，表达一种满足的回报。

靠近公路边的一带竹子，每年清明前后都要抽出一些嫩笋，添加新的成员。可是老竹子她一根也舍不得砍，因而这竹丛便一年年密集起来，以至于密得在菜园里看不到近在咫尺的那条水泥公路，这样，在那条公路上奔跑的新时代就被她这样忽略了。

她的子孙们每年的年头月节，都是从这条路上转弯把小轿车开到屋门前的天井里停下来看她的。她也每次都在天井里迎候孩子们，到时又到天井边缘送走孩子们。孩子们一出天井上这条公路后，一溜烟儿就飞了，飞去了哪儿会去多远，她简直没有放在心上。

她一年年种着菜，其实也种着自己的心。蔬菜种子从土里钻出了芽，她的心里也就钻出了希望。她慈祥而热望的目光每天从那棵棵幼芽上反反复复地摩挲，就像年轻的时候用柔和的手抚摸孩子那样。芽长大了，开花了，她的希望也开花了，开成了脸上的笑，尽管这笑被岁月的风霜凝固成了苍老的橘子皮、菊花瓣，但那深沉的笑却永远地沉淀到了内心深处。蔬菜成熟时，她会给左右邻居一些，也挑一些到市场上卖。她也是需要钱的。

这两年她渐渐体力不支了，但生怕孩子们知道了会破坏她的故乡情结，要她离开老屋、离开菜园、离开那些树和竹子，以及每天在她的屋子和菜园上空飞来飞去、叫着闹着的鸟儿们，就等于在她心头剜肉。她在孩子们面前不敢丝毫暴露自己的衰弱。家里的事儿一点也不让孩子们沾手。

她醒了。这时，想坐起来，可是，没有办到——腿已经不听她的话了。她感到很意外，下意识地看了看周围，她怎么会躺在这儿？几株可怜的油菜被压在了她的身下，那油菜正开着嫩黄的花儿。不行，不能损坏它们。

她咬了咬牙，用手努力撑起上身，往前爬着一下，一下，又一下……尽管汗水从她的全身渗透了出来，她的不听使唤的下身仍然对她的努力毫不配合，但意识命令她必须努力，首先离开被她压倒的油菜，她似乎听到油菜在哀鸣。

她终于离开了油菜。她刚一离开，那压倒的油菜就开始慢慢地往上撑，状况和她眼下一样艰难。

她现在爬到了一张旧竹床边。这竹床是老伴儿在时就有的，已经闲置多年了。可是从去年夏天开始，她意识到可能会要用上它了，就把它搬到了屋后檐下。后来，她种菜累了的时候，在这竹床上坐过、躺过，这次看来又要用上它了。

爬到竹床边后，她歇了一口气，然后，努力举起双臂，两手死死地抓住竹床的床桄，牙一咬，身子一扭，先上上身，再搬下身，像搬石头那样，终于成功地将整个身子都搬上竹床了。这时，她感到太累了，想松一口气，突然胸口一阵翻涌，猛地咳嗽了几声，接着一团黏糊糊的带甜腥味的东西冲了出来，从她的嘴经过她的右胸向下斜射下去，她不由自主地倒下了，大脑立刻迷糊起来。此时，一只手从她的身上滑落，手指的地方，一片翡翠，一抹金黄，一块殷红……起风了。风轻轻的，油菜花儿在点头，蝴蝶在金黄的油菜花上跳起舞来了，蝴蝶群里，来了两个少女——一个是她的小孙女，一个是她的小外孙女。两个小天使像蝴蝶一样，扬起蝉翼的裙幅，翩翩而来。她多么爱她的小孙女和小外孙女啊！她们的声音像宛转的八哥，脸庞像晕红的苹果，走路的步子像跳舞，腰肢像迎风摇曳的杨柳。她们每次见到她就会牵她的手，吻她的额头，那樱桃般的胭脂小嘴和嫩白的小手一触摸到她就是棉花的轻柔、牛奶的细腻。她只要见到她们，就会情不自禁地笑，情不自禁地醉，情不自禁地做梦。她会由她们想起自己的童年……她现在的种菜卖菜攒钱，也许就与她们有关，就是要在那一时刻——生日、新年、中秋……这些该送红包的时候她们回来了给她们塞红包。尽管孩子们不要，但那是执拗不过她的。说实话，她太喜欢孩子们拒绝红包时的那种入肝入肺的声音了。

天真活泼的孩子们跳着笑着跑来，她又听到她们叫奶奶啦，外孙女也是喊奶奶的！她习惯地张开双臂迎上去拥抱她们，不料扑通一声，她摔倒了……一阵痛楚把她刺醒了。她发现自己栽倒在了地面，于是又要挣扎起来去迎接她的小孙女和外孙女，一股黏糊的甜腥味又涌出了喉咙。她想扭动一下身子，可是这次与前大不相同：整个身子已经不是她的了。她想抬一下手，手也指挥不动。她浑身有一种针扎的感觉，她再一次昏了过去……

这次，老头子慢慢地来了。一看到老头子，她心里的怨气又升了起来。尽管她一直深爱着他、惦念着他，但也一直深恨着他。要不是深爱着他，她说啥也不会给他生三子一女，说啥也不会为他守这老屋。可又因为爱的牵连，她被感情的绳索捆绑得死去活来，以致被捆绑上了批斗的台上，戴上了地主婆的帽子，又被赶下了三尺讲台……不过，一切都成了过眼云烟！现在好了。现在孩子们都成了人有了出息，自己也自由了……

"嘟嘟嘟——"一阵阵汽笛声传来，她还是被惊醒了。

这时，太阳渐渐滑落到树的根部，那鲜红的霞色不再有刺眼的光芒了，已经完全变成了温柔的吻。她的上头，鸟儿飞着、叫着、闹着。鸟儿一下子多了许多，远处的都回来了。这里本来就是它们的家。现在是它们入林归巢的时候。可是奇怪的是，这些鸟儿今天并不感到十分高兴，它们老是在她的上空盘旋，老是对着她鸣叫。这些鸟儿，她太熟悉了。她知道哪些斑鸠是一对儿，哪些喜鹊是夫妻，哪几个鸟巢里有了小宝宝……麻雀喳喳一阵后，云雀来了；云雀走后八哥停在离她不远的那棵樟树枝上宛转地对她说了些什么。这些可爱的小家伙有不少被她救济过。隆冬腊月大雪封地的时候，她总要扫一块空地撒上几把稻谷。她担心冬鸟的饥寒。

太阳鲜红的柔光变成扇子向碧空深处扇去的时候，夜幕开始从地面拉起。夜幕渐渐地把周围模糊起来。鸟儿的声音成了喃喃私语时，一股强劲的孤独感袭上她的心头。

"我不能躺在这里……"

"躺在这里……那些多嘴长舌的闲人不说七道八才怪呢……"

她清醒自己的处境了。她又想撑起自己的身子，她很想到房里的床上去安静！可是再次努力时，又趴下了。

这次趴下睡了多久她完全不知道了。她在恍恍惚惚间，看到老父亲、老母亲来了。父亲还是那样慈祥，母亲还是那样和善。她从小被父母护着娇惯着。她被绳子捆绑时，母亲陪着流泪，父亲无奈地叹息。失去工作后，父母给了她许多安慰。她尿一泡屎一泡拉扯着孩子时，经济那样困难，父母帮了不少……这个时候，父母又来了，她内心宽慰了许多。可是，她呼唤着父母，父母只是笑，并不回答她。她要向父母走去，她的脚像被什么绊着一样迈不动，父母却老是只站在那缥缈的远方。她向父母扑上去时，耳边突然传来一阵唢呐声……

这唢呐声从哪里来，她想扭一下头，头已经没有力气了，父母的身影消失了，她要去寻找，眼睛没有力气了，渐渐地，唢呐声也远了，她什么都不知道了……

根

"你喜欢花吗？"

朋友，当我提出这个问题的时候，你一定会不假思索地回答："当然喜欢！"

是的！花是当然被喜欢的。你看，那春桃夏李、秋菊冬梅，四季鲜花，依山傍水，夹路倚岸，应时竞放，其亭亭玉立之姿，俊逸潇洒之貌，菲菲芳芳之味，岂不令人醉哉？难怪人们常常把它戴在胸脯，贴近心房，插入花瓶……情人爱寻花丛而悄语，劳作之人喜承花香而消倦，攻书儿郎常临花簇而吟咏……

正是因着那迷人的美，花，从山川之野步入了大雅之堂，博得了人们的追求、爱抚、遐想，受到人类的称赞，甚至占有了人类最崇高的荣誉。

花是美的，然其"美"何来？

朋友，当你临花咏叹的时候，你是否意识到了另外的内容？

这里，我想说说一种比花更富有吸摄力的东西，这东西，本来与花就有不解之缘，但它使我对它的感情超乎花之上。

一个滴水成冰的早晨，小年的鞭炮刚刚炸响，我回到家里。这时，祖父正把一棵小桃树苗栽到院子的树坑里，我不禁犯疑，问道："这么冷的天，栽下去能活吗？"

"能的！"祖父掩了一锹土，毫不犹豫地说，"只要根不死，树是不会死的！你别看它现在这个样子，惊蛰水一喝，它就要发芽了。再等两年，它就开花结果啦！"

祖父一番自信的话，引起了我对"根"的注意。我拿起另外一棵桃树苗端详起来。大地冰雪凛然，树枝萧条枯萎，看不出有什么生命气息。可是，根却滋然润色，露出无限生机。小小桃树苗啊！其生命活力，在这冰雪严冬，竟贮藏在这根里。

又一个桃树坑挖好了，祖父在坑里放了点肥料，我忙把这棵树苗放进坑里。

第二个浓春，我回老家，一踏进屋后的院子，就被那一顶顶雄姿勃发的翠色"华盖"吸引住啦！

你看，去年还是那样萧条弱小的桃树苗，现在竟然枝叶繁茂了。

第三个春天到来的时候，那一棵桃树，真的闹起花事来了。看那树枝梢头，含苞欲放的像小绣球，迎春展瓣的妖媚多娇，美之极矣。这时，我又回想起祖父那富有哲理的话："只要根不死，树是不会死的！"不禁感慨：小树根啊！没有你，哪来枝叶繁茂、开花结果！然而，当花以灿烂色彩，博得人间称誉的时候，你又在哪儿呢？

我不由得低头寻觅起来，想看看根的一点什么，结果，什么也没有看到。只是，在不远的地方，有一支小根须好像是一不小心露出了地面，又匆匆地钻了进去，并不打眼。失望之余，我禁不住对根肃然起敬："根啊！你多善！多美！多真！"

你把身子伸向四面八方，吸收土中水肥，加工成精美的营养，无私地输送给树的每个细胞，使树干苗壮，枝叶繁茂，花儿鲜艳。你的活着，完全是为了别人的活着。

你有着坚忍顽强的毅力。这不仅仅是你不怕艰难险阻，再硬的土层也敢钻，再多的石头也要挤出条缝，而且——

当烈日炎炎的时候，外面花事已了，叶儿飘零，你却艰苦地为树吸收水分。

冰雪料峭的季节到了，树早已丢盔掇甲，脱下绿袍，你仍然艰苦地吸收营养，哺育那从冰雪里撤退到你怀抱的生命。

狂风骤雨来了，你深深地把身子扎进土里，从四面八方把树干稳住，任凭风雨摇曳推搡，毫不松懈倦怠。

你对人无所求。你似乎不关心什么名誉地位，从不抛头露面，不作姿取宠。当一朵花儿被捧进书房、厅堂，插入花瓶、戴上人的胸脯的时候，你还是在地下默默地辛勤工作着。

有些不知趣的花儿，有了自己那惊人的美，就忍不住骄傲起来了。骄傲得忘记了你，飘飘然地离开了你。而结果呢？离开了你的，不久就坠入尘泥，可你，无损于它的离开，却活得仍然健美。你也不因此而计较，过些日子，你又用自己的心血，哺育出了新一代的花朵。因为这点，你又是胸襟坦荡的。

啊！花美于外表，你却美于心灵！你是真正的最美、最真、最善的呀！你应该真正地享受人间最崇高的荣誉。不把最崇高的荣誉授予你是不公平的！我希望有一天，人类会把你戴在胸脯，贴近心房，插入花瓶……

但我又不希望这一天真的到来。因为你的美、真、善，决定你是只默默地、无休止地、辛勤地工作的。倘若真的把你戴在胸脯，贴近心房，插入花瓶，让你离开了土壤，离开了劳动，那就是违背了你的意愿，那就是对你品格的亵渎。

"桃花漂亮吧！"正在我神思飞扬之际，祖父来了。他左手拿着一把铁锹，右手提着一筐粪。

"再过些日子，就该吃桃子啦！今年天气好，春里太阳多，桃子肯定汁多，蛮甜的。"祖父边说边给桃树培土，我也忙去帮助施肥。

吃桃子的时候到了。当我把一颗又肥又大的鲜桃送到嘴里的时候，那甜里微酸的汁儿，激发了我无限感慨：人谓花为果之母，我谓根为果之本。不然，栽树的人们，为什么特别注意在树的根部培土施肥？我很想向人们申述一下："我所爱者，根也！"

不幸的是，祖父在一月之前，就离开了人间。这树是他栽的，肥是他施的，可是，到了真正享受果实的时候，他却坦然眠于九泉。

我咽下一口桃子，掉下几滴酸泪。

我从内心深处感觉到：我的祖父——不正是一直默默地劳作，为别人酿造生活的根吗？

第三辑 · 梦燃烧的地方

老屋，我的灵魂居所

写在前面的话：家乡的老屋，我永远的情结。它的情在我的心里，我的梦在它的怀抱。它阅读着我，我阅读着它。它阅读我的成长过程，我阅读它的时代沧桑。我在它怀抱里的成长，是父母的养育、乡情的熏陶。它的时代沧桑，是社会的颤动，民生的命运。任何人的老屋，都会是这样，一部个性化和人性化柔和的教科书。

老屋，多少回梦里我在她的怀抱。

是她，从小在我的心田种下梦的种子。又是她的养育，我的梦长出翅膀，飞翔到海角天涯。还是她，用无形的情思牵着我的灵魂，我在海角天涯的无论什么地方，都会用湿润的梦吻她的恋情、念她的故事。

我的老屋在她峥嵘的岁月里演绎着生命的曲线。这道曲线是普通百姓用血肉灵魂弹奏的酸甜苦辣的音符，也是自然风物用岁月情结缠绕的宛转悱恻的旋律。

我记忆里最初的老屋，是坐落在江南水乡的一所由四组品字形的木架子结构而成的三间瓦房。房子的四壁和内壁以及窗、楼板全是木质的，两米多高而厚实的木大门，每次开关都发出响亮的吱呀声。

老屋左拥竹园，右临池塘；房后菜园，房前稻场。菜园和稻场的外沿以及池塘的四周，杨柳桃柚樟椿等树挺拔翠绿。一条小溪远道而来，贯穿池塘而从稻场边的树丛中曲折地延伸到其他地方。一条青石板铺成的小径从厨房通向池边的码头。

池塘水清波绿，味甜质纯。父亲每天早起后的第一要务就是挑着木桶踏着青石板路挑水。母亲每天早起后的第一要务就是到菜园里挖菜。在父亲把一大缸水挑满后，母亲又踏着青石板到池边洗菜。母亲洗菜回来不一会儿，带着草木香味的乳色炊烟就从绿树掩映的青瓦缝里缕缕钻出，袅袅升起。这时，漫天的朝霞在老屋的炊烟里洒到我们身上，是农家的味道。就这样，老屋里我们家一天的生活便开始了，父母有节奏的劳动演绎着田园风情。

老屋的四季是水墨丹青。

春天，小草在晶莹的酥胸里探出头来，绿色的火焰在朝阳辉映的露珠上燃起了野火烧不尽的荣光。灿烂的桃花次第展开羞红的脸庞，粉蝶在它的琴键上弹奏浪漫的曲子。鸭子在池水间追逐着乐趣，竞赛似的唱起春天的故事。机灵的燕子穿梭似的在耕牛刚翻起的泥丸上衔泥，然后飞到家里，在父亲给它们在檩条的挂方上用铁杆特意固定好的瓦片上筑巢造梦。

夏天，杨柳的枝条把千古修来的灵性头发浸泡在池塘里，池塘就有另一头头发，惹动调皮的小鱼钻进去嬉戏，水面上漾起一圈圈的生命涟漪。小荷露出尖尖叶，脆嫩的荷色招徕红蜻蜓绿翠鸟好奇地停在它上面，散发着诗的韵味。清风把荷香带进夏夜的窗户里，我们枕着清爽进入梦乡。

秋天，老柚树上那黄澄澄的柚子的清香是馋人的欲念。柿子的甜蜜每年都要甜醉左右邻舍的乡亲。木子树的红叶飞乱漫天彩蝶。菊花在篱边用金色的心情营造着陶渊明归园田居的情景。碧梧借来秋风摇曳着倩影。丹桂用醇厚的芬芳激励着秋蜂的繁忙。

冬天，窗含千秋雪，稻场满鹅绒，是小时候的我和弟妹们最惬意的环境。我们堆雪人、打雪仗、掷雪球，大人们也被诱出童心加入我们的行列。池塘结冰的时候去滑冰又是最刺激的活动。最有趣的是在雪地里扫出一块地撒上一把米，然后张开一张网或撑起一个筛子，一会儿就有贪吃的麻雀被好奇的我们玩耍。

老屋一年上头都是诗情画意。

那一园子密密麻麻的翠竹，什么时候都把神秘的清香送进我们的心脾里，送进我们的灵魂中。竹林里常常有我们童稚的笑闹。邻居的翠娥、小娟这些如花似玉的小丫头常常邀我们在竹林里扮演新郎新妇的故事。这些青梅竹马的天真单纯深深地藏在我们成熟后的羞涩里。

竹林和大树是鸟儿的天堂。每天凌晨，白头翁、喜鹊、布谷、斑鸠、黄莺，和家里的雄鸡开始清晨的合唱，它们清脆悦耳的歌声惊醒老家的大门，大门吟着咿咿呀呀的小曲敞开胸怀时，第一个从屋里走出来的就是父亲。傍晚，这些鸟儿扇动着夕阳的余晖回来了，它们呼伴逐侣地翩翩起舞，亮嗓情歌，清风为它们和弦，树枝为它们拍手，袅袅炊烟也殷殷地送上柔情。

穿过老屋的竹园，就是长龙似的防洪大堤。登上大堤，向东而望，是汤汤湖水。湖光岛色，湿地风貌。树苍托紫雾，水碧卧蓝天。千层碧浪隐红日，万道祥光照鱼鸥。白帆点点追鱼走，水鸟压压遮云来。是个王勃抒情秋水长天，苏子讴歌水调歌头，若虚咏唱春江花月夜的好所在。

再回过来，屋边的池塘是我们儿时的乐园。我常常用一根竹竿系上母亲纳鞋的粗棉线，把在煤油灯上烧红的针弯过来做成钓鱼钩套上扭动的蚯蚓，钓几尾鲫鱼让母亲煮汤。那棵把粗壮的身躯斜到池子里的柳树，它的皮肤始终光滑而细腻，因为我们夏天的许多日子都是在它的身上爬来爬去度过的。我们一群男孩女孩爬到它的树梢头跳水扎猛子玩狗刨刨，比赛着跳远、气长和速快。我们玩够了离开时，大大小小的乌龟们就趁空爬到上面晒太阳观风景睡懒觉。它们一看我们来了就麻利地"扑通扑通"跳进水里，然后伸出头回望我们一眼马上隐身匿迹。

老家的月亮最精彩。明亮的圆月下，我们　群孩子离开家里的油灯而聚集在宽敞的操场上，玩狼捉羊、老鹰抓小鸡的游戏夜深不归，这自然是最开心的童趣。但至今回忆起来越来越感到有韵味的精彩，还是月亮用它神秘的朦胧幻化出的醉人的影、梦、魂。月亮挂在夜空里，一明、一暗，天朦胧、地朦胧，乾坤迷入混沌梦。月亮镶在窗棂上，一隐、一现，睡蒙眬、眼蒙眬，睡眼惺忪枕幽梦。月亮投入花丛中，一摇、一筛，形朦胧、色朦胧，形形色色做起花月梦。月亮进入池塘里，一静、一漾，池水映物屋朦胧、人朦胧，海市蜃楼里飞出水月梦。月亮泻入竹林老树，一浓、一淡，树朦胧、竹朦胧，鸟惊竹树摇动白日梦。享受月亮那朦胧的影、梦、魂，我们就飞出了自己的魂，生出了自己的梦。

第一代老屋的大梦正酣时，不幸遇到"瞎指挥"和三年困难时期。

这时候，公社化的大集体运动让我们两次迁徙他乡。一次是北迁，再一次是西迁。两次迁徙，我的老屋和她的邻居的房子一样都无人居住。屋面的青瓦被三月的狂风飘曳到了四面的荒地上，变成了掩埋在尘土里的历史碎片，堂屋里齐腰深的蒿蓬杂草里穿行的是野兔、野獾。父母天天来回行走的青石板路在杂草的遮蔽下布满青苔。后来，大集体的食堂干脆把老屋的木板、木架拆去了，派上用场的用了，没有派上用场的烧了。这样，我清瓦木架的老屋，就只有二十多个磉磴，带着繁华与萧条的记忆流落到了无法知道的去处。这一代的她，除了我的单相思之外，就荡然无存了。

在“大跃进”运动里，我们唱着“一颗卫星飞上天/飞上天/天又亮/看看祖国怎么样/怎么样/到处都是新工厂/新工厂/机器响/工人叔叔日夜忙/日夜忙/忙得欢/超英赶美做榜样”的歌谣，看到竹林、大树，为大炼钢铁做了贡献。白头翁、喜鹊、布谷、斑鸠、黄莺，都被吓得飞无所归。我想，在这“卫星”漫天的年代里，其命运是可知的了。

第二代老屋是在“斗私批修”“割资本主义尾巴”的红色环境里建造起来的。这所老屋具有“革命性”的本色、完全的“无产阶级”性质。在计划用树、计划用煤、计划用地、定额工勤的制度里，立柱、檩条、椽子，都是一色的家庭出产——池塘四周、屋场四周，那些牺牲在炼钢运动中的老树的后裔。虽然这些杂树荆条比不上过去架子屋的木头成材，但父亲的智慧和勤奋仍然使它们派上了骨干用场。父亲聪明的不是像平常程序做房那样先盖好房子再筑墙，而是发明了做砖瓦房的工艺。他首先筑墙，再立架，最后盖屋面。那墙全是他在月亮点灯的时候，在墙附近挖沟、注水、掺和着剁碎的稻草，用双脚当搅拌机，反反复复地踏踹搅拌黏稠了的混合泥做成的。他珍惜月光的价值，每夜都劳作到寒鸡鸣更。我们每天一早从棚里起来，都要看到像长城一样的屋墙长出高度。做屋的那些日子里，父亲虽然渐渐瘦了，城墙却日渐高了。一个星期下来，三间外墙的前后檐墙和两边的山墙有了两米高。接着几天下来，内墙也有了两米的高度。这时，父亲就把选来的树条、荆条，用铁丝、马钉，按尺寸和坡比做成整体结构，请来邻居，一瞬间就抬上了城墙。然后父亲就在屋面上面上荆条椽子，铺上芦苇帘子，最后盖上稻草。

房盖好后，我们搬了进去。我感到既新鲜又舒服，竟然失眠了两夜，一连几天下来都是激动。因为那种夜漏蜷缩躲雨，寒来找草塞洞的日子毕竟过去了。

我的城堡似的茅屋，冬暖夏凉，宽敞舒适。爱美的母亲珍惜有加，她把墙面修得光滑发亮。这湿润的墙在干燥过程中免不了由于热胀冷缩的物理作用而龟裂，所以母亲每天都要细心地观察，一有缝隙就赶快捶使其愈合，始终保持了墙的平滑。那个时候，我常在平滑的墙上面用枝条写字画画，获得不少乐趣。

我那住房还特别引来邻居的观赏、大队领导的赞赏，这满足了我小小的虚荣心。当看到像我的住房一样的房子在村里许多家修建的时候，我的自豪心大发，竟然到处夸耀父亲做屋的经验和程序。这对这些正做屋或准备做屋的家庭来说，确实管用了一阵子。

可惜这所城堡似的二代老屋住不到三年，就在一个荷花水涨洞庭湖平原的雨季里，一夜坍塌了。

那是农历五月尾的天气，池塘里的荷叶天真地托举着红颜的荷花，稻田的稻谷都正在饱粒成熟晕黄，荷香混着稻香，熏陶着乡亲们的美梦。我的老屋，每天都有邻居提着酒，捉几尾鱼，到凉快的堂屋里和豪爽好客的父亲"打牙祭"，乐叙眼下的丰收，计划着家庭的添置及孩子们的衣服换新。可是一天，天晚不见霞光，唯见西南边的乌云驾雷鞭闪，排着严阵齐刷刷而来，不一会儿，狂风摇树难抬头，白鹤惊飞天外逃，铜钱大的雨点噼里啪啦在堰塘击起水泡，在稻场溅飞尘土。小饮颜悦的一桌人，马上皱起了眉头，有一种灾难临头的感觉。

这雨如瀑如帘，立刻天黑如墨，空气憋闷而沉重。只一夜，就积水横流，稻田里一片白光。广播里紧急通知村民搬家上堤。澧水上游堤决口，从武陵山区急奔而来的洪峰，顷刻就要来到。

由不得人们犹豫。父亲拿来塑料布，在家背后的大堤上扎好了简单的避雨棚，就准备搬运衣物家具。可是，搬第一趟的时候，水到了稻场；搬第二趟的时候，水进来厅堂；第三趟，母亲的一锅蚕豆还没有炒熟，水就进了灶膛。

父母含着眼泪把我们叫到大堤上的避雨棚里，看"水漫金山"的凄凉。当时，整个世界都在激流漩涡中动荡。我的第二代老屋，父母付出心血最多的杰作，就这样泡在两米深的泽国里。

夜里，到处是震撼心魂的响亮"扑通"声！那声音此起彼伏，有时候又连成一片，恰似老人闲侃时所描述的日寇进攻常德时，横山勇狂轰滥炸常德的炮声。这给人带来无限的担忧和恐惧。

大堤避雨的第二天，我睁开熬了一夜的倦眼时，日高一竿了。这时，雨停了，云散了，风静了，太阳挂在蓝空，可是，大地简直沉没了。堤内堤外，白茫茫一片，太阳光一照，刺得人睁不开眼。而我们避难的大堤呢，是一条曲折的黑墙，像卧在海波万顷的小龙，我们真担心它翻身，把我们这些蚁族灾民，送给龙王。

洪水的淫威过去了，大地不到四天就露出来了。这时，我看到我的老屋，父亲辛辛苦苦筑的城墙，已土还沟壑，隳然坍塌。可是，那整体结构的架子屋面，除了稻草飘走外，竟安然无损。这整体结构的"人"字形架子，其中心高度超过两米，我们就暂住在里面，父亲把架子垫高一点后，就在上面盖上塑料布。这时候，乡亲们的中心任务就是把从田里收割来的生了芽的稻谷脱下来，一锅一锅地把那谷芽炒焉，作为灾后自救的救济粮。

灾后，安二型飞机在我们的上空转了几天。政府的勘灾程序进行得很迅速，补助方案马上就下来了。我家分到了计划树和计划楠竹指标。那时候，我们全家拖着板车，到县城把计划指标买了回来。同时村里也向县要来了计划煤。入秋以后，大队成立专业队伍建窑做砖制瓦，大队动员村民们按分配任务提供烧制砖瓦的柴薪，作为计划煤不足的补充。尽管村民都支持，但灾后的能力毕竟有限。由于全大队的砖瓦需求量大，所以燃料缺口也总是大的。有人提出了火候节省的建议，在这个建议之下，整个秋冬之际，大队的几个砖瓦窑，烧出的都是嫩火黄砖黄瓦。但是有人试验过，这黄砖黄瓦被水浸泡一个月，不松不散不变形。大队书记在砖瓦分配指标的群众大会上说的话，给了人们鼓励和希望。他说："我们的黄砖黄瓦，虽不能牢固百年千年，但至少可以牢固十年二十年。再过十年二十年，我们这里是什么样儿：是楼上楼下、电灯电话……"

人们疯狂地鼓掌。大队为民解忧，办了一件有眼光的好事。我们这个平湖区的乡民们，再也不怕法海作难时水漫金山了。

于是这灾后的一个秋冬下来，家家户户盖起了水泡一月不会散的砖瓦房。我家这时的老屋，恰好赶上这时髦而进化到第三代。是时也，站在大堤上眼望那绿树掩映的一排排黄灿灿的颜色，真有喝高了酒的浪漫醉意。

在第三代老屋里，我们都在迅速成长。就我个人的角度说，天真的浪漫已经摇手惜别，生活的压力沉重地降临。我在"文化大革命"中结束了中学生活，我驾船和父亲在湖里捕过鱼，当了半年的赤脚医生，接着又当民办教师，旋即在20世纪60年代与70年代之交参军入伍。生活在万花筒中变化。

退伍后，我开始挣扎个性化的出路。我在国字号机关、单位陈述军旅的经历无人感兴趣而悻悻然回老屋后，在干部录用赢在考核而输在内定以后，力图在虬枝劲横的大树丛里顶出一个呼吸的小孔。于是，在老屋里，在生产队集体劳动之余，我开始发奋。当时，隆冬的风雪赠给我跋涉唐宋文山的冷静，流火的暑气鼓励我攻略数理阵地的热情，屋后蜿蜒的大堤是我深夜背书的空灵蹊径（我在堤上忘我背诵时，堤上的路是我无意识状态下行走的）。尤其是那盏柴油灯，它用熏黑蚊帐的奉献，侍候我熬五更。蚊帐也敢于黑了自己而为我拦截蚊虫。还有不可忽视的夜，用它沉沉的寂静和孤独的爱抚，保护了我的聚精会神。

得益于多方面的支持，我终于考上了大学。老屋的酿梦育梦，使我飞出了梦的翅膀。

以后我成家立业。先是追赶着工作背井离乡，后来是被孩子牵着情感辗转。我长年行走于长沙、广州、深圳，生活的速写，一下就把我30多年（部队在外）的岁月给轻描淡写地忽略过了，最后的笔墨，重重地落在我苍苍的鬓发上。

这期间，我也是常回家看看。

我每次回来时，老家都在发生着日新月异的变化。我出去的一些岁月里，老支书所说的最大时限不到（还只有16年），我的第三代老屋就无影无踪地进入记忆的仓库里了。它坐落的地方，耸立起了两栋两层的具有现代色彩的楼房。父母亲的居所，则在两栋楼房之间的敞亮平房里。而我过去的邻居呢，在我弟弟们的楼房建成的前前后后十多年里，都实现了老支书的预言。不过远远地超出了老支书的描绘，比如说，对于现代化的家庭建设，老支书只讲到电灯电话，而彩电冰箱手机电脑摩托车小汽车，水泥道伸到门前，这些是他当时还无法梦想到的。现在，老支书已经不在了，但他的话却还在发酵。

虽然是回家看看，但我的户口和身份证，已经表明我不是老家的人了。特别是父母驾鹤西去以后，随着时间的推移，老家，不久就要成为我寻祖认根的凄婉感念，而我呢，现在是老家的骨血，实际上是家乡的过客。将来，必然是游子孤魂。

也许是落日怀故土，归鸟恋旧林的感情吧，背井离乡的时间愈久，对老屋的记忆愈清，梦回老屋的感觉也就愈温馨；渐渐感觉到，老屋的恋情是茧，在岁月里抽丝，愈抽愈长愈缠绵；老屋的恋情是源，在故土里发流，愈远愈曲愈宛转；老屋的恋情是酒，在心灵里酿造，愈浓愈香愈醇厚；老屋的恋情是梦，在怀念里编织，愈细愈密愈频繁；老屋的恋情是树，在心田里高大，愈茂愈荣愈依赖；老屋的恋情是泪，在离别中渗出，愈单愈寂愈苦涩。

为此，我要尽情地唱赞歌一首《家乡的老屋》：

> 家乡的老屋
>
> 你用什么吸引我的灵魂
>
> 一张从爷爷的爷爷手里传下来的风车
>
> 褪尽繁华后
>
> 油漆斑驳
>
> 风蚀出的木纹
>
> 裹着沉重的岁月蒙尘
>
> 让我想起父辈及父辈的父辈劳动的身影
>
> 他们丰收后的喜悦
>
> 风车曾为他们唱歌
>
>
> 家乡的老屋
>
> 你用什么牵引我的记忆
>
> 墙上那件蓑衣
>
> 乱蓬蓬的棕毛上

落满了古色的憔悴

它仍然张大鹰的翅膀

它曾经翼护着祖父

也翼护着父亲

躲过了多少雨箭风刺

它让我想象那个时代的愁云惨雾

家乡的老屋

你为什么使我那样软弱无力

甚至没有离开的勇气

因为你这里有我

生命落地的脚印

在许多物件和地方的痕迹

更有一群

沐浴我成长的眼光

古朴厚醇的乡情

家乡的老屋

我每次回来

都会醉倒在你的怀抱

都会用醉来表达我

对你的纯真和深情

让你知道

一个游子的幼稚童话

钩沉记忆，岁月风情知多少

现代化、高速度、市场经济，考量和淘汰着人类社会生活中的许多事物。拥挤、浮躁、污染，又让人们总是钩沉岁月，梦里呼唤着一些美丽的记忆，憧憬着得到歇息和享受。生活的欲望驱赶着身躯必须在前卫的浪涛里搏击，疲惫的灵魂又常常把人们的感情淡定到最惬意的安闲里。这种惬意的安闲好多是对过去的回忆。

夕阳西下的时候，端一杯清茶，坐在楼峰高耸的罅隙里仰望飞鸟掠过那一方灰蒙蒙的天空，你可能会想象起广袤无垠的平原上那在稻浪上飘荡着的似轻纱的红霞。牵牛花从阳台上垂下枝蔓时，驻足凝望她的倩影，你可能会记起薜荔络满篱笆的农家风景。好不容易息了一天的噪声，躲避了满街的尾气，把身子裹在被窝里，你是否会梦游在竹树掩映的老家？在窗台上、书房里，放一盆水仙花、君子兰，你每天都要为之注目凝神，不就是为了把乡野的绿意抽象为诗韵来陪伴你的心情吗？

为什么背井离乡的游子总是眷恋自己的家乡？我想除了生养之恩而外，必然还有一些牵肠挂肚的美好记忆吧！这些美好记忆的许多元素是不可能再回来了，却仍然在心灵深处发酵着你过去纯真无价的童趣，以及青梅竹马、少年往事。

在这里，我仅以一年中的一半的时间历程及一半的努力，来抢救愈久愈远、愈远愈模糊的那些不见经传的陈年往事。这些往事，今天是没有市场了，此后的人们也不可能去恢复它们了，但它那古香古色的魅力仍然可以散发出古朴民风的神秘，给人以醇酒般的醉意。

正月，和乐童趣

正月是一年中最具童趣的日子，古往今来，黄发垂髫，无论谁，都会以童趣的心态、童趣的味道，在童趣的氛围里构造着这个难得的梦境似的快乐，及生命天真的浪漫。梅花、白雪、火塘、北风招来清闲和团聚；年画、对联、新衣服、新年的焰火鞭炮；笑脸、慈祥、祝福的吉言、美好的祈愿；四世同堂、家客满座、一桌佳肴、醉人的酒香；大人们像孩子一样的玩耍，童心的回归及与儿童的亲密，充盈着这一月的每一天。狮子带着连枷、耙头（古武器）、绣球，在点子（由铜钹、铜锣、唢呐等民乐组成的组合乐器）的欢快音乐中跳跳蹦蹦起舞；龙灯踏着锣鼓的韵律，旋转翻滚，如云似水地游动；竹马在二胡的韵律中唱着花鼓的腔调与蚌壳精、耍花棍的小生相戏；吕洞宾传授的道琴（渔鼓）、莲花落（快板），用淳朴的楚风吟咏着祝福；三棒鼓以娴熟的技巧耍着三根鼓棒击鼓，唱着即景而作的迎新贺词。这些古老的民间艺术，串乡走巷、挨家挨户地表演，正月十五过去了也意犹未尽，吸引一群孩子，也有大人，屁颠屁颠地跟随到后面，不黑不归。正月十五，又是一个不亚于大年初一——也许比大年初一更加热闹的节日。传统的元宵节，团聚吃汤圆，上街看灯会、猜谜语，一切都是形形色色的灯火辉煌、五彩缤纷的不夜天景象。

现在，别了！正月的许多事物与乡风乡俗的乐趣。不用说电脑、智能手机，一部电视机，就足以替代繁多的民间艺术形式。有了电视机、电脑与智能手机，人们无须合家而居、乡党而聚，可以各取所需，无论何处，都能个性化地享受媒体的共同资源。电热器、空调、现代楼居，使火塘成为历史，人们久违了柴火的轻烟飘拂的美丽，失去了星火四溅及红火鲜艳的魅力，还有松木、樟木、杉木等燃烧时缭绕于梁、悠飘盈野的芬芳。春节里的农村，别了过去时时处处此起彼伏的锣鼓阵阵，也别了一群群来来往往于路上串亲或追随热闹的人群。摩托车、汽车的高速度，一天就能把百里散居的亲友团聚在一起，一天就可以完成拜访的任务。

二月，社日风情

我们同样把视角放在农村里，在"惊蛰二月节、春分二月气"来时，月令当花，社日（二月初二，地公的生日）当值，惊蛰的雷声和雨点，惊醒了冬蛰的动物，苏醒了眠睡在根部土壤的小草，催开了包裹在枯皮里的杏、梨、李的花苞，小鱼开始从深水里浮上来，在经受了暖阳的水面游动，这些都不必去多说了。我这里要重点提的是，千古流传的社日，是越古越重要的日子。人们以土为本，靠土养育繁衍生息，尊土地为社神，故而从三皇五帝开始，走过了《尚书》《诗经》等经史子集，一直到各代王朝乃至民国的史志演绎春秋的漫长岁月，每年的这一天，帝王或国主，都要举行隆重的祭天祈福仪式，虔敬社稷后土。因此国有社稷坛，乡有土地庙。社稷坛因朝代而设，土地庙分族而建。朝廷举行祭奠仪式时，乡下也召开庙会（或称社戏）。乡下社日庙会一开就是几天。在这几天里，人们除了给土地公公和婆婆披红、摆祭品、烧香、磕头、放鞭炮外，就是唱草台（野外露天戏台）戏、扭秧歌、走高跷、打莲花落、舞龙灯狮子。同时，传统的小卖也会在这时到场展示风采。这些具有民间艺术特色的小卖在吃的方面有吹糖人、旋棉花糖、敲麻糖、烧烤鱼肉串等，花样百出，艺术风趣纷呈。其中最有趣的是吹糖人。糖人师傅表演似的用一根麦秸管挑上一点文火稀释的麦芽糖，嘴对着空管均匀地吹气，糖就像气球一样鼓起来。紧接着糖人师傅就趁热把气泡耍魔术似的捏成鸡、鸭、虾、鱼、马等各种形象，最后，在糖质艺术品上插竹签，冷却成型后送到好奇且嘴馋的孩子手里。这些艺术形象生动逼真，孩子们买来后看着有趣，好长时间舍不得吃。

如今，庙会已别了。敬土地只是少数没有走出传统观念的老人的事了。由此，庙会的衍生物也就没有了寄生的环境和条件，家乡的满街满乡，吹糖人的、旋棉花糖的、敲麻糖的已经好久没有了踪迹。

三月，清明春耕

三月，是花雨清明月，更是农忙春耕月。从传统习俗文化上讲，由《诗经·郑风·溱洧》中描写青年男女上巳郊游："溱与洧，方涣涣兮，士与女，方秉蕳兮。女曰：'观乎？'士曰：'既且。''且往观乎？洧之外，洵讦且乐。'维士与女，伊其相谑，赠之以芍药。"到"清明时节雨纷纷，路上行人欲断魂"的踏青祭祖，展示着三月的文化内涵。而三月三西王母的蟠桃会、太昊陵庙会、纪念道教真武大帝寿诞的法会，则更渲染了三月的神秘。这些神秘的文化我们当然不必过于在意，除了留下敬祖惦念根本的习俗外。

如果留意农忙春耕月的特点，我儿时的平原稻乡，这时候，繁覆若被地盖在丘丘田垄上的红花草籽（苜蓿）的花红了，兰花草籽的花蓝了，金黄的油菜泛金了，青翠的麦苗流翠了。平坦而广阔的田园，花艳灿灿，花芳习习，花韵悠悠，乐坏了也忙坏了的蜜蜂蝴蝶，嗡嗡翩翩，穿梭得人眼花缭乱，那真是目不暇接、美不胜收、乐醉无限的景致啊。这时，除了油菜、麦子是春收作物外，红花草籽和兰花草籽都是农民做水稻有机肥的植物，因而趁着这些肥料作物老之前，农民抓紧犁田，把作物沤在泥里转化为腐殖质。此之时也，耕牛遍地走，驶牛歌儿漫天飘。那驶牛的歌儿，虽说简单，却有风味。异类对话，大有学问，非人与牛长期和谐相处，驯化基因历代承传不可。我们那儿的驶牛歌带有江南稻乡的特点，有令牛转弯的唱词："喔哦——过来啊呀——"有催促牛快走的对白："起起起……起起起……"有对学耕的年轻牛的唱白："跟沟嘎走……走沟嘎的……"乡韵俚语，高亢悠扬。现在回忆起来，竟然是那样地荡气回肠。

可是，现在也别了。绿色稻谷的有机肥料红花草籽和兰花草籽已绝迹，高效的无机肥（化肥）被生活水平和经济欲望日益提高的老农民的后代们当成了主体肥源。耕牛也被高效能的耕作机械替代了。过去作为生产力而被人们视如命根且为法律所保护的耕牛已经退"耕"为"肉"而与鸡鸭鹅猪同列，成为人们舌尖上的佳品。商品农民的经济环境里，那些驶牛的歌儿已深深地尘封在现代化耕作的泥土里，没有了踪迹。

四月，古习俚韵

四月，有古代民俗的浴佛节，亦称洗佛节、佛诞节和龙华会。老北京的习俗里，初八日，佛教寺庙要举行纪念仪式，民间也在此日前后举行吃结缘豆、拜观音求子、拜药王求康的活动，人们还特意把自己养的或买来的小龟、小鸟、小鱼带到河边或山野放生，以结善缘。据《宛署杂记》载："……自四月初八至十五止。天下游僧毕会，商贾辐辏，其旁有地，名秋坡，倾国妓女竞往逐焉，俗云赶秋坡……"届时游僧临坛说法，全国的歌女舞女载歌载舞，比歌声比舞姿，人声笙歌，五彩缤纷，热闹非凡。

从农事的角度看，正当立夏四月节、小满四月气，在我们江南稻乡，天朗气清，惠风和畅，柳风稻浪，涤荡襟怀。农家栽种已毕，转入田间培管，此时，《薅草歌》《车水歌》，在万顷稻浪里飘飞，江南水墨里沸腾着迷人的风情。

农家的《薅草歌》是人们在齐膝深的稻田里弯腰双手给禾苗薅杂草时唱的劳动之歌，通常以青年男女的爱情和歌颂生活与劳动为主题，歌声在相邻的稻田丘块间传递，和应互动，悠扬婉转，纯粹的乡俗俚调，别有风趣。小时候我和大人们田间薅草最爱听的是金哆的唱腔，一次，他自编自演地唱道：

"西边的姐儿你听得详啊，你今天要给我啊熬鸡汤啊，我洗脚上岸给你送斗粮啊，你给我买了胭脂办嫁妆啊，诶……"

他高八度的腔调清越动人，立刻引来了邻近丘块（一块稻田）的回应：

"那边的哥哥你痴心妄想啊，你斗米的嫁妆啊是鸡肠啊，金山银山我不想啊，你只把那心给我看端详啊，诶……"

这是一个细腻靓丽的女子音色，激荡着人的灵魂。

听说他们后来结双成对，就是这四月的《薅草歌》做的媒。

《车水歌》有点像战场上的冲锋号，它雄浑的节奏，激励着人们脚踏车柁的速度，展现的是一种轻重缓急的劳动场面。那个时候，稻乡车水灌田的农具就是龙骨车，四人一组或六人一组，用同一的步子踏动交错安装在传动水槽盘的车梁上的车柁，推动车盘在水槽上游动，以此把水从池塘带上稻田。人们一般以车盘在水槽上跑一周为一槽水，一槽水就是数水的单位数。数水的调子是："一个儿一喔，一个儿二啊……五个儿一喔，五个儿二啊……九十啊八呃，九十啊七呃，九十啊六呃……"从1到100，又从100到1地数完正反100的数字为一上水，一上水完了就小憩一会。正数1到100时，比较舒缓；倒数100到1时，逐渐急促。特别是最后的几十个数字，数的节奏愈来愈紧，人们双脚踏柁的速度如飞，大汗淋漓，谁要是步子跟不上，谁就会踏虚脚掉下车梁。此时龙骨车的带水盘也跑得愈来愈快，水槽出水处飞溅着雪浪。这是一幅十分精彩的劳动场面。数水的人要有好气力、好声音。我们村数水的力气与声音俱佳的是全叔。他数水的声音，可以传到三里之外。

如今，科学淡化了习俗，也解放了劳动。化学除草剂一撒，稻田无须薅草了；抽水机一响，龙骨水车失业了。那些自古传承的热闹与《薅草歌》《车水歌》，便告别了乡间。

五月，忙里端阳

五月有芒种夏至节令当值的农事，也有传统的习俗。

从农事上讲，如《月令七十二候集解》所说："五月节，谓有芒之种谷可稼种矣。"意指大麦、小麦等有芒作物种子（故称"芒种"）已经成熟，急于抢收；晚谷、黍、稷等夏播作物急于播种；春播作物急于夏管。人们的田间劳动很忙，所以芒种又有"忙种"之意。

从传统习俗上讲，五月有花神祭祀、安苗祭祀和端阳节活动。

花神祭祀是说五月里的百花开始凋残、零落，民间多在芒种日举行祭祀仪式，或用花瓣柳枝编成轿马，或用绫锦纱罗叠成千旄旌幢，都用彩线系在树枝上，饯送花神归位，同时表达对花神的感激之情以及盼望来年再会之意。

安苗祭祀是人们种完水稻后，为祈求秋天有个好收成，把面捏成五谷六畜、瓜果蔬菜等形状，然后用蔬菜汁染上颜色，作为祭祀供品，于芒种日敬神，祈求五谷丰登、村民平安。

端阳节最初是祛病防疫的节日，后因爱国诗人屈原在这一天死去，便成了中国汉族人民纪念屈原的传统节日。部分地区也有纪念伍子胥、曹娥等说法。端阳节又称端午节、重五节、重午节、天中节、夏节、五月节、菖蒲节、龙舟节、浴兰节、午日节、地腊节、诗人节、屈原日、龙日、午日等名称，每一个名称都有特定的含义。过这个节日普遍有吃粽子，喝雄黄酒，挂菖蒲、蒿草、艾叶，熏苍术、白芷，赛龙舟的习俗。

如今，祭花、安苗的习俗已不存在了，端阳节却渐渐繁盛为国家法定的传统节日。这个节日在现代传媒的宣导下，吃粽子、赛龙舟、悼屈原、挂菖蒲艾叶等，基本上成为统一活动，除此而外的活动基本消失。比如我们乡下这天挂菖蒲艾叶时的仪式与颂词已经没有人知晓了，就是节口这天，人们在神龛上点燃香蜡，摆上菖蒲艾叶，念着"到了五月五，天师骑艾虎，手持菖蒲剑，蛇虫归洞府"颂词，向张天师行鞠躬礼祈祷平安健康。我们这天悼屈原也划龙舟、吃粽子、包子。但其乡俗意义是，划龙舟是为了给河神送粽子和包子，祈求河神善待屈原，因此龙舟划到河水中央后，人们就把粽子和包子抛到河里。然后才举行夺标赛事。

六月，两暑天堂

小暑六月节，大暑六月气。江南地面逐渐炎热，水稻颗粒日见饱满，因而是歇暑天，也是农忙时。稻乡开始抢收早稻、抢插晚稻了，学校放假了，党政机关的主要精力都投入到了对抓谷抢米的农村的支援。这个时候，我们这个传说中的

从今天起，面朝大海

孟姜女故乡，除了六月六日"晒衣节"这天，人们把所有的衣服、家具、书籍等摆在烈日下晒霉晒潮晒虫外，好像没有其他习俗节日了。但这水乡的暑天，却是孩子们快乐的日子。

池塘是孩子们的快乐天堂。那个时候，老家有七个池塘，还有小河流经；大堤外是一望无垠的湖水。典型的水乡特色、湿地环境。整个暑假，孩子们的许多时间都泡在水里。水乡的孩子没有不会水的，大人们也放心，只是他们不让我们在水里泡的时间过长，因为过长会凉肚子，也会降低应对岸上酷热的抵抗能力，身上还会长痱子。我们在水里捞猪草、扯藕笋、采睡莲、拉菱角藤、捉鱼、玩水……尽显水上技能，既开心又有小利，大人们也高兴。

水里的猪草主要是蔑花草、桡片草、花鱼草、灯笼草、牛藤草。其中花鱼草和灯笼草营养价值高，而且嫩，剁碎了拌上米糠后，不仅猪爱吃，鸡、鸭、鹅也抢着吃，所以我们每天都要下水捞的。

夏天的荷塘荷叶出水面几尺，密密麻麻地擎起苍色的伞。白的红的莲花点缀在层层叠叠的翠玉之间。叶上浮香，香悠数里。叶下清凉，水鸟和鱼儿自在游动。这景致不仅入诗入画，而且清新滋肺、怡性怡神，馋着我们的感情，我们泡在荷塘里，比如今吹空调还要舒服浪漫。同时，一个猛子扎下去，拉几根白嫩脆甜的藕笋起来，生吃和熟吃都是佳品。

睡莲的梗茎和藕笋是一样的味道，它的果实微涩而甜，吃后清凉消渴，是暑天清热解毒的上品。可是这家伙十分谨慎，茎叶果等浑身是刺，把自己防备得严严实实的。可是我们不怕，一个猛子扎进水里，几秒钟就可以把手插进深泥里，拽着它粗壮的根须把它倒提起来，拉到岸上。不过我们的手、臂常常被它的刺扎着。它的刺一扎进肉皮里就往往断在里面，和肉皮色一样的刺一扎就很多，眼睛很难发现，手一触动扎刺的地方，就是一阵刺痛。不过我们也有整治的方法，就是在睡觉时涂点煤油，一个晚上这刺就自己出来了。

我们最开心的还是玩水。我们的玩水方式主要是跳水、赛狗刨刨、扎猛子、打水仗、水里捉迷藏、抢标渡岸。跳水是找一棵刺斜到水面的树，爬到树梢上往下跳，看谁跳得远，跳中筋斗翻得多。狗刨刨和扎猛子主要是比时间、速度和距离。打水仗就是像傣族的泼水节那样用手击水，把水花击向对方，是比勇敢的游戏。捉迷藏就是在水里潜游，抓站在水里的人，抓住了要抓的对象算赢，这个游戏比的是潜游的人潜水的时间长短和机灵状况，站在水里的人也要善于辨别对方潜游的方向，能够及时躲避。抢标就是看谁能够最先越水到对岸。我们还常常潜游到一群浮游的鸭子、鹅或水鸟底下，抓住它们的脚，虽然成功率低。

两暑的天堂，由于年龄的增长不得不离开。但随着生产环境的变化有些天堂场地也没有了。比如，家乡的田园化把那几口池塘几乎平完了。河水变道使原来的小河已经不复存在。新开的鱼池虽然规模不小，但由于密集的养殖和饲料的投放，那水质是不能够游泳了。池塘里水草也没有了一根，就连堤外大湖也是集约化网箱养殖，没有了水草，没有了荷花、睡莲、菱角，很少有鸟。儿时的那些活动在现在的孩子身上难以找到了。

钩沉岁月，我们看到我们走远的路程；钩沉记忆，我们发现离开过去岁月的距离。在传统的生产方式中，勤劳勇敢的人们在生活中创造了精彩的劳动文化。科学的发展，推动着生产方式的变革、社会的进步和人们生活环境、社会心理的变化。传统与现代的辩证法，魔术似的建构着人们的物质世界，也梦幻似的酿造着人们的精神世界。我曾经说过，所有过去的东西，都是被用来回忆的，但我这里又要说，所有的回忆，都是对现实的世界也是现实的自己的考量。没有了生活的记忆，是空虚的。没有了曾经的美好，是无聊的。比较别人而对现状的不满足，是天真的。回忆过去而考量今天，总有一种实在的收获。收获过去，是一种领悟的成熟。收获现在，是一种感激的理解。憧憬将来，是一种进步。回忆、反思，不应该是一种苦涩，而应该是一种享受——或美好的、或成熟的享受。

大梦绽放城头山

城头山！

你在永恒的生命中用6500多个春秋，修筑了一条永恒的时空隧道，把人们引向了说古论今展望未来的童话。

你以华夏城之祖、世界稻之源的骄傲，走向上海世博会，让中华子孙悠久的文明再一次在世界亮彩。

你的农耕文化、城乡融合文明，发展、开拓着泱泱中华日益繁荣昌盛的前景。

你以慈母的关爱，情系着代代子民的休养生息，激励着他们的顽强、勤劳、智慧，以及建家强国的伟力。

你在古老的文明画廊，描绘着、绽放着永远面向今天和明天的辉煌的新梦、大梦。

畅梦的城头山

我的城头山哟，你的每一个字眼，都通梦之灵、达梦之道、抒梦之韵、流梦之彩。通也、达也、抒也、流也，皆为畅也。因之，你是畅梦的城头山。

你为"城"者，以垣墙怀抱着你的子民，日日夜夜翼护着他们的平安与繁荣，为他们迎击四面风雨，托起一片蓝天。

你是城头山，更是城之"头"。在人类眼前的阅历和视觉里，还没有发现能够与你并列的伙伴；到现代为止的高科技，还没有在土地的细胞里解剖出比你更悠久的灵魂。作为城之头，你一头既开，后效即起，无数城垣便在历史的甬道上星罗棋布般出现。由此，我可以想象到这是你的成功对社会的启迪与引导。城居生活或许就源于你的范例，城镇文化或许就宗于你的风格。

你是城头"山"，却是无山之山，竟然不山而山。你高不在叠石垒土，而在崛起的文明。你作为特定时代农耕经济发展高峰的代表，撰写当时社会的经典，启发和开拓着华夏几千年来具有城乡融合特色的农耕文化，——这农耕文化哟，成为哺育华夏文明的母亲文化。由此，在漫长悠久的农耕社会里，我看儒、道、墨、庄，三教九流，就是以你为代表的母亲文化胎养出的风流；诗经楚辞、唐风宋韵、元曲清剧，就是以你为代表的母亲文化孕育的华彩；古代发明，现代科技，就是以你为代表的母亲文化构梦绽放的豪情。

你为城头山，非唯"城头山"也。你作为周围地区政治、经济、文化的中心，恰如人体中为亿万生命细胞输送血液的心脏，踞一隅而运四方，盘要塞以控九衢。你集农耕社会的理想，布泽八荒，畅梦万古，如莽莽昆仑，脉发万缕布华夏；若各拉丹东雪峰，放纵长江万里长；像巴颜喀拉山銮，蜿蜒黄河曲九曲。

城头山啊！你为"城"、为"头"、为"山"，其实都是为"梦"。你是梦中的城，城中的梦。你在梦中的城里藏古梦，在城中的梦里发新梦。那古梦畅放新梦哟，演绎日月，峥嵘岁月；物华天宝，呈祥华夏；塑造龙魂，辈出人杰；抱负天下，昌盛九州。

在你畅达的梦里，我看不够你的风景，走不尽你的开阔，读不完你的故事。我只能躺在你的怀抱，神遇你八垂承宇、四方沐光的奇迹。这样啊，就有西来的武陵牵手巴黔的风采，东来的洞庭携带吴越的紫气，北枕的长江续接胡羯的地脉，脚下的澧沅云集两广的物化，用嵯峨的群峰鬼斧雕绘的画卷，用广袤的平畴神工舒卷的华章，用楚韵京腔酝酿的精神，用炎黄的龙种风骨铸造的灵魂，在我面前纷呈你的璀璨，张扬你穿古越今的伟大。

于是，我迷了，城头山古老而神秘的水土；我醉了，这古老水土上的繁穰。我体载的细胞和心藏的魂魄，羽化为梦的翅膀，飞翔在这膏腴福地里、稻丰物阜中、四季花艳时、鱼米盈家境——古老的文明画廊。

造梦的城头山

城头山造梦啊！

造梦知多少？

你牵引着我在你古老的文明画廊里去欣赏，去探索，去解读。

你用散发着生命灵性的城垣，写着大溪文化和屈家岭文化里的邦国故事。那乾坤两仪的玄机，夯筑着方圆变通的原理。方也，抱守城内民生；圆也，展拓和而不同的张力。由此才有九夷威服，四极安泰。我看到古城那雄伟厚重的墙体、堞垛的强弓、关卡的利兵、四方洞开的门衙，预防着外来不测，迎迓着八方商贾，阻挡着淫雨水患。由此，四国的贪欲、十面的烽火；西来的洪水、洞庭的浊波，皆消弭于古城之外。先民们用汗水和鲜血搏斗着自己的生活，也用城门敞开的和平，贯通四周的繁荣，沟通民心的情感。

梦步于城外的界河，天风荡漾着武陵的清流，波光摇曳着洞庭的烟雨。日月映影耀辉，鱼鸟弄浪碎银，桨橹划响渔歌，岸柳柔条舞袖。童叟垂钓黄昏，船夫披霞晚归，农妇浣纱韵情。一曲环城而淌的小河，充溢着鱼米江南的绚烂遐想。

徜徉城内，房址、稻田、水沟、田坎、陶器、竹签，所有的历史碎片，都刻撰着先民的秘籍，散发着古色古香的梦呓。古城的那些细胞，魔幻似的再现着尘封的万象。我看见绿树掩映的房舍，安居着几代同堂。先民们日出而作，日入而息。耒耜创造着希望，汗水浸泡着硕果。小渠淙淙泛玉，稻禾畦畦苗壮。犬豕出入于茅舍，鹿羊隐现于村林。雄鸡唱朝霞，鸟雀鸣百花。厅堂常聚亲友，厨庖悠然炊香。温锅鼎壶煮佳肴，曲腹豆碗盛酒汤。小鬻望喙劝饮客，盆瓠击节叙衷肠。市肆处处酒旗风，黉夜深深飘琴唱。醉宿柴茅眠鼓韵，醒看竹窗听钟响。稻耕文化奠定的社稷啊，是代代民生繁衍的温床。

在那高高的祭台上，城头山的先民们，敬天道而重命运，遵物理而审行为。他们虔敬地在神坛上，燃起香蜡烟焰，摆设三牲五果，然后对天司仪，肃礼伏拜。此时，祷歌唱祈愿，诚心感苍圣。那冥冥九天，滢滢三清，就有玉佩响于瑶台，仙鹤鸣于九霄；金乌播华东溟，月君赐辉蟾宫。于是啊，先民们扬善德和家邦，倡诚义兴万业。如此则有信仰在胸，万事可成；恤旗击鼓，无往不胜；六畜满栏圈，五谷实仓廪；民无恙而丁无忧，老有养而幼有教。他们的希图啊，上灵濡佑，固基立民。——这圣神的祭台，把先民的理想心理及家邦制度，悠扬在美丽的梦幻中，绽开出旷古绝今的文化奇葩。

城头山的墓葬更是一把锁，锁住屈家岭文明的葵花宝典。开启尘封之锁，译读墓坑珍藏的这部无字天书，究探那陶制罐釜埋藏的骨骸、陪葬、器皿，我们不难懂得，那是母缘之考、父系之流；那是明伦之修、礼俗之染；那是情感之遗（wèi）、命运之使。家族聚于斯，祖脉发于斯，孝道标于斯。更是啊，贫富的分野、尊卑的分层、阶级的分化。——墓葬的万花筒，是一个社会要素多元化、民众生活多层次的浓缩，它把古梦里先民的悲欢、成败与衰荣，演绎为后代的借鉴，彩绘在社会世相的画册里。

飞梦的城头山

城头山啊，你的梦在飞！

你立足城池，梦却飞在渺远的天下，广袤的大地，恢宏的星云。

你梦的飞翔也牵动我梦的翅膀，使我无法在你的殿堂久久留恋那熠熠耀辉的珠玑，只能随着你的翱翔到你文化的高峰上，看你：

——联璧鸿蒙发轫的伙伴，合力共同的使命。这就是你与鸡公垱的石器、彭头山的古稻、八十垱的栽培、鸡叫城的土围、三元宫的遗址、七星堆的石斧……结合在一起，形成史前文化的璀璨瑰宝，点缀在澧阳平原上，成为与黄河文明并肩的长江文明源头，华夏民族的骄傲。

——串珠古民启蒙的遐想，梦构美丽的故事。你和你的伙伴们创造奇妙的梦境，让你的子民幻想出纯阳真人李凝阳的炼丹炉、太清山上八洞神仙对红尘的痴醉迷恋、药王菩萨栽培孳衍至今的木芝仙草、天供山鉴真东渡日本前习经的钦山寺、嘉山孟姜女的苦恋、火连坡董永的天仙配、遇仙楼邋遢道人的偈语、仙眠洲吕洞宾的逸事、余家牌坊的贞节泪……这代代人授口传的，说不清也道不尽的，亦喜亦悲、亦凄亦丽、亦幻亦真的故事，与人们的情感恩怨、生活希求，紧紧地贴合在一起，折射着农耕文化的另一种幽深的哲思和志趣。

——经纬无限时空的文明，共铸民族的辉煌。在你母亲文化直接影响的区域，我看到你用一条上接京卫、下续茶马的涔阳古道，络绎黄淮、长江与澧沅，揽天南地北灵气，收五湖四海瑞祥，养武陵洞庭怀抱的明珠，扬光天下才俊，培育柱国栋梁。从那条历史的古道上，曾来了屈子，他带来"望涔阳兮极浦""遗余佩兮澧浦"的楚韵，在此铸就爱国志。曾来了卢照邻，他留下"江水向涔阳，澄澄写月光"的佳句，在此渲染爱家情。曾来了岑参，他以"君往澧水北，我家澧水西"的愿景，在此抒发豪情。曾来了柳宗元，他一番"自汉而南，州之美者，十七八莫若澧""南州之美，莫若于澧"的赞美，道尽城头山稻耕文化的焕彩。也来了李自成夫妇，他们的秦陇高腔演化为如今的澧州荆河戏唱腔……你母亲文化的膏脂，曾在本土上养育出：申鸣辅楚为相、车武子囊萤及第、李群玉踏歌赋诗、霍希贤科举夺魁、李如圭巡抚陕西、杨一清列臣之首……也吸引着李杜欧苏煮酒论诗，三袁南渡采风怡情，范仲淹墨洗池求学，陶澍开学馆授弟……天下志士，荆楚才子，潇湘人杰在你的怀抱，无不受到你母亲文明的恩惠。

——展示社会的风云，披露生活的本真。当我梦的翅膀盘旋于你要据的平原腹地时，还看到你引领一块芳土，襟江带湖、控山锁河，陆集水埠、驿道通贯的地位；看到你发达的农耕所产生的"稻油丰稔甲湖广，棉桑夙着震九州"的影响。于是乎你引领的那块芳土，成为九澧门户，家邦后盾，历来为立国之基，养民之本。皇家必封之，兵家必争之，百姓必守之。

推拉摇移历史的广角镜，我看到你曾被楚武王开国而占有，你曾在西魏始置州署，隋时郡领六县，宋改军州而治兵牧民，元代设为澧州路，明洪武重回为州，清升为京辖直隶。南宋、唐、明之帝子贵封于此，历代贵官望族视为后院。

兵家之争也，为了对你的拥有，远古的黄帝战蚩尤之烈，使北民南迁，有苗入山；清代的康熙征吴三桂之惨，使涔阳屠城，江西移民；近代的中日会战，你先民的子孙，血洒保家卫国的战场。历史的刀光剑影里，周代白善，汉代马援、李广，宋代的杨再兴，农民起义军黄巢、钟相、杨幺、李自成、高桂英、张献忠，皆领兵喋血农耕后土，为你留下了可歌可泣的故事。更有蒋翊武举义靖难，贺龙陈兵治澧，周恩来、任弼时、王震等革命先驱领导救国，在此为你立下了丰功伟绩。

从你芳土上所发生的这些战事频频、血雨腥风的事件里，你大梦所造的，是社会的更替，是富强的真理，是血性的气质，更是民族魂的信仰与风骨。

种梦的城头山

城头山啊，你畅梦、造梦、飞梦！是生梦的种子，种梦的耕耘者，育梦的母亲。

你将城之祖稻之源繁育的种子，种在农耕的沃土上，让母亲文化哺育它生根发芽、秆壮叶茂、花繁果硕。在你芬芳茂密的梦林里，我看到你的今天，是一幅美丽的画卷，崭新的蓝图：

种梦于新时代的农耕建设，你日新月异地焕发着青春。你凤凰涅槃之后，为了你新生的命运，曾经几十万水利建设大军，上山下田入湖，银锄挥动理想，汗水印刷蓝图，治山治水治土地，让你发祥的澧阳平原成为我国重要的商品粮基地。现在的城头山文化肥壤上，农耕走上规范化、现代化、多元化。水产经济、平原经济、丘冈经济、商贸经济、工企产业经济等系列门类，接轨并进互动。粮、棉、油、猪、禽、鱼等传统农牧业，与葡萄、茶叶、瓜果、林竹等特色种养项目，结合共生相辅。一个特色农业、绿色农业、立方农业、观光农业的美好梦愿展现出灿烂的前景。

种梦于盛世的城镇建设，你奇迹般地刷新着风貌。敢于开拓创新的城头山文化沃土哺育下的人们，本着规范、规模、文化、环保、工贸、花园、前卫的理念，立足现实，放眼长远，舒展古老的城头山城乡融合文明的张力，在历史的拐点打造通向世界的航母，用劳动、智慧和担当，把城头山文化沃土上的古城，升级为"历史文化名城""全国文明城市""宜居生态城市""环洞庭五大中心城市""澧水流域中心城市""湘鄂边区域中心城市""洞庭湖滨生态田园城市"。最近，在国家"扩容提质"的战略部署下，城头山文化梦的种子又在"津（市）澧（县）融城"的新伊甸园萌芽展枝。目前，势跨澧水两岸的一个61平方公里框架下的"一城两区""一江两岸"津澧新城正在紧锣密鼓地兴建中。不久，你城头山文化大梦的种子，又将在大手笔的宏大城市家园、新型的城乡融合民生家园里生梦种梦。

种梦于新概念的公园建设，你美丽的文化沃土锦上添花。你文明智慧启迪下的澧州儿女，在牵手现代化思维建设新澧州时，又辩证地思考着对古老家园瑰宝的珍重与保护。他们以回归朴质自然、立足资源再生和可持续发展为宗旨，创意"保护——开发——旅游"一体化部署，建设具有眼球视点、考古焦点、休闲佳点、生态繁点的特色自然景观和人文景点，让城头山文化影响下的澧州成为生态澧州。近些年来，在彭钦澹风景区、嘉山国家森林公园、灵泉度假区的基础上，又挥大笔新建了徐家湖、涔水、合心垸、白炽土当、马公湖、邓曹垸、雁鹅湖、隔堤、松滋西河、西眼闸、松滋中河、孟姜垸、七里湖、蓄洪湖和涔槐湿地公园等15个县级湿地保护小区，新增保护面积1.16万公顷。其中北民湖保护区包括北民湖、宋鲁湖、杨家湖和涔水尾闾，总面积7109公顷的湿地，是多样化生态繁衍的基地，也是古文化的待考之地。涔槐湿地公园2778公顷，是河流复合湿地生态系统，湿地内动植物资源丰富，在澧水流域颇具代表性。

种梦于特色文化建设，你在古琴上弹响新韵。新澧州的文化特色，就是城头山农耕文化特色、城头山文化里注入新鲜血液的特色。着眼于"文化澧州"的蓝图，你的子民们，在母亲文化的启迪下，延续澧州文韵的脉络，继承堪与岳麓书院媲美的澧阳书院的传统，在打造学校、书画艺术院、荆河剧团、少年宫、图书馆、文化广场、群玉广场等文化平台的基础上，最近，又启动了"城头山国家考古遗址公园"的建设机制。这个穿古越今、系古惠今的文化公园，将以城垣、农耕、古稻、田园、墓葬等历史名片，牵来大溪文化、屈家岭文化、石家河文化向世界阐释中华的长江流域文化源头与文明摇篮，从而将隐形的考古文化资源升级为显性的旅游文化资源。是时也，在城头山母亲怀抱里的文化澧州，我们在雅赏遗址文化时，还可以听到船歌号子、打硪夯歌、车水歌、莲花落、渔鼓；还可以看到荆河戏、花鼓戏……

由此，城头山母亲文化沃土上崛起刷新的澧州，将是魅力澧州。

人类文明的史诗——城头山

城头山！一部刷新历史的史诗。

城头山！一部颠覆神话的神话。

她的房居、渔网、稻田、水沟、船桨、陶器……是通向时空隧道的密码。

她的城墙、瓮城、护城河、墓葬、祭台……是存封在皇天后土里的神秘。

这个从风尘仆仆的岁月里走来的老人竟然寿高6500多岁，连神话都尴尬起来了。

当现代考古科学尊推城头山乃城之祖、稻之源时，我们的身边燃烧起了先民的梦想。

在城头山导引下，我力所能及地涉猎古今文献与传说，让灵魂与神思在她伟大的文明怀抱无拘束地去徜徉，于是我产生了说不清是梦呓、是妄念，还是畅想之类的意识散点，这些意识散点聚合起来想不到尽是对传统的史诗般的颠覆——

城头山的稻耕史证，颠覆了中国稻的"输入"说

对于中国稻的起源，城头山先民以后的古人与今人，观点竟然如此相似，而错误又竟然如此相同。

稻，早称"稌"，《尔雅·释草》曰："稌，稻。"《说文》云："沛国谓稻

为糯稻，稻属也。"《字林》《疏》《左传》等文献都零星地提到过稻，但未讲其源头。只有《史记》之后，南宋郑樵所撰写的《通志》提到了源头问题，其中说："秔种来自占城，故俗谓秔为黏。"此"秔"即"粳"，亦乃"稻"之名也。《通志》的这个提法，以后就在中国主导了700多年。可是这个观念竟然忽视了一个历史问题，即作为辞书之祖的《尔雅》，大约成书于先秦。它在当时提"稻"的时候，"占城"，这个位于印度支那半岛东南沿海地带的古国还没有形成呢（约形成于公元192年至1697年间）。更何况这以前，那里的古人在城头山文明时期还在居山穴宿树巢呢。

时至20世纪30年代，苏联著名遗传学家瓦维洛夫、日本学者星川清亲认为，水稻起源于印度。另一日本学者加藤竟将籼稻命名为印度型、粳稻命名为日本型。

可是印度最早的哈拉巴文明才形成于约公元前3100年呢。

这样，作为人类重要文明要素的城头山的稻耕技术和方式，周围的古稻田及其比邻的彭头山遗址出土的八九千年前的古稻种子，彻底颠覆了人们的水稻史观。

于是，日本的当代考古学家站在城头山遗址慨叹："澧阳平原是世界水稻的发源地。"从而也改变了有关日本稻祖源的传统看法。

城头山的文明要素，颠覆了世界文明起源的历史

当文字、城市、农业、手工业被考古界和史学界作为人类文明的要素而判断文明起源的时候，城头山则豪迈地把世界以往认定的文化起源加以改写，从而也刷新中国文化源头的历史。

曾几何时，国际权威学者把世界最早的文明定格于苏美尔，殊不知苏美尔文明还只是产生于公元前4300年，而在她之前，城头山最迟在6500年前就创造了具有苏美尔文明源头所标志的社会组织和农耕技术。

比较起以哈拉巴遗址为依据的古印度文化来，城头山文化更是早了1400多年。印度最早的哈拉巴遗址始于公元前3100年。

排在苏美尔文明和古印度文明之后的我国文明源头，其标志是约公元前3000

年的大地湾遗址、龙山遗址和仰韶遗址。城头山遗址出现以后，这个古文明源头就自然向前推进了1500年，无可争议地让华夏文明走到人类文明的前列。

城头山的家邦细胞，颠覆了国家形成史论断

家是以父系权力下的伦理秩序和生产劳动为特征的。而父系权力下的伦理秩序和劳动，又以私有制背景里的房居和劳动组合方式为特征。

家是邦国的细胞。家以"树大分丫"的形式繁衍而为家族，家族扩大为部落，部落间因共同的利害关系而联合为邦国。

邦国形成以后，就会设立权力机构和管理制度，确立信仰，建筑城堡防御系统，以巩固邦国利益。

据以上几点看来，城头山先民，早在6500年前就居住和繁衍在这个高岗上。

那里有5000年前的大型房屋台基、红烧土路面，大溪文化时期的陶器作坊和陶窑群、氏族公共墓地。

6000年前就形成了圆形城堡、城堡四门、护城河及祭台。

这说明在6500年前，城头山先民就完成了人类从母系到父系的过渡而开始了以家和家族为单位的生产劳动。在6000年前就形成了部落势力、邦国组织。

而墓葬里的陪葬、屈肢葬、玉器、陶瓷，则反映了私有制条件下的贫富差异、阶级分别和特权地位。

至于祭台上的祭祀活动，则标志着他们的制度、信仰和理想。

陶器上的花纹代表着他们约定俗成的文字或文化。

那一系列的木桨、船艄、木桥、芦席编织、麻料编织、横木条和子篾篱笆编织、稻田、稻谷、人工种植植物，及猪、羊、狗、牛、象、鹿等20多种家养和野生动物骨骸，是典型的家邦定居条件下的人类智慧性、技术性及组织性的常规农耕生活。

由此判断，城头山邦国自然形成在6000年前。

这样，城头山城堡起源的年代，比较起国际以前所认定的在公元前4300多年形成的苏美尔城邦来，就早了约600多年。

从而把公元前2037年左右以夏朝为标志的古代中国的国家起源史提前接近

2000年。

城头山部落的兴衰与种族矛盾

城头山的先民究竟是谁？对古代华夏产生过怎样的影响？经过了怎样的兴衰过程？

这是一个很难把准脉搏的问题。

不过，据一些资料来看，城头山先民可能就是"苗"族部落。他的兴衰与他和炎黄族的矛盾有关。

如果根据大禹治水后把华夏分为冀、兖、青、徐、扬、荆、豫、梁、雍九州区域来判断城头山所在位置，就在荆州辖区。此辖区生民的主体正是苗人，那里的苗族自古就有"荆楚""荆蛮""南蛮"等名。就连后世楚国的王室成员屈原都说自己乃"帝高阳之苗裔"。

被古代神话和现在苗族称为部落首领或先人的蚩尤，是与黄帝、炎帝同时代的人。而蚩尤的祖先据说是若干万年前从今四川沿长江东迁而来。这支远来的移民散居在洞庭湖和江汉平原一带后，采集、渔猎、饲养牲畜、从事种植植物的农业生产，是最早的稻作民族。

苗族先人在这里居住很久之后，人多势大，号称"九黎"，与南方的炎帝族发生矛盾，打败了炎帝族， 一部分追逐炎帝族直达黄河北岸，势力遍及今安徽、河北、河南、山东。

九黎集团中诞生了蚩尤后，蚩尤因其聪明好学和勇敢善战而成为首领。他带族众与来自黄河上游的黄帝族发生武装冲突。起初黄帝九战九败，后来联合炎帝族等，与蚩尤大战于涿鹿之野，结果蚩尤战败被杀，身首异冢。

蚩尤死后，部分苗人又退回洞庭、彭蠡之间，辛勤耕耘，建立起三苗部落联盟，三苗又经过了长时间的休养生息而渐渐强大起来，由此又引来了战祸。

有据证明，这战祸曾经就在澧水流域的城头山区域发生过。《新唐书·杨收传》有载："浔阳耕得古钟，高尺余，收扣之，曰：'此姑洗角也。'既刮拭，有刻在两栾，果然。"古代五音为：宫、商、角、徵、羽。古人以为"角"代表东方祥龙的音意，有祛灾避凶之意，象征着强大健康向上。宋人罗苹对《路史·后纪四·蚩尤传》之"三日而后得志"句注释说：当初黄帝军驻涿阳攻蚩尤，"攻之三年城不下，得术士五胥，问之。胥曰：'是城中之将白色商声，帝之始攻，得无以秋之东方行乎！今黄帝为人苍色角音，此雄军也，请以战。'"后黄帝果然在蚩尤军中多商声而自己军中多角声时进攻取胜。黄帝征剿蚩尤的这一战，可能是蚩尤死后对其余部的追击。涿阳当时可能是黄帝占领的一个城堡，即三元宫遗址所在地。离鸡叫城遗址6公里、城头山遗址22公里，这几个城堡都是苗人地盘。

荆州一带发展起来的苗族，后来与黄帝的后裔舜发生过冲突，"舜征三苗，道死苍梧"，没有成效。

舜死后，禹继位。夏禹继续向三苗挑战，动员战争时有贬损苗人之词，曰："蠢兹有苗，昏迷不恭，侮慢自贤，反道败德，君子在野，小人在位，民弃不保，于降之咎。"禹起兵征伐，三苗终于被彻底打败而被逐出部落所在地区，逃到崇山峻岭之中隐居。这些隐居之民，就成了如今湘西、云贵山区之苗族的祖先。

自禹伐"三苗"的残酷战争以后，中原文献不再有关于"三苗"的记载。但史论却说，蚩尤部落有丰富的天文历法岁时月令的经验和知识，有先进的制造弓箭、铜器、陶器的技术，最早使用文字（丁公遗址考古），最先创造礼器、宫室和埋葬制度等礼乐文化和城市文明（城子崖遗址等）。蚩尤部落的这些能力和智慧，在城头山的封土里也有，而城头山的文明成就，却早了蚩尤不止千年。

城头山的封土覆灭与大禹的干系

城头山覆灭于何时？

有考古证物可以推断为在大禹治水期间，即4000多年前。

在大禹治水之前，武陵山系之东，如今的洞庭湖之西，是森林覆盖的地方。

城头山的城墙，如果从6000年前开始修建，后经几次夯筑增高加厚，到4000多年前毁灭，至少经历了2000多年的历史。

特别是城头山所在广大区域，气候温暖、雨水丰富，曾经是个田野丰饶、林木茂密、野兽繁多的地方。

从城头山东北向10多公里的鸡叫城遗址附近的发现来看，早在清朝末年就出现了密密地倒在地上而被泥土覆盖了3米多深的基本炭化的大量树木，这些乔木许多高10米开外，树干2米处的直径大多在0.8米以上，不少超过1米。

这样大的树，不是几十年能够长得起来的。

城头山古城堡发现的那些象、牛、鹿等大型野生动物的残骨可以进一步证明：无论从气候条件或生存环境来看，城头山所在地域都有着茂密的森林。

由此可以推断，在城头山湮灭以前，这里并不是常常闹大水的地方。至少3000多年没有发生过灭顶之灾的洪水。

但在事实上，城头山确实被毁于一旦。

同一时期被毁的还有城头山所在区域的茂密森林，鸡叫城、距城头山3公里之遥的彭头山、东北向去20公里的八十垱等等遗迹。

这些森林、城堡的湮灭，是只有水还不够的，必须得有大量的泥沙。

而且只有水和泥沙还不够，还必须有极大的冲击力量。

泥沙由大水冲击携带而来，其冲击力冲倒所有的树木和城堡之后，泥沙淤积覆压，先民的那些家园便从此尘封起来了。

那么，这大水和大量的泥沙从何而来？从如今的澧阳平原西高东低而偏向洞庭湖滨的典型冲积特征来看，不难判断，此水与泥沙皆来自西方。

西方，乃绵延起伏崇山峻岭，离城头山不到20公里。过了这一系列的山系继续西去，距离城头山千里开外，就是阔大的四川盆地，与四川盆地比邻的就是西海（今青海）。

这些地方，在上古时候"弱水千里"，有古代黑水水系（《尚书·禹贡》曰："黑水、西河惟雍州。弱水既西，泾属渭汭，漆、沮既从，沣水攸同。"）贯通。那里的水由于为高山所阻而蓄积，水远位高，更加其地面的海平面高度超出澧阳平原不止千米。所以只有这里的水，带着冲刷千里大山的泥沙，倾泻奔流而下，才有冲倒城头山区域的数十米高树木、数米高城堡，并淤积覆而盖之的能量。

这里的水与泥沙怎么来，可能与大禹父子治水有关。那个时候，大禹之父鲧，以壅塞之法治水，水高堤高，堤危水深，终成下游隐患，鲧因此失败而被罪责致死。至禹治水时，他劈山开河导流，才消除洪祸。至于那滔天洪流携带泥沙倾泻而下，带来城头山所在区域大扫荡、大覆压的，也许是鲧壅塞堤决所致，也许是大禹导流所致。不过，大禹导流所致的嫌疑更大。鲧壅塞堤决之水，虽患下方而最终没有彻底解决西水积蓄成灾的问题，这个问题只有禹导流才彻底解决。故禹导流之水，应该比鲧壅塞决口之水大得多，还很难说禹有没有借水淹灭三苗的故意。

大禹治水的问题，《尚书·禹贡》有载：禹于"岷山导江，东别为沱，又东至于澧；过九江，至于东陵，东迤北，会于汇；东为中江，入于海。"《尚书》之记极简，只说了水道经了澧地（即城头山所在区域），没有说明导流时的状态，以后的史书述说此事也不敢妄自背离《尚书》，所以大禹导流的状况就没有文字之证。但我们从西水之东的地理地貌及其冲击层面可以推想：西水东导时一路扫荡一路淤积，沿途遭侵该是事实。西水下游的长江，当初是不可能一下容纳得了那浩大水量导流的。长江的扩大，江汉平原、洞庭湖平原的形成，洞庭湖成为八百里云梦泽，就该怀疑与西水倾倒扫荡淤积相关。故袁中道之《澧游记》载："郦道元注《水经》，于江陵枝迥洲之下，有南北江之名，即江水由澧入洞庭道也。陵谷变迁，今之大江（长江）始独专滂湃，而南江之迹稍有湮灭，仅为衣带流。"此处可以窥见当时西水倾倒扫荡淤积澧阳平原以至于缩小澧水的蛛丝马迹。

当然，还有资料说，由于禹与三苗的矛盾深刻，他在治水之前或在治水进行时，就要向三苗挑战，但苦于大禹治水不及三苗有经验，所以就利用了三苗的力量和技术治水。治水结束后，才向三苗发起进攻。如果按这个思路推断，那么，大禹治水期间，三苗的家园城头山一带，就没有灭顶之灾的水患问题。这水患可能就发生在治水结束后，禹向三苗进攻，其进攻的诸多手段中，或许就有决口而"水漫金山""戳窝赶鸟"的故意。

至此，城头山的考古地位及其影响，恰如当今考古学者张学海先生所说："到目前为止，没有第二个地方像城头山这样能解决中国城的起源问题，城头山这里有古文化、古城、古国的发展史。"先生之言，诚哉！

参考资料:

《城头山:中国最早城市的前世今生》,《潇湘晨报》。

《震惊世界的考古大发现——澧县城头山古城址发掘记》,《湖南画报》1999年第1期。

国家科技部与国家文物局:《早期中国——中华文明起源》(学术版),文物出版社,2009年9月。

何介钧著:《澧县城头山古城址》,《1997~1998年度发掘简报[J]》,文物,1999年06期。

张晓莲著:《城头山——中国最早的古城遗址》,《新湘评论》2010年11期。

《恩格斯:家庭私有制和国家的起源》,176-177页,人民出版社,1999年。

倪民编著:《三皇五帝追踪》,旅游教育出版社,1998年。

祝启源等撰:《中华民族凝聚力的形成与发展》,民族出版社,2000年。

魂归来兮,涔阳

秋风,黄草,荻花频频访残荷;滩头一曲牧笛,从牛背上吹出穿破岁月的记忆……

野鸭、鸳鸯、白鹤,这里的主人:你们是第几代"传人"……

水底的鱼儿,一代代地,游过来,又游过去,这里是你们的天下。你可告诉我,波光里的那些星星,去了又来,来了又去,有了多少轮回?

不休的波涛,粼粼的心思,缱绻的愁绪,淘走的沙粒里,有多少英雄血、贤士骨、庶民泪?如今浪漫的激情又要献给谁?

大自然的时针永恒地旋转,永恒地不躁也不急。今天的夕阳又将老去,一页新的历史,眨眼间便会由夜幕添上。

我脚下的这块土地:涔阳!涔阳古道!涔阳古城!你纳百川之源,收千里之缘，发万里之愿，积淀的丰厚文明里，有多少岁月烟尘，多少美丽凄婉的故事？

如今，查史考册，钩微探玄，在许多的蛛丝马迹里，我闻到了你一鳞半爪的体香，看到了你空灵的幻境，那是夏商周的魂魄！那是春秋战国的残云！那是秦汉隋唐宋元明清的风尘！

一、馥馥古名

"涔阳"的名字常被认为是随涔水而出。

远古时候，大禹治水，地分九州，涔水就在荆州的怀抱流淌。

《禹贡》《水经注》载，岷江导流东来，方有涔水。"涔阳"这方水土曾因为在涔水之北、长江之南而被称"涔阳"。

古时的涔水名气很大。它北与长江相呼应而夹抱的平原南北直线距离约一百二十多里，南与澧水相夹抱的平原直线距离有约二十多里。因为水流丰沛，土地平旷，人口集中，加上开发早，生态兴旺，自古是王室后方。在新石器时期，出现了与澧阳平原的城头山文化、鸡叫城文化和彭头山文化同期的三元宫文化、八十垱文化。比常德还兴旺。

楚国时候，涔阳水陆地面是郢（即楚都，在今江陵）之门户。从这时起，这个古老的名字和它名下的土地，因为与楚国走过一段路程而响亮起来，又因为与屈原结缘而芬芳馥馥。

《新唐书·列传》卷一百零九之《杨收传》载："涔阳耕得古钟，高尺余，收（收曾家寄涔阳）扣之，曰：'此姑洗角也。'"杨收刮洗干净后发现在钟口两角上刻有铭文，当时一位名叫安的音乐家认为此钟应是周文王、周武王祭祀所用。杨收则认为此钟能够演奏角声，不合周之礼制，当是汉代祭天所用。但由于《隋书·音乐志下》有"青帝歌辞，奏角音"之说，《路史·后纪四·蚩尤传》对此有"三日而后得志"的注句，宋人罗苹对此注句又解释曰：黄帝驻涔阳攻蚩尤，"攻之三年城不下，得术士五胥，问之。胥曰：'是城中之将白色商声，帝之始攻，得无以秋之东方行乎！今黄帝为人苍色角音，此雄军也，请以战。'"意思是黄帝在敌军中多商声，自己军中多角声时进攻方能取胜。黄帝用其言，果然胜。这一记与注与今人在涔阳发现的新石器时期的三元宫遗址，及其同期的八十垱遗址和溇水南岸不远的鸡叫城遗址、城头山遗址是否有关？但不管有无关系，既然黄帝在这里活动过，那么溇阳之名，似乎又更早了！

上面记事似乎又牵出一个问题：溇水取名也许与溇地有关。《说文解字注》云：溇乃"渍也"；《淮南鸿烈·氾论训》说："故夫牛蹄之溇，不能生鳣鲔"，犹言水小。这都说明，溇地曰"溇"，是个多水的地方。由此，西山之水流经溇地故称"溇水"。又因溇地在溇水之阳，故称溇阳。溇地与溇水在这里是相互支撑了。反过来说，溇阳何时名之无关紧要。让人感兴趣的倒是此名反映的既是一个地理地貌的状况，更是一种文雅浪漫的气韵。不然，怎么会在炫炫的历史卷轴里演绎出煌煌的文化呢？

二、煌煌文化

"天炫炫出于无畛，煌煌出于无垠"，文化的炫炫与煌煌呢，则不仅可以无畛无垠而越空，还能够无终无止而穿时。这样，把汉代扬雄在《太玄·玄文》里的佳句用来修饰溇阳文化，恰如其分。

溇阳文化在隋以前，其分量在澧水流域中颇重

楚国之立，群雄觊觎。于是战火频仍，小人当道，良臣不用。屈子受嫉，上策遭废；两次被贬，流放野川。此之时也，他忧国忧民，亦忧其君。其志怀情感，韬略文采，厚积在肺腑，激扬在奇崛的秉性中。碧血化长虹，命运随沧浪。脚踏一路思索，心涉满途不平。虽以郢都至汨罗为起讫，徘徊辗转澧沅，但悱恻缠绵的心结，仍然是溇阳的国君与生民，那里有他的梦想与灵魂。

如今站在这块土地上，《湘君》凄婉动人的旋律，似乎还在空中回旋："望溇阳兮极浦，横大江兮扬灵。扬灵兮未极，女婵媛兮为余太息……"人们常以为，这是屈原为一个失恋女子唱的悲歌：这个追求完美爱情的女子，驾船辗转寻夫不得，只能在洞庭湖的西北边远眺一望无际的溇阳大地，把忠贞不渝的爱情浸泡在涟涟的泪水里！但怎么就不认为，这是他自己的心曲和遭遇？

这个苦苦求索、苦苦申辩自己的杰士，流徙一路所佩的象征"美政"理想、坚贞节操的秋兰、兰芷、杜衡、蕙、荃、荪、杜若、荇荷、申椒、菌桂、薜荔、

辛夷、葛等美好的花草树木，怎么能只理解为生长在沅澧？溆阳不也是很普遍吗？这些自然的美物本来在溆阳就构成了他的生活环境，没有它们在溆阳对屈子的陶冶和他对它们的珍爱，就没有他远足他乡的触景生情。

溆阳是屈子所爱之地，也是他的理想寄托之所，更是他第二次流放的出发点，当然为他心之所怀了。他的行吟之作《九歌》《九章》《离骚》《天问》《招魂》里不能不说充溢了溆阳情愫。可以说这个时期的"溆阳"情结，与澧、沅、湘及洞庭、汨罗一道，构成了一位杰出政治家的悲剧屏幕，也成就了一位堪与弗朗索瓦·拉伯雷和莎士比亚媲美而又先于他们若干年的中国最伟大的浪漫主义诗人。

溆阳文化继屈原高峰之后，再一个盛期可以看唐朝

想必有洞庭云梦八百的润泽，溆阳不仅以鱼米富称天下，而且以水陆码头之便、南北驿道之顺，交通天下。尤其是那田园湖光相映、皋滩岸浦风物互衬的环境，更是吸引着朝野游子。士大夫之族要来，南北商贾要来，文人墨客、才子佳人更是要来。他们到此迎送客人，旅游休闲，作画吟诗，遣怀泄心，交流感情。溆阳会给他们人生最美好的时光，他们也会给溆阳留下纯真的情感和灿烂的文化。点百度引擎搜索，吟咏溆阳的唐诗至少有40多首。

"车服卒然来，溆阳作游子……忽逢平生友，一笑方在此。"（《赠宇文中丞》）被贬的王昌龄来到溆阳便胸怀释然了。

号称"初唐四杰"的卢照邻、王勃、杨炯、骆宾王都在溆阳展现了诗才。卢照邻的《江中望月》："江水向溆阳，澄澄写月光。镜圆珠溜彻，弦满箭波长。沉钩摇兔影，浮桂动丹芳。延照相思夕，千里共沾裳。"写绝了波心水月的景致。

以七言绝句著称的晚唐杰出诗人杜牧，一首"一话溆阳旧使君，郡人回首望青云。政声长与江声在，自到津楼日夜闻。"（《登沣州驿楼寄京兆韦尹》）给人留下了溆阳此时治绩斐然的记忆。

欣赏戎昱的《相和歌辞·采莲曲二首》："虽听采莲曲，讵识采莲心。漾楫爱花远，回船愁浪深。烟生极浦色，日落半江阴。同侣怜波静，看妆堕玉

簪。""浔阳女儿花满头，毵毵同泛木兰舟。秋风日暮南湖里，争唱菱歌不肯休。"我们领略到了古代浔阳浦的环境特色和人物风貌，不得不为之陶醉。

张九龄的《初发江陵有怀》："极望浔阳浦，江天渺不分。扁舟从此去，鸥鸟自为群。他日怀真赏，中年负俗纷。适来果微尚，倏尔会斯文。复想金闺籍，何如梦渚云。我行多胜寄，浩思独氛氲。"则借景抒发了人生理想，凸显出一种令人奋发向上的高远志怀。

"饭稻羹菰晓复昏，碧滩声里长诸孙。应嗟独上浔阳客，排比椒浆奠楚魂。"（《南迁途中作七首·溪翁》）这是晚唐诗人吴融托古讽今、感时怀事之作。其时他被免去官职去往荆南的途中走在浔阳古道上，借摆屈原喜欢的"椒浆"（江南常饮的茶）祭奠忠魂，从而联想起了自己的命运，深为伤感。

浔澧本土诗人李群玉，为浔阳写的诗作尤其多。他留给后世的300多首诗作，其风格基本上是浔澧风尚，荆楚人情。

浔阳在唐朝与文化结缘，唐朝把我国古代最精美的那座诗歌高峰上的风景献给了浔阳。

浔阳文化的另外一个盛事，当是佛道文化的发展

《澧纪》载，作为佛道文化象征的寺宇道观，有塘桥寺、白云寺，俱州（澧州）北三十里；宝塔寺，州北七十里；亘山观，去州四十里；梦溪寺，州北三十里；林泉寺，州北四十里；新泉寺、太白寺，俱州北五十里；天花寺，州北七十里；石人冈，去州六十里；弥陀寺，州东北六十里；黄屯寺，州东北七十里；枫林寺、澄清寺，州东北六十里；太和寺，州东北八十里；紫霄观、长生观，俱州东北六十里枫林村。

今考《澧纪》之举，并未尽数，如梦溪寺方圆公里之内，就有大庙、关庙、财神庙等，未见其录。这些寺宇道观尽在浔水之北、浔阳区域，想想那时，络绎而来的善男信女，黄衣灰袍的僧人道士，辉煌庄严的泥胎圣神，遥相呼应的晨钟暮鼓，以及缥缈的佛香、悠扬的经唱、幽静的庙林、虔诚的鸟唱，那该是怎样的壮观啊。它们给浔阳古道、浔阳古城、浔阳大地，带来禅意，带来神秘，更造成了值得探疑索问的历史悬念。

涔阳的如今，与澧土相融而打造了新时代的高峰

这个高峰，如果取"发现"截面来说，应该是对上古祖宗和今人、后人的巨大贡献。

大量的考古事实证实，大禹之前，涔澧大地，出产了彭头山稻源、城头山城祖、八十垱农耕、三元宫遗址等世界之最，铸奠了6000年以上的文明基础。这些尘封了六七千年甚至近万年的史前文明被今人以新世纪的高科技文明发现后，令全世界惊目咋舌，刮目以待。它不仅说明了涔阳文化的前世今生，将其与澧州大地的血脉关系联结在一起了，而且对于梳理、归纳、溯源、推论、定格、推广中华文明，起到举足轻重的作用。

涔阳文化在以彭头山稻源、城头山城祖、八十垱农耕、三元宫遗址为标志的澧水文化大框架下，成为中华文明的摇篮，人类文明的前驱。

三、绵绵牵挂

人的情感，无论是家国之念、失衡之怨、离别之绪、悲伤之痛，还是赏物之悦、交友之乐、酒诗之快、爽世之情，只要源源地积聚于怀，就会源源地流淌于世。历代文化厚重涔阳，当然是涔阳培养、激发出了人的感情。为涔阳而发也好，借涔阳而发也好，都是一种绵绵的牵挂、深深的眷恋。

"洞庭兮木秋，涔阳兮草衰。去千乘之家国，作咸阳之布衣。"——此一曲千古流传的悲歌，带滴血滴泪之声，出于谁之情，在何处唱出，又唱予谁？啊！是他，那个楚公子！当初怀王迷于奸言，罢屈子而不用，废上策为粪土，方有国之储君质于秦笼，沦为囚徒。在无力改变遭遇的情况下，他遥想家国，缱绻旧念，唯有借涔阳与洞庭而悲歌泄怨。

"辞洞庭兮落木，去涔阳兮极浦。炽火兮焚旗，贞风兮害蛊。乃使玉轴扬灰，龙文折柱。"——这又是一首亡国之调，出于庾信之怀。庾信是南北朝时期的梁国重臣，梁为西魏所败而丢失江陵，梁元帝（552）焚烧了旌旗、玉轴及宫室之后，剑剁门柱，颓然出逃，亡命他乡。庾信望着离别的涔阳，只有借《哀江南赋》发伤悼之情了。

"娥眉对湘水，遥哭苍梧间。万乘既已殁，孤舟谁忍还。至今楚山上，犹有泪痕斑。南有湾阳路，渺渺多新愁。昔神降回时，风波江上秋。彩云忽无处，碧水空安流。"——这是唐朝诗人郎士元在安史之乱中，避难江南，踏上湾阳路的感怀之作。其追思已经破灭了的梦想的感情，与"湘夫人"缱绻"美人"的感情是何等的共鸣！

"客行贪利涉，夜里渡湘川。露气闻芳杜，歌声识采莲。榜人投岸火，渔子宿潭烟。行侣时相问，湾阳何处边？"（《夜渡湘水》孟浩然）——这是一位要去游览湾阳风光的游子恨不能马上到达目的地的心境特写。诗以怨、听、看、问，淋漓尽致地表达了他对湾阳的向往之情与急切之心。

"君不见湘山高高湘水碧，泪痕染遍琅玕色。雪浪朝连青草浮，愁云暮向苍梧合。当年帝女下璇宫，沨沨曾闻礼秩隆。已傍松云开贰室，旋看日月丽重瞳。鼓琴衣袗天家乐，星轩双曜明珠幄。阿阁都缲素女弦，钧天尽按皇娉曲。一从刻玉下南天，翠辇金舆不复还。漫比胶舟沈汉水，还同遗剑恸桥山。桥山一去成千古，九疑天远留灵琐。玉软难乘悬圃风，明珰空望湾阳浦。湾阳江浦总魂销，更驾飞龙逐晚潮。帝子扬灵江上瑟，夫君愁思洞庭箫。瑟希箫歇人何在，里俗传芭犹不改。贝阙珠宫事渺茫，兰桡桂楫空烟霭。千秋哀怨起骚人，怀古同伤远别情。薜荔秋风山鬼泣，鹧鸪暮雨客船听。揭来倚棹寻遗躅，古木萧萧阶藓绿。庙火青荧鹿角矶，寒潮呜咽巴陵郭。屈赋成时书未焚，书生臆论总纷纭。愿将北渚江头水，一洒高唐峡里云。"——此一曲长歌慢调，读来如何？这是一位远嫁他乡思念亲人的才女李含章的怀念诗。李含章本云南晋宁县上蒜乡下石美村人，清乾隆年间，跟随在时任湖北巡抚的父亲李因培身边长大，视荆楚湾阳为故乡，对此地人情风物感情深挚，嫁到浙江归安叶佩逊为继室后，别离之感难已，于是西北望、泪滴伤，借诗遣怀。诗中颇含胡笳十八拍的凄凉，字字含血，句句揪心，令人潸然泪下。

四、湾湾血泪

文化作为一种历史存在，她不仅仅是令人兴奋的灿烂光环，更是令人感叹的灵与肉、血与泪的结晶。从某个角度说，一种时代性的文化，往往折射着一段血泪斑斑的历史。

昔禹封土九鼎，荆州分茅之后，澪澧文明延及长江，祥泽天下，是为华夏膏腴之地。由此诸雄争夺，列强逼霸，具以攫取此蛋糕为夙愿也。澪阳因为江南气候，水陆交媾，地膏物阜，乃京畿贯通大西南的前屏，粮草兵源集散基地，故难免在频频的王旗拔插之中，漫卷烽火烟尘、腥风血雨。

屈子文化，产生于秦盛楚衰之际。当楚都灭于秦戈之际，就是屈子投江汨罗之时。没有离骚，世人不知有屈子也。而有了离骚，我们便从屈子那揪心的血泪之痛中，领略到了战争的残酷与人事的无情。

先秦以降，荆楚战火愈烧愈狂。东汉气数将近，三国拉锯扯锯，蜀刘势弱，联吴抗曹，据公安、孱陵、岑以为大本营，平定荆州，拒曹于北，鼎立之势以成。然此间周泰屯田强兵，虎视蜀刘，度势兴战，关羽异首、蜀刘喋血，三国格局没于趋利。《澧纪》言周泰屯田，"州（澧州）村澪阳，自昔引河通渠，萦纡沔演二百余里，灌田万顷，名大堰垱"，足可证此一段史实，是盛事也是血腥。

北周武帝天和间（566），有冉令贤为乱，攻陷白帝城后，远结澪阳，进犯荆州，"内恃水逻金汤之险，外托澪辅车之援，兼复资粮充实，器械精新"，屡攻麈战。陆腾麾下的王亮、司马裔等，与之对敌，激战连连，杀伐异样惨烈。

朱温篡唐，立国后梁，有武贞节度使（时领澧、朗、溆等州）雷彦恭屡犯荆楚，攻荆南澪阳、公安，最后败于荆南节度使高季昌手。两军持战四月之久，澪阳深受其害。

宋朝下来，澪阳战事记录虽渐渐没于册传，却越来越现于口传。

有传宋高宗在位时（1127—1131）洞庭湖夜空现火光，照耀湖心，人言为血光之兆，灾难之警。果然，先有金人南下，铁蹄踏陷荆南至澧州，澪阳受害其中。后又钟相杨么起义，据湖为基，荆湖南北应者数万，澪阳难免遭受战难。

明清之际，澪阳庙宇道观遍地，透过佛道文化的背面，考究当时人们追求佛道救世的心理背景，可以发现那正是局势摇荡的产物。其时城头每换王旗，澪土参差仇雠，交互血刃。有李自成先反明后反清而两轮血洒澪阳；又有吴三桂先扶清后反清而给澪阳引来战祸；继而有清兵在澪阳先剿李自成、后灭吴三桂，最后又毁城灭迹而祸罹涔阳。据说在这不息的战事间隙悄然崛起的涔阳庙宇道观，多为李自成余部所建。清朝因有顺治出家的故事，特尊佛道，百姓犯案，唯出家可免。李自成兵败，迫于清朝压力，其余部隐于庙宇寺观，或有所谋，或为图生，皆无不可也。

将史书野闻里这些零星碎片线串起来，古代涔阳走过来的脚印，就是一道鲜血淋淋的轨迹。她的文化和历史就衍生在灵与肉的挣扎里。

五、玄玄疑问

涔阳如今已被陌生！

她，"在何处"……"有古城吗"……"为什么会在世界上消失"……

由于有着许多无法解答的疑惑，人们心里揣着的这些问题，很长时间以来似乎就是一个无解的方程。

涔阳在何处？

被有关涔阳的文化和传说牵出许多记忆或兴趣的热心人不无探索。然至今索无所定，唯持争议。如安乡的涔阳客、张家界的金克剑先生及学术分量较重的应国斌先生，倾向于涔阳即今安乡的焦圻。而贵州的粟明清先生，澧县的刘尚平先生、谭晓春先生则倾向于涔阳在涔河北的澧县段。

前天，薄暮时分，我与邻居，一位80多岁的老梦溪，曾经当过梦溪老米厂厂长的谢老，在桂花香里漫步，我提到涔阳在何处时他说："涔阳！梦溪！"他说他的老祖宗告诉他，梦溪过去叫"九间房"，有一条街道通2公里外的三元宫，顺林驿古道直奔而来，与街衔接。临街一条河，接梦溪的鸳鸯河，东南到宋鲁湖，南下袁家港出涔水、连北民湖。河上白帆曜日，船往如梭。每到黄昏时分，那桨橹摇来一船渔歌，泊在沿岸的一排柳树下。河里渔民上岸，驿道来客下马，在夜灯携星映水时，满街弥漫酒香，青楼传出雅唱，茶馆咚响鼓书。老街不知灭于何时，但那厚实的城砖就在以往的老河故道中、湖塘里，及今天的大堤脚下。

传说难以确考。涔阳究竟在何处，且录史料以供研读引玉：

《说文》云："涔阳渚在郢中。"《太平寰宇记》卷一百四十六曰："公安县有涔港，在县西六十里。"《读史广方舆纪要》之《湖广方舆纪要》卷以"公安县府（江陵）东南七十里，西至松滋县一百五十里，南至澧州安乡县二百里""安乡县州（澧州）东南一百二十五里，东北至华容县九十里""作唐城在县（澧县）东北"，这几段话界定大方位后，就从不同角度说"涔阳镇在县（公安，时治所斗湖堤）西南百里。丁度曰：郢中有涔阳渚，即此……《志》曰：涔阳者，以在涔水之阳。涔水在澧州安乡县北，盖与县接界云。""又涔水在县（澧县）北，流经澧州界，入于澧水。涔水之北曰涔阳，有涔阳镇，入公安县界。"在划定涔阳范围的基础上，《读史广方舆纪要》又划定驿道，说："孙黄驿县（公安）西南六十里。"《舆程考》："自两京至云贵陆路，至此而合。又七十里为顺林驿，又六十里即岳州府之澧州也。""嘉山镇，在州（澧州）东三十里，有巡司。又州东二里有兰江水马驿，州南六十里有清化马驿，北六十里有顺林马驿。"这驿道的孙黄驿、顺林驿站口，就在涔阳境内。

《舆地志》云："澧治湘西，旧有驿道。南由黄沙湾而清化驿，而鳌山，抵常德境；北由牛站岗、顺林驿至湖北公安。"

今人考证，涔阳范围内的驿道被称为"涔阳古道"。百度百科记载："明洪武十五年（1382），'涔阳古道'增设顺林、清化驿。清光绪十一年（1885）京都（北京）至贵州省域驿道干线，由湖北公安入澧州，经顺林、兰江、清化驿接武陵（今湖南常德）大龙驿。顺林驿北至湖北公安孙黄驿40公里，兰江驿南至清化驿30公里，北至顺林驿30公里……"

辑录到此，我们可以看到，涔阳有一个区域的定位，还有一条古道及几个驿站的定位。——这点、线、面的结合，使涔阳所在范围俱已明晰。

在这里要注意的是：《读史广方舆纪要》的作者是清初的顾祖禹，此著是他为后人反清复明做准备的一部军事地理巨著，立名标位算程非常精细。后世誉为"千古绝作""海内奇书"。顾祖禹是江苏无锡人，生于明崇祯四年（1631），卒于清康熙三十一年（1692）。康熙年间，虽曾应徐乾学再三之聘，参与《大清一统志》的编修，但他坚持明人气节，不受清廷一官一职，书成后拒绝署名。在此期间，他利用工作之便，遍查徐氏楼藏书典，积累了大量资料。经过30余年的实地考察与笔耕奋斗，约在康熙三十一年（1692）前付梓《读史广方舆纪要》。故此书未受文字狱局限，具有当时之人记当时之事的真实可靠性。

溇阳有古城吗？

以上引录中，《读史广方舆纪要》之《湖广方舆纪要》已两次提及溇阳有"古镇"。清周克复所著《金刚经持验记》载："元和（唐宪宗李纯的年号）中，在江陵时，溇阳镇将王沨，常持金刚经，因归州（荆州）勘事回，至咤滩船破，五人同溺。沨入水若有人授竹一竿，随波出没三百余里，至下牢镇，着岸不死……"（此疑似唐时溇阳古城属荆州辖区）

溇阳是否曾为县郡治所？中唐诗人李嘉祐《留别毗陵诸公》云："久作溇阳令，丹墀忽再还。凄凉辞泽国，离乱到乡山。"晚唐诗人杜牧《登沣州驿楼寄京兆韦尹》（沣，《资治通鉴》注读"澧"音）曰："一话溇阳旧使君，郡人回首望青云。"《隋唐五代墓志汇编·洛阳卷》第十四册所载的《唐故朝散大夫崔公（芸卿）墓志铭并序》云："累刺黄、岳、曹、沣四郡。中间诏下守登，收不之受而改郡溇阳。"

其他如胡渭《禹贡锥指》说："《九歌》溇阳，公安县东南有溇阳镇，即其地。"《元丰九域志》载："公安县五乡，溇阳、孱陵二镇。"《湖北通志》："溇阳镇在县南，以在溇阳之阳，故名。"《资治通鉴》曰："九域志：江陵府公安县有溇阳镇。"

宋《会要辑稿》食货一六卷之商税二记载："北路：江陵府旧在城及沙市、潜江、建宁、松滋、公安、监利、石首县、赤岸、白莒、溇阳市、藕池、东津、西津十四务，岁二万六千四百六十六贯……""澧州旧在城及慈利、石门、安乡县四务，岁五千二百四十三贯……"（疑似有溇阳市，但不在澧县）

归纳以上辑录来看，溇阳在清以前，就是个重要的古城，至于级别，是镇是县，抑或是郡，也是明晰可判。今人有言溇阳在唐代就是澧阳，澧阳县即溇阳县的，看了朱温篡唐后令领"澧、朗、溆等州"的武贞节度使雷彦恭"屡犯荆楚，攻荆南溇阳、公安"的史录，及清周克复《金刚经持验记》的有关记录就可知了。

涔阳历史上的归属多在荆州、公安。这种划分习惯一直延续到清康熙年间顾祖禹著《读史广方舆纪要》时。后来归属澧州当在雍正七年（1729）澧县升州为直隶州时。

涔阳为什么被除名？

曾几何时，一代荒唐的权贵，力图以取缔"涔阳"芳名来掩盖一段可怕的历史。

长久以来，民间传说康熙皇帝十八年（1679）派兵征剿吴叛军获胜后甚喜，于是下传口谕要涔阳驻军"就地歇息三天"，不想口谕被误传为"就地血洗三天"，向有屠城惯例的涔阳驻军信以为真地大开杀戒，于是涔澧地面血流漂橹，无辜百姓无处可逃，便在藕荷下藏身，结果清兵"见荷物一刀"，涔阳成为无人之区。后皇帝知道这个荒唐血案之后，甚为愤怒，但为掩盖丑闻，保住尊严，就走下策，将错就错地干脆毁城灭迹，继而实行文字狱，篡改史册典籍，以图删绝涔阳名字，抹杀涔阳历史。后来又采取疏民行动，下令"湖广填四川"，致使涔阳荒芜若干年。至乾隆时，才移江西之民"填湖南"（此时涔阳已在澧州）。

此传说是否可信？我们只能做出这样的质疑：

何以自古以来的涔阳古镇在康熙之后就突然消失，连痕迹都无可探寻？又史志不存？此涔阳古镇（城）之"无"似乎就意味着屠城事实之"有"。况又古籍浩瀚，文字狱总难免留下空隙，所以广索泛求，钩沉探微，总有零星之摄，或可说事。

何以涔阳易属，又驱远本地之民而移来远方之民填补荒芜？非掩耳障目、绝闻杜听又是什么？

曾有人言，涔阳屠民，"见荷物一刀"，为张献忠或吴三桂所为，但细细析来，似为清廷"此地无银三百两"的惑人谣言。倘若如此，则清之史志，不会不记以彰显功绩，取缔涔阳"户口"就没有必要了。

今查《澧州举要校注》（清代潘相著，应国斌校注）记澧州"康熙十八年大旱""民无所得食""多饿死殍尸满路"；"大兵复湖南"与吴应期（吴叛军）

战，"澧属遭流贼蹂躏"。犹藏疑也。

更为值得一疑的是：唐宪宗元和八年（813）李吉甫以贞观时期的疆域和行政区划为依据修撰的比《括地志》要完善的《元和郡县图志》四十二卷（含目录二卷）在宋以后亡佚目录二卷，到清以后仅三十四卷。对于佚失的情况，缪荃孙在补遗时有一个说法："唐李吉甫元和郡县图志四十卷，宋时其图已佚，今又缺第十九、第二十、第二十三、第二十四、第二十六、第二十六共六卷，其第十八卷阙其半，第二十五卷缺二叶，海内无完帙矣。今刊本流传于世者，有武英殿本、岱南阁本。山左周萝棠辑逸文一卷，上元严观补六卷，均附孙本刊行，而严补自出己站缀，周辑颇多漏落。今刺各书所引，为三卷，虽未能复吉甫之旧观，而守残抱缺，不无小补云尔。光绪辛巳九月，江阴缪荃孙识于宣武城南大川淀寓庐之涵秋阁。"

缪荃孙的这个说法似乎隐含了什么。康熙年间顾祖禹、洪亮吉参与《元和郡县图志》校勘时，好像也行使了某种使命。《志》中无荆州，亦无澧州，其缺失分明是人为。难怪顾祖禹修了《大清一统志》后心里很不高兴。这就有文字狱嫌疑。光绪年间的缪荃孙在《元和郡县图志》之《卷逸文卷三》中补录了荆州、澧州，但甚为简约。补逸中虽有"涔阳县，天宝初于涔阳镇置"条目，但这条目却放在"岭南道"之"儋州"的框架下，似与荆澧无关（今查清前史志特别是旧新唐书及今昌化儋州沿革，唐时儋州均不见有"涔阳"）。不过从他将澧州条目放在"山南道"（唐朝贞观设十道，澧州属江南道西）来看，这就是蹊跷。

"涔阳"古城在这个世界上消失至今（2016）247年了

247年，对于一个生命体来说，也许很长很长，但对于历史长河来说，简直就是短暂的一瞬。

但这"一瞬"是否可以下延而成永久？涔阳古城会不会像秋滴冷露、风添寒霜的草木那样，消陨了繁荣就灰飞烟灭？

我以为可能性不大！其理由用唐人吕岩的诗句表达就是："玄门玄理又玄玄，不死根元在汞铅。"

尽管涔阳古城存否疑云重重、传说玄玄，但"汞铅"尚在，涔阳的古城之魂岂能湮灭？

涔阳古城之魂的"汞铅"是什么，就是她的"土地""文化""传说""古道"。也就是说："涔阳古城之魂"——只要她的土地还在就在，传说还在犹在，文化尚在必在。凭着一条古道，她也可以穿古越今延年。

这里，文化又是更重要的因素。人无尊卑，事无巨细，时无长短，一旦进入文化或形成文化，就等于修炼成不坏金刚体。文化的本质就是历史精神的载体，文化的存在就是永恒存在。

莫嫌书卷轻，负载乾坤重。大罗万象星月转，不变其宗是神灵。文化的神灵是穿古越今的精神力量。

魂归来兮，涔阳！

传奇"鸡叫城"

4000多年前就出现的鸡叫城，自古以来，就有个神仙筑城由"鸡叫而成"，又因"鸡叫而未成"的故事。

据说位于武陵山系之东，洞庭湖之西的澧阳平原，在远古时代，并不像今天这样沃野数百里、平畴几万顷，而是处处高岗低洼，大片黑森林覆盖。只有涔澧间尚有几处平坦地面，由聚族而居的先民们进行着农耕开发，从而创造出了彭头山、城头山这样的人类最早稻耕文明。而那些非聚集氏族，则住无定所，食无定餐。他们穴居土洞、栖身大树，靠游猎捕兽、采集植物维持生活，日子难免艰苦。可是，这些尚无严密家族组织的散民，常常因为共同的利益而聚合在一起，又因为利益的得失而互相争斗分离。当他们看到占据彭头山、城头山、鸡叫城的氏族渐渐富裕起来之后，遂起抢劫之心。这些定居氏族由于集中开发，建造了固定的居所，拥有大片粮田，养有牛羊鸡鸭，粮食充裕，牲畜满圈，人乐气和。所以，每到丰收季节，牲畜膘肥肉壮之时，周围的散民们便结伙而来，夜偷日抢，遇到反抗，便杀人放火，无所不为。给这些农耕开发地带来巨大灾难，鸡叫城当然在所难免。

传说，一天，黎山老母参加释迦牟尼佛于农历四月初八举办的360年一度的生日庆典——龙华会后，在西牛贺洲天竺灵山鹫峰顶上辞别如来，驾云向北方的骊山宫阙而行，一路香风袭袭，祥云缭绕，紫气灿烂，好不舒坦。可是走着走着，远远望见毗蓝婆踏一片白云蔫蔫地往东漫游，心道：这"鸡心眼"今天有什么蹊跷，为什么不等释迦牟尼散会就不辞而别？于是，想上前问个明白，以便释解一段疑惑。说罢，黎山老母催动云速，渐渐接近了毗蓝婆。

黎山老母接近毗蓝婆时，那毗蓝婆已停住了云头，正在俯首垂眼下看。黎山老母也顺着毗蓝婆的眼光所投方向看去，不禁吃了一惊：

只见下界凡尘浓烟弥漫，烈火蹿腾。许多茅屋在燃烧、倒塌，许多人在哭喊、呼号。一群身穿兽皮，手执竹竿、木锲、石块的人，有的在与这地方的居民们打杀，有的在搬运粮食，有的在牵牛赶羊，有的在抓鸡追鸭。一个莽汉将一块尖尖的石头向一个不让牵羊的老人砸去，那个老人头上顷刻血流如注，倒地身亡……一个小孩抱着一个背包袱的汉子的腿，另一个汉子则从旁戳来一根竹竿，那竹竿从小孩身上穿肚而过，小孩惨叫着双手抓着竹竿……

黎山老母和毗蓝婆不忍看下去了，禁不住念起"无量天尊""阿弥陀佛"来。念罢，黎山老母道："众生有难，你我不妨做一番功德吧！"

"怎么做？难道杀了那些森林汉子不成？"毗蓝婆问。

"罪过！罪过！岂能害生作孽？"

"你有什么妙法高招？"

黎山老母内心略一忖，突然想起附近城头山的故事，果断地说道："筑城！我们也帮他们筑城吧！"

"就你？"

"怎么，你怀疑？不参加？"

"我怎么会怀疑？"

"那就干吧？"

"干就干……不过……"

"不过什么呀？"

"我们分工！你能筑起城，我就用法宝做城墙四门！"

"好！就依你！"

"不过……"

"还有什么条件？"

"为了不惊扰下界百姓，我们夜间干！"

"好！就依你！"

"不过……"

"又有什么条件？"

"我们来一场比赛，看谁先完成任务！我输了继续听你的。你输了，从此别找我！"

　　毗蓝婆说这段话是有来由的。元朝杂剧作者杨景贤在《西游记》杂剧里曾提到过她们的一段恩怨，说黎山老母是母猴原体，毗蓝婆是母鸡修身，她们与鬼母铁扇公主都是闺密。但毗蓝婆与铁扇公主又有另一段关系：她们在《法华经·陀罗尼品》里都是罗刹女，是同族，风后后裔。由于有铁扇公主这一共同纽带，她们友好相处了一段不短的时间。然而好景不长，在东方"鸡猴不到头"的古老神秘魔咒之下，黎山老母与毗蓝婆因为铁扇公主的问题而产生了嫌隙，渐行渐远。其根源是铁扇公主喜欢上了让毗蓝婆暗生爱意的大力神牛魔王，毗蓝婆暗含醋意。可是在此前360年一度的龙华会召开之际，铁扇公主生了红孩儿，她带着孩子与大家一起赴会，这时，毗蓝婆却发现了一个惊人的秘密：在红孩儿坐胎之时，铁扇公主与牛魔王还没有夫妻关系，那时与铁扇公主接触亲密的只有太上老君，因此，黎山老母与毗蓝婆都认为太上老君是红孩儿的亲生父亲。毗蓝婆执意要将真相告诉牛魔王，但黎山老母全力制止，为了让毗蓝婆闭嘴，她以毗蓝婆的儿子昴日星官来威胁。可是毗蓝婆还是公布了真相，牛魔王遭遇了五雷轰顶般的打击，对红孩儿充满了感情的他，从此在亲情的温暖和绿帽子的耻辱中饱受折磨，以致他后来把红孩儿送到了火云洞，并勾上翠云公主以示对铁扇公主的报复。正由于此，直言不讳的毗蓝婆回到家中，发现了一个恐怖的事实——儿子眼中正在流淌鲜血！原来，为了惩罚她，黎山老母将一根针深深地刺入了昴日星官的眼睛。自责不已的毗蓝婆从此也生活在了痛苦之中，她竭尽一生修为，终于从儿子的眼中将这根针取了出来。由于这根针被灌注进了大量的神力，最终被她炼成了一件神器，这件神器后来为保唐僧西天取经而制服过百眼魔君。但经过此事的打击，毗蓝婆退缩到自己的世界，再也不愿过问凡间的纷纷扰扰了，这时间一晃，到今天的龙华会又是360年了。

毗蓝婆说出比赛的要求后，黎山老母爽快答应了。立即说道："要得！但怎么判输赢？"

"以鸡叫为准！你鸡叫起城，我就化针为城门！"

"行！"

说罢，待天黑人静后，毗蓝婆弄出了一番风雨，让凡人不敢夜出。

在风雨声的掩护下，黎山老母开始了以针挑土筑城的工程。这黎山老母原来是个磨针高手。她后来因用"铁杵磨成针"的故事点化了少时读书没有信心的谪仙李白，使他成为千古流传的大诗人。宋代郑思肖还为此写了一首《骊山老姥磨铁杵欲作绣针图》的诗："欲化龟蛇生圣胎，骊山微意孰能猜。纯钢一块都磨尽，不信纤毫眼不开。"只不过她这针还比不上毗蓝婆的，因为黎山老母的前一根神针到毗蓝婆手里后，已经吸收了两个上仙的法力了。当然，黎山老母现在的神针也是神力无穷的，挑土筑城不成问题。

只见不到一更天，那北面的城墙就筑起了，黎山老母留下一个豁口，等待毗蓝婆建城门。

二更天还只去一半，西面的城墙也筑起了，黎山老母又留下一个豁口，等待毗蓝婆建城门。

还不到三更天，东面的城墙也完工，黎山老母又留下一个豁口，等待毗蓝婆建城门。

眼看南面的工程容易，黎山老母见毗蓝婆还没有动手，心里嘀咕：这"老鸡婆"在耍什么心眼儿？忍不住问道："怎么还没有动？我知道你那根针的本事厉害，但也不是不要时间的！"

"慌什么？亏你还提那根针呢？"黎山老母不提那根针尚可，一提那根针，就激发了毗蓝婆的旧恨涌起，便没好心情地回答她。

黎山老母知道自己说漏了嘴，也就不再作声了。只好又继续作法，用针挑土筑城挖壕。

眼看南面起土了。毗蓝婆知道自己该动手作法用针化城门了。可是当她举起那闪闪发光的针时，怀着异样复杂的心情仔细端详了一会儿，顿生犹豫。说实话，一来由于记恨黎山老母刚才提起的旧事，二来还舍不得将这根让儿子吃尽苦头、让自己花费了毕生神力修炼的针断为四截化作城门，她想改变主意，给黎山老母一个报复。犹豫了片刻，就躲到民居处，"喔喔"地叫了几声。

这一叫可不得了——民居的鸡都叫开了。这上界鸡祖鸡神引叫了，下界的哪只凡鸡还敢不遵命鸣叫？只见一时间，四周所有的公鸡母鸡、大鸡小鸡、家鸡野鸡，普天下的鸡族，都夜鸣三更，叫乱了。

一听到鸡叫，那南城墙还没有修起的黎山老母知道自己要判输了。气不打一处来，立即化一道青光走了！

这就是"鸡叫城"自古以来流传的神仙筑城，由"鸡叫而成"，又因"鸡叫而未成"的故事。

这神仙筑城未成的"鸡叫城"后来在太白金星的点化下，由凡间民工在原基础上继续挑土夯筑完工。

可是这城后来与城头山同时毁灭在大禹治水时期。

传说大禹在疏导了黄河后开长江、澧水导四川以西的西海时，令巨灵大仙劈巫峡，不想巨灵劈山不慎，使西海之水倾注而下，几十丈高的水携带着大量的泥沙滚滚覆盖而来，这一带的高岗低洼，大片的黑森林，连同人类的城垣家园，都顺水流夷为西高东低的缓偏型淤积平原了。得此尘封，鸡叫城的神仙修筑遗迹便保藏了下来。

第四辑·灵魂走过的痕迹

鸟鸣醉梦

早春，凌晨，乍暖还寒。一阵清脆悦耳的鸟鸣穿透窗子，扬起一屋旋律，钻进我的被窝梦里。

是不是该起床了？可我没有这个念头。

倒觉得这些美妙的声音像摇篮曲一样，优雅、和柔、亲切，使我睡得更心安神定。当然，这心安神定不只在睡的舒适上，更在梦享天籁的甜蜜里。在这种状态下的享受，对我和鸟都有好处：我可以听得沉迷，鸟可以唱得倾心。双方相得益彰，互无干扰。

本来，我从小就有听歌而眠的习惯。我的幼儿时期可以说是在母亲的儿歌里度过的。老母亲在世时，经常拿这对比着我的孩子及孩子的孩子笑话我，说他们如我一样的习惯是我的遗传。

我的孩子和孙子她老人家都带过。她在他们的幼儿时期，总是一边摇着摇篮或轻拍着身子，一边唱着我从小听过的她年轻时随口创编的那些不知唱了多少遍的曲子和歌词。如果那些曲子和歌词是人的话，我想也必定和她老人家一样苍了发掉了牙了。尽管如此，幼儿一听到她的歌声就要么高兴地笑了、要么安分地睡了，以至于她凭此而使得小童真们一刻也离不开她，长大了也不会忘记，在她越不过第86个岁月时还抚棺泪说老祖宗的这事儿呢。

记得那时，渐渐大了的我不睡摇篮后，母亲的儿歌也就渐渐地稀少了。当然，少的原因主要是养家糊口的艰难挤压了她唱歌的时间，也消磨了她的兴趣。即使这样，我听歌睡眠的习惯却不见稍微改变，相反兴趣更浓了。为什么会这样？大概是因为歌的原因吧！可是这歌是什么？又从哪儿来？当时作为一个散居偏僻湿地的农家，左右邻舍又远，村里怕耗材而不愿意安广播，能够满足我这个习惯或嗜好的应该还是母亲的儿歌及其带来的影响。

母亲编创的儿歌大多取材于鸟儿。例如：

"麻雀果果（叫声），果到山里捡柴火。打枪的哥哥不吓我，我的亲哥哥来接我。"

"丫鹊（喜鹊）尾巴拖，听我唱倒歌。先生我，后生哥，爹爹结婚我打锣，我从嘎嘎（外婆）的门前过，嘎嘎还在摇窝里坐。"

"八哥八哥别啰唆，你的歌儿没有我的多。我的歌儿用船拖，大船拖到津市河，小船拖到阳澧窝。"

"咕哥哥咕咕，酌香油，春粟米，我的命好苦……"

这些取材于鸟的儿歌，虽然土腥重、乡味浓，却乳汁般地哺育了我幼儿时期的情感，树一样深深地根植到了我天真的灵魂和幼小的记忆，使我对鸟产生了特殊的感情。

我长了些记忆的时候，父母没日没夜地消耗在集体工上，除一日三餐和夜宿外，很少在屋里停留，更不会有时间招呼我。我孤独在家，只有屋前屋后、地上树上，飞来飞去、跳跃鸣叫的鸟儿做我的朋友。

我哼着母亲创造的儿歌看鸟飞，听鸟鸣，学鸟叫，直到7岁上学。这个时候，动听的鸟鸣对我的影响竟然在我的生命中不知不觉地定位了一个嗜好。我听鸟不仅仅是为了催眠，也不仅仅只是睡眠才去听。

不得不承认，由于天生的嗓质不配唱歌，我不能跟鸟学成口技，唯欣赏而乐之迷之醉之而已。不过这种乐、迷、醉，经久便积识成知，渐渐专业起来。使我能够辨别出许多鸟鸣的音色、音域和音阶。

鸟鸣那清脆悦耳的音色、音域和音阶，有高低、洪细、阔狭、清浊的变化和差异。其变化和差异，比音乐学描述的宫、商、角、徵、羽、变宫、变徵等古音，ＣＤＥＦＧＡＢ等现代调种，及其与之对应的１２３４５６７还要丰富；远远超出人类话语的阴、阳、上、去四种声调。

这些变化和差异，表现着鸟儿们丰富多彩的感情风格。这些感情风格到底有多少种？谁能够说出、穷尽？我只能将其喻为诗，借用司空图的"二十四品"诗论以描一斑。这就是，鸟鸣如诗，个性万象：

有的雄浑，如斑鸠寻伴；有的冲淡，如鹤唳云间；有的纤秾，如莺戏柳荫；有的沉着，如鸿雁排空；有的高古，如夜鹰惊梦；有的典雅，如幽鸟相追。

其精神者，青春明漪，生气远出，如鹦鹉学舌。其缜密者，一步四顾，妙语致巧，如小雀穿堂。其洗练者，心纯照水，身净莹镜，如八哥会友。其劲健者，走云连风，神飞贯虹，如鹰击长空。其飘逸者，卓尔不群，衣袂拂尘，如鱼鹰独步。其绮丽者，明华辉杏，富贵傲类，如锦鸡开屏。其自然者，潺溪流转，瑶琴轻抹，如黄鸭访友。

如果从共性上看，什么鸟都会在它们羞涩于爱情之际含蓄，什么鸟都会在它们的生活与爱情成功之后豪放。鸟在它们求存拼搏之时其鸣叫会显得对同类疏而淡之、野而不羁；面对异类或情敌，鸟鸣也以超逸和清奇而自傲；在失败和挫折面前，其鸣也悲慨。在强者面前，它们也委曲；对于它们的妻子儿女，它们会鸣出情真心直的实境。所有的鸟在异性面前，都会用超常的音乐舞蹈来形容自己。为博得追求的目标，它们也要以旷达胸怀取悦于众。细听夜幕来临时归巢的呢喃，那语调的流动就"若纳水输，如转丸珠"……这样以诗喻鸟鸣后再反过来以鸟鸣看诗，倒觉得司空图当年写出千古经典，是不是有鸟鸣的启发。

我也不能说我听鸟有水平，但我可以说在享受鸟鸣旋律的美趣时，会常常被它们的情感、活力及生存状况所感动。这种感动往往把我化入虚灵。其虚灵若以四季特征概括，则是：

春鸟之鸣，其初声是从融化的冰雪里钻出的生机，有桂叶绽紫芽的娇弱，有桃李孕蕾苞的腼腆。继而便是雪融山溪，瑶琴悠然的婉转，娇蛾蛰醒罗帐的羞涩，大珠小珠落玉盘的清脆，红楼玉笛飘夜梦的清幽。春鸟于飞比翼时的彼此唱和，优雅也好，清脆也好，俱为极尽燕尔呢喃之能事的"春风"格调，关雎情性。

夏鸟则是花溅果长的劲动，绿叶扶疏的厚道。夏气里的微曦把夜幕拉开一线鱼肚时，竹树林里便有白头翁、黄莺之类的黎雀儿首先哨出催工醒眠的信号，接着便荡漾起一派朝气蓬勃的气氛：所有的鸟儿都会亮嗓唱晨，翅扇击节扭身伸颈舞之蹈之，竹树一下子就被它们赶走懒意，在晨光里抖落一身璀璨的珍珠后，拍掌啧啧赞赏，举手画脚地应和。要说这个季节最具特色的夏鸟之鸣，当是雏鸟初孵时的母鸟唧唧，小鸟学翅时的大鸟叽叽，新一代成鸟在走上独立生活道路之前为报恩父母而衔来食物后殷勤的喳喳。这一系列的鸣叫，是"舐犊"之情，是家教之训，是反哺之德，最撩人感叹。

鸟之鸣秋，是深沉而厚重的，有木叶悠飘秋风的丝丝恋意，有黄草老秋的浅浅叹息，当然也有橘柚满实的灿烂笑靥。不过最显特色的秋鸣，当是候鸟迁徙掠空时在瓦蓝的长空道辞深秋的告别，这告别声如一道长长的弧线，带着如血的残阳飘划下来，把爱、怨、依恋和愁绪散发在绵绵的纠结与难缠里，酿出漫天悲凉，渲染千古风情，于是便孕育出了屈子的《九辩》、杜甫的《登高》、欧阳修的《秋声赋》之类的情感种子，萌发出羁旅相思、叶落归根、落木叹暮的心念之芽，长成"自古逢秋悲寂寥"的果子，深深地储藏在人的灵魂。

冬鸟之鸣，是山寒水瘦、枯树傲霜的内涵和隐忍。从那些啾啾喳喳、唏唏嘘嘘的鸣叫里，只要入心凝神，就听得到"古道西风瘦马"及"风雪夜归人"的气息，看得到边塞诗人的气质，当然更有饥者歌其食的情绪。那些越冬的雀儿、长尾巴喜鹊、巧嘴的八哥，一片云而来，又一片云而去，急急匆匆、忙忙碌碌、吵吵闹闹在浓霜覆盖的收了庄稼的空寥田野里，或朔风漫卷枯叶的野陌上，或青青的油菜地，是一种生命的责任、劳动的义务，也是抵御寒冬的坚毅。

此刻，鸟鸣！

我听也悠悠，梦也幽幽，睡也恬然。

黎雀儿的叽叽分外缱绻，喜鹊的喳喳分外绵缠，斑鸠的咕咕分外纠结……

我如往常一样，边听这些熟悉的鸟鸣边判断它们的方位及其夜宿的所在。这所在就在我熟悉的宅居四围的竹树里。竹树满足着鸟鸣时也满足着我对鸟鸣的欣赏。一种爱屋及乌的感情关联使我每听鸟鸣竹树时总要想起竹树，总会由溺爱鸟鸣而生发出对老家竹树的感情，而且这种感情并不亚于鸟鸣，以至于我在奔走人生的所有地方的许多梦夜，老家的竹树们都会一丛丛、一株株、一枝枝、一叶叶地出现在我的脑海和心田，让我的思维翅膀惬意地萦绕，忘形失骸。

老家宅居的东、西、北三面都有高大的白杨、椿树、樟树、柳树，南面是橘树、桃树。北面除树外还有竹园。东面穿树上堤放眼向东，是烟波浩渺、浪鳞涌动的北民湖，湖边滩洲绿草茵茵。这就是湿地的中心区域。在大堤上再转头向西，是漫无边际的澧阳平原。平原的春天百花争艳，油菜泛金；夏天红荷耀眼，禾苗透碧；秋天橘柚飘香，稻浪滚滚；冬天雪絮弥漫，炊烟袅袅。

这里不仅是鱼米之乡，更是鸟的天堂。一年四季里，鱼鹰是斑斑残雪，野鸭是漫天霜叶，朱鹮是一片乌云，老鹰是巡航机……300多种鸟儿在此休养生息，不少把家安在参天大树上，或丛丛密密的竹林里。它们每天载歌而出，又高歌而归。

这样，我的家乡我的家，就成了鸟儿的乐园，母亲的儿歌源泉。

梦听鸟鸣，睡也踏实，感也空灵。

我的灵魂在天籁中经受洗礼。渐渐感到，鸟鸣清晨，歌唱它们的爱情和生活，是对生命的虔诚，是对朝阳的礼赞，是上帝天使给万象生命的启迪。

鸟鸣一晨，引领着岁走一天。这一天又是一个花开花落的历程。人生有鸟做伴，鸟来启示，鸟鸣美化与升华，是多么好啊！

我仿佛羽化到了鸟的队伍，跟随着热闹的八哥、喜鹊、斑鸠，情不自禁地唱起了儿歌……

在我倾情的歌声中，母亲从竹树深处来了……

"爷爷！爷爷！还不起床！懒虫……"6岁的孙女来扰我了。

我终于醒了：原来在深圳！

灵性窗口

我的家住在一块靠山傍水的小平原上。坐北向南的三间一偏普通而典型的江南砖瓦平房，东边的偏屋是厨房，紧接着的正房是父母的居室，居中的堂屋是一家人集体活动的场所，最西的正间一分为二，前一隔是小弟的居室，后一隔是我的居室。我的居室面北和面西的墙上开着窗口。我的书桌在西窗下。西窗的墙脚紧临一道水渠，水渠的堤坎是村民们往来的交通大道。我坐在书桌前透过沟堤的树干正西望，水渠的对面是一坦平畴的稻田，直到天地交接处。我坐在书桌的东南角往西北望，一带黛青的远山，平缓地拖着尾巴向北方隐去，这条水渠就发源于它的胳膊。我坐在床上向西南望去，不远处是一片明镜的光亮，那是澧水和洞庭湖接吻时垂滴的唾沫，一个面积不大的蓄水湖，湖面上渔船点点，这是窗下水渠的归宿处。我喜欢在窗下吟咏"窗含西岭千秋雪，门泊东吴万里船"的诗句，在诗意的牵引下把思维的风筝从窗口放出，让它在自由的天地任东任西。我常常被窗框里的景物所吸引。我觉得窗子里的一切，比走出门的所见所闻纯真，典型，感人。这正如钱锺书先生所说的那样：屋子外的春天太贱了，到处是阳光，不像射破屋里阴深的那样明亮，到处是给太阳晒得懒洋洋的风，不像搅动屋里沉闷的那样有生气。就是鸟语，也似乎琐碎而单薄，需要屋里的寂静来做衬托。确实，我在外面看花开花落，常常被风卷来的杂物干扰；在沟渠边站下来定神地看一会儿鱼，也有人说我有思想病。只有在窗子里看外物的时候，无红尘之干扰，无时俗之局限，才能够尽观、静思、净乐，以至竟然有悟有得。

灵动的画幅

我喜欢画。但我的居室却没有挂一幅画。我的画就镶嵌在窗框里，它时时刻刻都是新鲜的，灵动着奇妙的生机和神韵。

窗外，是说不尽名目的生物。沟渠两边的堤坎，有桃、梨、橘、柚、槐、杨等树木，还有绕树攀枝的藤蔓。斑鸠、八哥、鹰等喜欢在上面蹿飞、鸣叫。水渠边有蒿草、芦苇、菖蒲，渠水里有鱼、虾。青蛙、白鹭、鱼鸥、长嘴雀、翠鸟常来光顾，鸭子、白鹅是这里的主人。堤坎上来往的人群，以及那远田、远山、远湖就不用说了。这一切都是入画之景。你把眼睛的镜头在窗框里无论怎样推、拉、摇、移，聚焦在任何一物上，都是一幅自然得体的画。

春天，一束桃花从南边的窗框斜伸过来，她那粉嫩的脸蛋羞得绯红，这个羞涩的样子，我曾在邻居的新媳妇刚嫁到婆家时由小姑带着拜谒亲人时看到，那是一种带着紧张、新鲜，而又润着甜醉的微笑的羞涩。桃花是刚嫁来才这么害羞的么？她是在春姑娘的陪伴下来拜谒我的么？她的丽影定格在窗框里，和着正吐着鹅黄的探头探脑围观的树芽儿，以及在挂满嫩芽的杨树枝条上婉转唱歌呼朋引伴的黄雀儿，组成了一幅具有留白艺术的"靓女出阁图"。

夏天，太阳火辣的劲儿激发得窗前的一切与她一样的火辣辣、劲嘟嘟。树的枝条儿从树干上猛伸出来，又突然上举，一片片树叶在它们的指缝中劲长，它们用高空优势抢占地上的阳光。大树下的小树不甘示弱，它们有的见缝就钻，在大树的领地挖出一个小孔扬眉吐气。有的强劲地扭动身子，把奇崛的虬枝伸到大树覆盖不到的地方，开辟自己的领地。窗前不时地来往着担担子的身子，裸露的上体，黑黝黝的肌肉棱角分明，大步流星，一闪而过。这是一幅工笔兼写意的"青春劲动图"。

秋天，窗前的一些物体像在异地赚了足够的钱而衣锦还乡的商人那样，显得谦和、富有而大方。橘树、柚树的枝条没有以前的攫取状，而是下垂着，它们一个个都提着圆鼓鼓的袋子。它们把劳动所获装在许许多多的小袋子里，为的是作为赠礼。即便是椿树、杨树、柳树这样的非果树木，也时不时地撒下几片黄金叶子，作为它们为了新的生机而在土壤的仓库里存储的给养，也作为对大地母亲的报答，以及对弱小的赞助。这一组镜头落在窗框里，分明是一幅工笔描绘的"自然献果图"。

冬天呢，窗前的一些景物像一个劳动了一天而为了明天熟睡的人。躺在自然的温床里，树木听不到它们生长的声音，小鸟、小鱼、小动物很少看到活动，田里只有越冬作物悄悄地蠕动，大地显得冷清。景物的沉睡在大雪天更为典型。下雪了，漫天雪花棉绒似的纷纷扬扬铺盖下来，水渠、堤坎、树木、房屋、田野、远山都静默在严实的厚被里，一切生物都懒懒的，连头也不探一探，它们感到安静、安全、温暖而舒适，让人看得到疲劳、梦想和甜蜜。是的，它们是该休息了，在这一年里，大自然的逻辑推动它们奔忙在四个季度的生命接力里，谁也不敢怠惰。现在好不容易才有这短暂的放松神经、放宽心情休息和整理的机会。而这个机会对于它们的将来是多么重要啊。将来，摆在它们面前的是大自然赋予的又一轮生命过程。一个春光明媚的春天，一个春华秋实的事业，全得由它们的劳动来创造。窗框里的这一幅画，我有时说它是"万物休眠图"，有时又名之为

"大地孕物图"或"万物造梦图"。

这一年四季灵动的窗画是自然的象征，是自然用岁月枯荣、时序变更和新陈代谢所描绘的生命。然而它在进入人的心灵的时候，不同的人对它自有不同的解读。只有洗去时俗的浮尘，卸载名利的重负，安装快乐的翅膀，沿着自然的轨迹放飞心灵的人，才能从窗画里看到它的本真。

太阳和乌云

在我的窗外，最壮观的算是太阳和乌云在西天的拉锯式战斗场面。这个场面是以宇宙为战场，以天地万物为背景进行的，战斗的每一个细节，都对宇宙万物产生深刻的影响。

太阳是白天的战士，乌云是黑夜的战士。它们双方都不甘心自己的领地被对方占领，于是常在傍晚来到之前，双方的战士激战起来。

我见过的一次最激烈的太阳和乌云之战是在一个夏天的下午。那天，蓝蓝的天壁万里无云，太阳巡行在万古不变的轨道上，骄傲地在天空大地播洒烈火似的光芒。天空清澈而刺眼，大地光亮而燥热。风成了灼热的气浪，吹到哪里哪里就成了蒸笼。田野泛着热雾，狗在树荫下伸着长长的舌子，牛卧在水里只露出大鼻孔，蝉在树枝上一个劲儿地噪叫，小鸟躲在树荫里张着翅膀，人们在阴凉处一个劲儿地摇扇子，而树呢，它卷着叶筒儿无可奈何地熬着。太阳任性地耍着威风，万物都受着它的炙烤。

也许太阳的骄傲惹怒了乌云，它在离地平线一树多高的空中，在太阳途经的路上，设下了埋伏。当太阳进入埋伏圈的时候，即刻四处合围。这突如其来的袭击，让毫无准备的太阳显得非常被动，它的力量渐渐弱下来，失去了灼眼的威力，开始由亮变白，接着变红、变暗，不一会儿就在乌云中没有了影子。乌云带着凉风扫荡暑气，天空和大地阴凉起来。万物舒心地恢复了活力，小鸟飞出树丛欢叫，牛从水里上岸寻找青草，狗不知什么时候在和它的伙伴玩耍。农民在田里抓紧时间劳动……

可不一会儿，太阳又出来了。太阳在钢铁般的厚云中用高温烈焰洞穿一个小孔，孔的四周乌云像熔化的铁水，红得炽烈。乌云向四周渐渐化去，孔越扩越大，露出了蓝色的天，太阳把光变成万道光柱，从孔洞里向四周的天地捣去，大地的阴凉隐退了，万物又在强光下感受到了热意。可乌云并不就此罢休，不一会儿就调来了千军万马，从西南的天角排着队，齐刷刷地席卷而来，不一会儿太阳又被黑暗吞灭了。乌云任性漫卷，狂风大作，电闪雷鸣，铜钱大的雨点像火力侦察似的噼噼啪啪到处乱扫。接着雨点由疏而密，一个劲儿地轰轰沉响，好似天河决口。地上雨水四溢，到处是急流水泽。刚才快活的动物一瞬间不知到哪儿去了，农民和行路人顾头不顾身地飞快地寻找附近的人家躲避。树在狂风里屈身摇头，被折断的枝条卷得老远。天黑得不见光亮，金蛇般乱窜的闪电使人心惊肉跳，震撼大地的暴雷更令人肝裂胆丧。世界变得异样恐怖，地球的末日仿佛到来。

乌云疯狂一阵后耗去了能量，它感觉到累了，开始松懈了。这时太阳又顽强地从云的缝隙钻了出来，把万道霞光从西边的地平线上洒向整个天际。受到乌云报复的太阳似乎意识到骄傲的代价，它变得温和起来。乌云也渐渐恢复理性，收敛起了破坏和恐怖。这两个伟大的战士，在较劲儿后似乎都感到了和平共处的重要。乌云在太阳的映射下渐渐地由厚变薄，变得透明，变成斑斓的色彩。天空露出了碧玉的底色，那玫瑰红、深褐、橙黄、淡黄和乳白的云朵轻飘飘地浮在上空，千姿百态里，有北冰洋漂来的冰山，有桂林山水和泰山险峰，有薄雾中耸立的海市蜃楼，绵羊和野马在草原上奔走，狮子和大象在丛林徜徉，棉花堆积在宽广的地头上，黄发垂髫在大树下侃聊……云朵创造了天上人间，地上万人景仰。霞光把大地染得绯红，田野、树木等都披上了红纱巾，霞光里的姑娘格外迷人，老人尤其精神振作。空气清新而凉爽，天地和谐而美丽。太阳和云成为要好的朋友，它们尽量地发挥真善美的内涵，为呵护它们守卫着的万物履行责任，为白天迎接黑夜营造氛围。

我从窗子里观看太阳和乌云的战斗，从它们战斗的过程和结果中感受着宇宙万物辩证的对立和矛盾的统一，以及在对立斗争和辩证统一中形成的那种归属于和谐平衡的关系。同时我也领悟到，看起来一些不易接受的事物往往蕴藏着不可否认的合理，而容易接受的东西又往往含有不可回避的弊端。我们应该学会在一种宇宙逻辑中演绎生活乐章。

生命的游戏

窗前水渠的春末和初夏，是一年中最丰富而又最生动的日子。那时，随着气温的升高，水涨了，草藻茂盛了。水胡莲擎着白茸茸的十字花儿，把圆圆的叶片铺在水面上，叶片滑溜溜的，泛着绿光，是昆虫们跳舞的平台。水牛草用茂密而幼嫩的叶子，给沟渠的两岸绣上了绿边。浅水中的蘱草、芦苇和菖蒲都长出了嫩嫩的长长的叶子。青蛙由蝌蚪长成了成蛙，它们在水边草丛跳来蹦去觅食，吃饱了呱呱地欢叫。这时节正是鱼儿觅食产卵的盛期。鲫鱼、鲤鱼寻找水草茂密的地方产卵，公鱼追着母鱼掀起浪花发出哗响。菜鱼把卵产在它们事先用水草巢就的窝儿里，躲在暗处日夜监护着。鱼鹰和白鹭也来到水渠边凑热闹。长腿鸟在浅水里一待就是二三十分钟。小孩子们常常端着钓竿在沟边垂钓，鱼一上钩就乐得手舞足蹈，他们也会在无意间被突然蹿出的水蛇吓得惊叫。水蛇那漂亮的身子在水中扭动的样子非常好看，但恐怖的阴影在人深深的印象里很难抹去。在小小的窗前水渠里，各种生物就这样生活着、繁衍着。一切看起来简单而又平凡，可是有一天，我却被惊人的一幕惊呆了。

那是一个晴朗的下午，水渠在西天的阳光透过树缝斜照下显得十分明丽，一只水蚂蚱停在一枚水胡莲叶片上贪婪地啃食小虫。一只青蛙在与它的肤色极为协调的背景的掩蔽下悄悄地、慢慢地从它身后爬过来，青蛙爬到了一定的位置后，猛然发起攻击，张嘴弹出带钩的长舌，把正在享受美餐而得意忘形的水蚂蚱抓住了。水蚂蚱拼命地挣扎毫无效果，眼看就要被青蛙的大嘴吞进去，这时又一件意想不到的事情发生了，一条水蛇从青蛙的背后草丛突然蹿出，闪电般捉住了放松警惕的青蛙。青蛙拼命地挣扎着，蛇卷着青蛙不肯放松。青蛙突然鼓起肚子，身子膨胀得很大，蛇把嘴无论怎样放大也难以吞食，只得将青蛙拖上堤岸。青蛙呱呱地叫喊，那声音似乎是愤怒，也似乎是求援，或者是求饶和哀鸣，调子响亮而凄凉，但蛇仍然不肯放弃，它把青蛙周身卷紧，卷成了一个小圆团，它是想把青蛙卷死后再设法吃掉。但青蛙不放弃生的机会，它一个劲儿地往外爬，可刚爬出一点又被蛇卷了进去。它们在草丛里就这样搏斗着，这时又一件意外的事情发生了，只见天空中倏地掠来一道黑影，一只老鹰俯冲下来逮住了蛇。老鹰锋利的爪子以电光石火般的速度扣住了蛇头，蛇不得不放弃青蛙而把身子反向鹰的腿和脚缠绕过去，可鹰不慌不忙地又用另一只爪子抓住蛇身，看来老鹰的进攻已经得手。我正在担忧蛇的处境，一种奇怪的现象发生了：那老鹰突然身子趔趄了一下，然后放弃了蛇，惊慌地向树丛的高空飞去。我想它是被蛇咬伤了，可是附近马上传来一阵声音："打着了！打着了！""哎！可惜又飞了。"随即跑来两个小孩，他们手里拿着弹弓。我一下子明白了刚才是怎么回事。

这眼前的一幕就发生在一瞬间。这一瞬间看起来是巧合和偶然，但演绎的却是亘古的必然。

深深的遗憾

我的脑际时常泛起曾经闯进的一双圆圆的眼珠，那是一双带着怨恨，而又似是哀求地直盯着我的眼珠，虽然历经了几十个岁月风尘，但那双眼睛总是无法隐去。

那是我还在读初中时发生在一个深秋的一件事。一天早晨，下着大雨的天空冷飕飕的，我从窗棂边的挂物架上取下书包和雨伞准备上学去，忽然发现晨曦中的窗台上有一只小鸟，我忙把它捉进来。只见它浑身湿透，不住地颤抖。它已冻得站不起来了。我忙用棉絮将它裹好，寻出以前曾养过斑鸠的鸟笼把它放了进去，再置上水和米粒，然后把笼子挂在窗棂边的挂物架上。没来得及细看，便急匆匆地上学去了。

好不容易盼到了放学，我一溜儿小跑回家，饭也顾不得吃就去看鸟儿。鸟儿在笼子里挣出棉絮套站了起来，羽毛已干，精神很好，只是鸟食未动。并且我注意到葛藤编的鸟笼有好几处啄破了皮。鸟儿戒备地看着我，眼珠一动也不动。这时，我才看清它的面目：全身青灰的羽毛，黄角质的嘴长而尖；一对忽闪忽闪的眼睛，看去像两汪深不见底的潭水，眼珠中央一点白亮儿，恰似潭水因阳光映照而反射的粼粼波光；朱红的脚不大却有力，牢牢地抓在笼子的藤条上。我猜想它应该有个好听的名字。可惜我缺乏鸟的知识，所以无法知道。这时天已放晴，西下的阳光从窗框投射过来，暖烘烘的。我把鸟笼挂在窗外，让它享受自然天光。

第二天，我满以为它会熬不过肚饿而吃点食物。但出乎意料，它仍粒米未进。我认为这是不理解我的善意或一时失去自由自在的生活而不习惯，也就没有理会它。就这样它在笼子里又熬了一天。

第三天下午，我回家后，发现它缩着那先前高昂的头，羽毛松散，双眼半掩半睁，没有以往的光亮，全身就像极度劳累后满是倦意一样，没精打采。已经三天没有吃食物了！我忽然意识到这是失去自由的鸟儿无声的抗争！它见我来后，眼睛慢慢地睁开了，无神的眼光带着无可奈何的神情和悲怨盯着我。这时我的心灵深处跳出一个声音：你没有权力将它囚于笼中，应该将它放出笼外，让它回归海阔天空的大自然。此时，我才觉得自己成了一个残暴的人，一个本来自由自在的生命，是我无情地剥夺了它的自由权，将它弄得奄奄一息。此时弥补过失，或许为时不晚：我默想。

于是，在一种精神动力的驱使下，我将它轻轻捧了出来，它没有动，也许它认为我又要玩什么花样，因为鸟儿连续几天的失望，已经使它丧失了信心。由于将它拿出笼子，它以一种奇怪的眼神看着我，像是怨恨，但更多的却是不解。我打开窗扇，它从我手掌上站起来，向四周张望一下后，"嘎——"地鸣了一声，举翅便飞，但飞不到两三米高，便因体力不支而慢慢跌落下来。

见此情景，我进退两难。眼下放归自然它肯定难免厄运倒害了它。无奈之下，还是把它放回了笼中。

临睡前，我来到鸟笼边，它并未和以前一样打盹儿，而是瞪着眼，见到我后，眼睛眨了几下，似乎是对我今天的行为表示满意。我掰开它的尖嘴，尝试着塞入了些食物，它终于吞进去了，这一创举使我感到高兴，但马上又责怪自己以前为什么没有想到这一点，让它的身体白白受了几天饥饿的摧残。此时我心中默默地祝愿它好好蓄精养锐，将来能平安地回到大自然的怀抱。

然而，事与愿违。

在它与我共处的第四天清晨，我准备给它换上食物后上学去，发现它靠在鸟笼的一边一动不动。我以为它没有醒，便轻轻地伸手去换食物，但不小心触到了它，它像木头似的硬邦邦地倒在了笼子里。我的心咯噔了一下，感觉不大对劲，伸手去摸，发现它已经冰凉了。但眼睛仍睁着，一双圆圆的眼珠，带着怨恨……我有些站不稳了，内心一片空白，像全世界一下子只剩下我一个似的，是那么的孤独与凄凉。耳中不停地响着一个声音："它是被你折磨死的！"

那个不知名的鸟儿去了，伴着我加给它的一段痛苦的记忆，带着对自由的渴求，孤寂地去了，留给我的是深深的自责与遗憾。

我呆呆地站在窗前，忽然感觉到，那鸟的死，似乎是对我以占有它的形式来索取救它的补偿的一种抗议……我不敢再想了……

梦在青山碧水间

居闹市久了，想宁静清新；处浮躁厌了，求灵魂独处；身心疲倦了，望轻松小憩。

那天，又是继续的忙、延续的累。我上了两个班四节课，批改了60本作文，每篇作文耗了我10分钟左右的时间，还备了第二天的课，与学生谈了一个多小时的话。头晕了，脚重了，身软了，回家匆匆扒了几口饭就睡了，睡中做梦，梦里是：

一湖春水，点点白帆；红男素女，天籁渔歌；朝阳弄金波，鸥鹭戏钓叟；还有那，杨柳依依惜白絮，炊烟袅袅招远客。茶楼酒肆，香飘十里，染醉了，蒙蒙细雨，曲曲古道，缕缕西风；小桥流水，古藤老树，雨伞翁媪。夜幕抚水乡，油灯亮广漠，归鸦闹竹林，翠叶滴玉露；罗帐锁良宵，鸡鸣狗吠不知晓；曙色暖庭院，鲜花香新梢。早起把盏邀邻里，林中拾诗笑桃夭。身无禄名眼自空，放宽心翅追飞鸟……

以后的日子，造梦、追梦，熬白了头。直到这一天，我走下三尺讲台，告别三寸粉笔，才敢放心地扑进自然的怀抱，敞开胸藏的幻想，自由地放荡灵魂，去找我久违的梦境。

在信阳探亲的日子，浓秋的色彩撩起着我的旧梦。

我们驱车西南而行，穿过人车熙熙攘攘的繁华闹市，来到南湾湖。

南湾湖是个有梦境的地方。它控五河（浉河、五道河、董家河、小泗河、飞沙河流）而牵五山（车云山、集云山、云雾山、连云山、天云山），挽淮水而主沉浮。因治淮福民而生，由奇山异水而名，素有"豫南明珠"之称。

南湾湖上游耸立着李先念战斗过的四望山，下游连着历史文化悠久的贤隐山。贤隐山上有距今1400多年的"梁王垒"遗址，有与嵩山少林寺、洛阳白马寺、开封相国寺、南阳玄观庙齐名的贤隐寺，有奇异的仙人床、丈人石，动人神奇的平顶松传说。这成为南湾湖景区的丰厚文化积淀。

湖面东西宽约20公里，南北长约50公里，水域面积约70平方公里。森林面积2180公顷，控制流域面积约110平方公里，景区内河流港汊纵横，清碧的湖中错错落落散布的61个小岛，犹如落入玉盘的大珠小珠，美不胜收。

山麓水岸，龙脉宝地，四季气和景明，鸟语花香。花园景观依势而建，亭台楼阁藏山川风水，茂林修竹拥碧瓦飞檐，水镜日月映雕梁画栋。原生态园林，处处是王维的水墨，陶潜的逸趣。至于云入楼台，吟咏崔颢的《登黄鹤楼》放思；窗含雪浪，用苏子的大江东去抒怀；淫雨霏霏，发范希文的忧谗畏讥之悲，都是惬意的情趣。而卧听林涛，把酒临风，则又可宠辱皆忘。

游南湾湖的路，是寻梦的路。

登上巨龙般的堤坝，感慨了伟大的人力创造，我们就踏上去码头的路，然后乘船上岸，游览了散布在大小岛山的古法茶坊、节节高、画眉衔籽、放歌亭、茗萃苑、假山茶瀑、茶字溪、龙壶戏金蟾、渊源阁、百壶迎客、神农井坊，以及鸟岛、大圣岛、夕阳亭等景点。

山行一路，曲径蜿蜒。夹道修竹，笼烟披纱，秀立我旁，是个筛光剪影的丹青手。它抚动着妖娆的长袖，摇曳着深秋慵懒的太阳，深藏着鸟语泉声，送来沁人肺腑的清香。修竹的清香，是幽幽的深奥，像千年的古木一样经典，又像出浴的少女一样清纯，我找不出形容它味道的词语，只能感受到它把我带进了七贤煮酒的疏狂里。

一路望山，松树森森。松树古貌仙骨，秋风的情调，冰雪的性格。它碎石裂隙，扎根饮泉，身躯伟岸，擎苍探月。虬枝舞动白云，像蛟龙一样婉转；枝干托起日月，像天柱一样挺拔。崖壁上印刷的影子，是达摩面壁的佛光。千枝万叶组合的雄浑吟咏，是庙鼓的佛唱。身在松林里行走，却像在清泉里洗涤夏天的燥热和汗腻尘垢一样，清爽舒心。

南湾湖毕竟是南湾湖，因山多湾，因湖多水。水中行船，水浮山景；山里行步，山夹溪流。这溪流在山湾林竹间捉迷藏，就像云中之龙，只露一鳞半爪，留白予人去欣赏、去遐想。我几次驻足于偶然而来，倏尔而去的那段清澈的流泉前，看它碧玉的魂魄，猜它从来处来，到去处去的使命，思维的步伐就像在追梦。

尽管山溪羊肠百折，宛转回环，一鳞半爪似的忽隐忽现，但它拨动的无弦古筝，弹起的无弦琵琶，敲击的无形玉玦，总是把高山流水的旋律，从深山幽林里叮叮咚咚地送给知音。而善听泉流的心，总会得到一种澄清彻明的洗礼，上善若水的感悟。

南湾湖是誉满华夏、走向国际的信阳精品名茶的生产基地，沿途当然有不少茶园。深秋里的茶树，泛着绿油油的翠色。眼下虽然不是采茶季节，错过了看红颜玉手采茶的纤姿倩影，以及听那煽动欲念的采茶歌的机会，但那亮晶晶、玉莹莹、嫩酥酥若镶嵌在瓦蓝夜空的星星一样的茶花，同样楚楚动人、滋滋可人。茶花素静温柔，秋波蕴涵，散发着唐诗宋词的气韵，简直可以吻之为唇，捧之为魂。

茗萃苑是个入梦的去处。

茗萃苑建筑在山洼湖湾，一个碧波荡漾的水面，经由木桥通达，是个不染红尘的境界。

走近茗萃苑，首先吸人眼球的是那扇插屏。插屏由12块古色古香的木牌组成，上面镌刻着茶道，茶道说，品茶也：

"第一道，点香，焚香除妄念；第二道，洗杯，冰心去凡尘；第三道，凉汤，玉壶养太和；第四道，投茶，清宫迎佳人；第五道，润茶，甘露润莲心；第六道，冲水，凤凰三点头；第七道，泡茶，碧玉沉清江；第八道，奉茶，观音捧玉瓶；第九道，赏茶，春波展旗枪；第十道，闻茶，慧心悟茶香；第十一道，品茶，淡中品致味；第十二道，谢茶，自斟乐无穷。"

未见茶而先见文，有点先声夺人的感觉，它给我的第一印象是：对于茶，喝非品也！喝是饥渴之需，生理之要；品则重在精神享受、文化熏陶、人性伦理洗礼。品茶非在茶也，而在人也！在茶为味；在人则是给疲倦的人消倦；替蒙尘的人洗尘；为利欲熏心的人清心。乐茶非乐茶品也，而乐在人品，即有品之人，乐山乐水、乐仁乐智、乐物我神交的自然与玄妙。

进了茗萃苑，就如置身蟾宫仙阙。佛香袅袅，那是肃穆的氛围。古筝悠悠响起，那是《高山流水》《春江花月夜》。接着是仙女般的茶艺姑娘，用银铃般的音色念罢"金针几叶含神韵，碧露一盏飘祥云；千年国珍流芳远，天生丽质盖群英"的诗词，就按道之序，进行茶艺表演。这时，佛香的白烟飘起馨香，沁入你的肺腑；古筝敲响叮咚的山泉，流进你的心田；古曲颤动着瑶池的旋律，拨动你的心弦；古诗散发着文化氛围，升华你的意境。而茶艺姑娘呢，却用她那禅定的芳艳芳心芳姿，娴熟地表演着茶艺，其一举一动，一颦一笑，茶道的每一个环节，莫不使你入心入神而醉魂。

身临此境，你会有什么感受呢？是否觉得一茶洗诸念，心清意自禅？

品茶入禅悟人生，不能不承认，人乃草木中人。人入草木方为人，草木有人方是茶。人与草木之间的至真至密至醇的关系，大概就是禅意罢。由此，人生如茶，生活即梦，茶禅一体，进入梦中，就可以在一草一世界，一木一菩提的玄机里，发现人生一世，就如草木一秋，几度冷暖，几许苦涩，几番纷繁，都是茶魂。草木静好，饮茶人好，茶清梦好。

浉源阁是个释梦的境界。

浉源阁坐落在山之巅，雄阁三层而接九重。

登高远眺：西迎五山泊浩渺，东抱信阳隐烟波；浉河接淮送紫气，万壑聚流浮碧螺。

临湖而观：涵虚万顷混太清，气蒸山岛幻唇楼；水府翩翩鲛人动，星罗处处浮白鸥。

波静时，湖如镜，青山醉倒水中，树木栽在龙宫，日月出入于水府，游鱼穿梭于绿林，船出山岫而追白云。

袅袅风拂，满湖银色的褶皱抖索，起跌着扁舟，飘荡着豪情，散发着梦境，还牵系着轻盈无依的命运。

秋风里，木叶被离开树木，在空中翻着跟头，焕发灿烂的蝴蝶，缭乱回肠百结的情调，而那由不了自己把控的几片落叶，跌入于浪花浮动，则让人担心它将要归宿何处。

巨日临湖边，烧煮万顷波光。几个垂钓黄发，被一只钓竿定格在夕阳红里，有鱼也乐，无鱼也乐。那一竿云影一线烟，已把湖洲当闲堂的状态，宛若断云孤鹤的菩提像。

登浉源阁，仰俯之际，湖水装着我的心潮，山岛住着我的情感，鸥鹭扇着我灵魂的翅膀，那浩渺的烟波，笼罩的尽是我的梦谣。

鸟岛是个多梦的所在。

南湾湖六十一岛是"鸟的天堂"，而鸟岛则是鸟的大本营。那里栖息着数以十万的候鸟。

漫步小径，小仝涧边怜幽草，则有黄鹂唱深树。夜宿阁楼，圆月明山幽静时，偶有惊鸟鸣夜空。风日晴好花红树，便见莺舞白鹭飞。潭清天光观游鱼，常来飞鸟留倩影。仰望白云浮碧树，正是一鹤冲天时。

鸟鸣幽静，鹤走舞步，鹭戏流水，林藏布谷。八哥憨厚地挽留游客，鹦鹉调皮地讥笑人语，和平鸽款款地点头送秋波。到处都是诗的意境，梦到张扬，洗礼灵魂的仙姿天籁。

丹桂飘香鱼肥时，临浦观湖色，鱼鹰在翠山碧水间翩翩起舞，它们梭织着幻境，飞着寻找机遇的希望，倏地一个俯冲掠下，得到收获的满足，然后满意地翔滑于鸟岛深林。那里是它们的家，有待哺的孩子。

在天鹅湖、鸳鸯溪、鹦鹉长廊，看鸟艺表演，竟然发现，鸟被人们的梦想变成人的欲念。它们在驯养师的训导下，骑车、打球、做算术题目，竟是"从心所欲"了。鹦鹉的独轮车技术、滑钢丝的本领，人所难及。一曲《孔雀东南飞》的乐曲，激发着一只只美丽漂亮的绿孔雀，排成一字形行列翩然飞下，恍若仙女临凡。它们的优美舞姿，开屏的绚丽与壮观，是美丽的震撼。

具有讽刺的趣味是，驯鸟也被人类的"潜规则"所规则。你不见那受指令的鹦鹉，竟然鄙夷一元钱吗？还有那些不能开屏的孔雀，它们赖以骄傲的美丽尾翎被拔取后，简直是"落地凤凰不如鸡"了。

大圣岛上，我与猕猴梦话。

南湾湖猴岛28亩，野生放养着100余只太行猕猴，这些猕猴机灵、调皮而可爱，人类把它当景点，它也许把人类作了风景线。人类观看它们时，它们也好奇地观看人类。我们看它们，它们则时而摇晃着树枝，时而荡着秋千，时而展示着轻功跳蹿于树巅之间，在人类面前故意卖弄自己的本事。它们看我们时，好奇的眼睛滴溜溜地转动，好像对人类的一举一动都发生兴趣，不知道它们看到了人类什么，这些齐天大圣的后代，它们的大圣是从来没有臣服过人类的。

看到这些兽类灵长，我多梦的内心不禁问道：老朋友，你认识我吗？我们是远古宗亲。我们的老祖宗分家立户之时，命运青睐你们，你们获得了自然的全成品质量，可以不劳而获，靠着先天的本能图式在自然界的怀抱里生活。人类则不能，人类得到的只是自然的半成品质量，他必须有劳而获，靠手脑的劳动来生活。你我之间梦守着一个万古未变的道理：墨守成规者乃猴；改变自我者乃人。

日沉湖光时，我们踏上归途。

我们是乘船而归的。这时，晚风送程，这个三山七水的大湖，雪涛涌起，浩浩汤汤；云梦渺渺，水阔吞天。山岛被它吓得缩着脖子隐退，而龙王却派来无数蛟龙，抬着我们的游船，依依不舍地缓缓前行。

今天寻梦，我似乎找到了安置灵魂的小屋。

一湖秋色在八月

凉秋八月，我驾一叶小舟，在北民湖中荡漾，感觉已是满眼湖光敛夏容，一派湿地动秋色了。

秋色来到八月的湖水里是明净的。它没有了夏天的潺热。夏天的湖面朦胧，空气拧得出水。烈阳蒸烤下的蒸气，微微上飘，贴近水面遥看，像燃烧的火焰。

秋天的湖面上，空气洗得干干净净的，微风把清波褶皱成蓝丝绸，漾着轻爽和润泽。湖面像镜子，蓝天映照在里面，白云悠悠地飘动，鸟儿追逐着云儿、鱼儿游动，岸柳则用俏皮的枝条制造着一圈圈涟漪，向云儿、鸟儿、鱼儿套去，逗起活跃的水花。小船在多情的秋风细浪里漂荡，在我潜藏的意识里泛起已远的摇篮童趣和母亲柔手抚摸下的娇意。而当正午的阳光下彻时，那道道光柱映射到无遮拦的湖水里，让你看得到它深处的玄妙和神秘，也看得到浅处清晰的残垣断瓦。湛蓝的水晶把湖里的一切，浇铸成时空隧道里的故事，梦一样的缥缈，又梦一样的美丽。

秋色在八月的湖水里是绿的。秋的色彩在不同的地方自有不同的东西来描绘。给深山的秋调出典型色彩的是枫叶的绯红，给平原的秋带来风采的是稻谷的金黄和棉花的雪白，而在这浩渺的湖面上，秋的本色则由菱角、荷叶和睡莲来描绘。田田的荷叶、田田的睡莲，重重叠叠的菱角叶片，平铺在澄清的水面上，是秋阳映照下的翠玉，翠玉在盈盈的湖水里，让秋色散发出绿的气韵，飞出绿的翅膀，张扬绿的精神，幻织绿的梦想。这时候，泛舟江南八月的湖水，就会沉醉在绿的怀抱，感受到秋色生机的熏陶。

八月湖水的秋色是正在沐浴的新娘。她把绿色的褶皱衣裙脱在水里，赤裸的玉肌在水乳里折射着虚灵，散发着清新。迷着她的清新，白云为之纯净，鱼雁为之潜翔……万物皆为诗词曲赋，韵调撷采，卓烁鸿裁，壮丽雄诡。这时候，你若神遇她那明眸善睐的顾盼，会惹动思接千载、容动万里的恋情。你若臆想她那呼吸着的清气，会闻到沁人心脾的芝兰，看到薰香的长天风云。你若感动于她那微微的腘腆和粼粼的体光，更会将湿润的心情分割为碎片。那些碎片，如果飘落在她眼里，会燃烧出一缕饥渴；如果在她胴体上滑落，会化为一丝欲望；如果颤动在她的气息里，会变成无弦的琴声。如果留在自己的心潭，会酿成绵柔的酒浆，沉醉你沦陷的灵魂。

八月湖水的秋色是活泼的！这个活泼可不是春鸟悦山林、夜曲鸣寂静、歌舞唱治平的热闹，而是满湖的菱角吮吸了秋水的膏脂，争先恐后地灌浆实果——生机在默默涌动；秋水的乳浆滋润的莲子，在莲房里只争朝夕地盈实壮体——莲房里鼓动着生气；在秋水里捞足了油水的睡莲，已是"十月怀胎，一月分娩"，它将成熟的种子，抖落在秋波里，飘荡着四海为家的心愿。还有被秋的营养膘壮起来的大雁、黄鸭、朱鹮、章鸡、白鹤、鸥鹭，正在锻炼它们的孩子，它们的孩子在荷荡里、菱荡里、睡莲丛里、蒿草丛里，以及风浪里，嬉戏、闯荡、追逐，甚至挣扎，新一代的生活历程，就这样在顺境与逆境的洗礼中起步。八月湖水之秋的活泼，是生命的劲动、活力的张扬。

八月的湖水秋色是迷人的，但更迷人的要数它的味！

八月湖水之秋的味是什么？菱角说是面里带甜且脆绵，莲子说是甜里带面且绵柔，睡莲说是微甜、淡涩且透凉。所以，八月的湖水之秋把菱角、莲子和睡莲呈现到了人们的面前，菱角、莲子和睡莲也把湖水之秋呈现到了人们的面前。八月的秋把湖水的精华提炼、酿造成了菱角、莲子和睡莲，也就等于把它自己变成了菱角、莲子和睡莲的味道。

如此秋味，自然吸引来一派秋忙。满湖里，大凡有菱角、莲子和睡莲的地方，就有小舟。小舟上，那些红男素女，秋味在他们心田种下了幻想，于是他们早出晚归地摘菱、采莲、捞鸡米（睡莲），心海里或有一缕缕恋情在萌动，或有一番番美梦在构造，或是心灵在升华。湖岸四面的人们，他们代代演绎的家族史里，采莲、摘菱、捞鸡米的季节，也正是相恋的机遇。而采莲、摘菱、捞鸡米的劳动，又正是富家筑梦的基础。当此之时，人们的思想感情，恩恩怨怨，也会经过这湖水秋色的洗涤，这筑梦连情过程的治性，自然得到坦荡的纯化与本真的回归。

每到这个秋味馋人的季节，八月的湖面，就会满湖秋歌荡漾。只见那东边的儿郎，方唱罢"莲子满船歌满船，满船歌声把子恋……"西边的女孩就要接下歌题传来"睡莲睡在刺猬房，刺猬满帐刺馋郎……"接着就是一阵哈哈的朗声大笑，摇响满湖银铃。这清脆的银铃，常逗得章鸡黄鸭呀呀地和、白鹤大雁嘎嘎地闹，而儿郎的小舟呢，却经不住银铃的诱惑，任凭吱吱呀呀的桨划到睡莲荡里，一个换"睡莲"，一个换"莲子"，于是，各自的船上都是莲子伴睡莲，在此交换之际，那心仪男女，四目生电火，心跳碰心动，腼腆对羞涩，不是动情也生意……

这一船秋味，被湖乡人家在夕阳里装回，很快地，八月的城镇，大街小巷，就会响起"卖秋"声！北京、上海、深圳、广州、兰州、西安……尤其是大山大漠大草原的人和北方人的居住区，北民湖的秋味被人们这样叫卖着："北民湖的菱角、莲子、芡实甜、脆、面啦，侬各就来两斤哪！""咱北民湖的菱角、莲子、鸡米吃了治风湿、脾虚、肝火哦，不买就没机会了呢！"……秋天是大补大疗的季节，这诱人的叫卖，自然吊起胃口，触动心结，街坊胡同的左邻右舍，好奇着北民湖，好奇着洞庭湿地的风光，好奇着江南水乡的秋味，你来两斤，他来一袋，提着访亲、会友、赠老人、待家人、逗孩子，不一会儿就抢购一空了。

八月尝秋之际，正好教师节与中秋节相邻，国庆在即，纪念和享受这些传统与新意的节日，除了古老的月饼之外，人们真正青睐的，恐怕就算这湖水秋味了。虽然秋日之献有苹果、橘子、柚子、板栗等等，但这类果品太普遍、太平常了，流动和存储也无季节之限，算不上特色。只有秋水里的新鲜菱角、莲子、睡莲，不仅为季节所产，还为季节所独享。这样，在一年一度的秋季里，节假日邀约之会，秋爽的心境之下，朗色的月夜里，人们总要挤出时间，搁下心事，释放重负，来一盘新鲜的菱角、莲子或睡莲，以之进行颇具特色的赏月、赏秋、联谊、休闲的活动。在醇厚的水乡秋味里，人们边品边侃天谈地、说古论今、吹牛扯闲，摆世事乌龙，常常会秋味随话永，夜随秋味深，即使清露滴木叶，月钩近西天，也精神振奋，不倦不休。

我胡扯到这里的时候，不禁生出一种谬论：为什么凉秋八月的节假口最多？为什么一年的月亮这个时候特圆特亮？为什么牛郎织女星这个月特别多情诱人？为什么八月的婚礼这么多？为什么八月的人口出生率最高？大概是因为与菱角、莲子和睡莲有关吧。谁叫"菱角"是"菱角"呢，不就是因为有头有脑，办事像事吗？谁叫"莲子"是"莲子"呢，不就是因为与"莲""恋"的谐音及"子"的含义有关吗？（《诗·大雅·大明》有"缵女维莘，长子维行"句。毛传考证："长子，长女也。"当然，古人也有用"子"兼称男女的。）在我把思维的跑道修到这里的时候，"睡莲"之所以称为"睡莲"，其意思就无须直白了吧。

为此，我要为八月的湖水之秋一歌、一醉！激励她冰清玉洁的灵魂，在这玲珑剔透的日子里，用绿茁浮荣昭示秋的精神！

燃烧的夏天

夏天，是燃烧的季节。

一提到这个季节，人们自然联系起炎热、蚊虫、风雨、雷电……不免下意识地将它和春天、秋天对比，禁不住产生无奈之情。

今人之情，自古亦然。柳宗元在永州治所写的《夏昼偶作》诗中"南州溽暑醉如酒，隐几熟眠开北牖"的句子，白居易在《观刈麦》诗中的"足蒸暑土气，背灼炎无光"句子和李绅在《锄禾》诗中的"锄禾日当午，汗滴禾下土"句子，都表达了对夏天的炎热、憋闷感到难受的情绪。

其实啊，一年严格轮序的春夏秋冬，每一个季节都在忠诚地按照自己的责任创造着造化。春的温柔，萌动生命；夏的热情，张扬生命；秋的豪爽，奉献生命；冬的包涵，保护生命。而在所有的季节责任之中，从生命成长的角度来看，我以为夏的热情更为可贵。

夏的可贵就在于它吸收太阳的能量燃烧自己，让所有的生命以饱满的活力充溢四射的精气，只争朝夕地葳蕤茂盛，繁衍基因，酿造自己的前景。

没有夏那种燃烧起来的炎热，就不会有生命自发地褪去保守封闭的惰性。生命，只要是运动状态的生命，都会有惰性的，这就是习惯于温馨、习惯于被保护、习惯于安于现状。惰性之下，万事难成。只有那种炎热般的热情把生命细胞潜藏的理想种子和浪漫情调躁动起来以后，生命才开始起步自己伟大的征程。

即使夏的燃烧滋生了蚊虫，那也不过是对生命的平等待遇。正是这个平等待遇，让蚊虫彻悟了存活的道理，它哪怕是"朝菌不知晦朔，蟪蛄不知春秋"，也要在所不辞，毫无瞻顾地去努力执行生长的权利和使命。那么，作为可以不断经历春秋的其他生命，还能够不珍惜机遇而嫌弃自然的赏赐吗？

夏的燃烧当然会疯狂了风雨雷电，先不说这些自然现象怎样靠了夏的条件和太阳的能量强盛起来，尔后又多么地骄傲多么地有破坏力，但它们和夏天的太阳一样，也有热烈"燃烧"的澎湃情感。有了它们摧枯拉朽地清道、淋漓尽致地滋润、震撼心灵地催促和鞭策，才有生命由萌生——成长——强健——顽强，以至丰富、奉献的完善过程和圆满结果。风雨雷电这些自然之子，它们履行的当然也是夏赋予的责任。

燃烧的夏天是火辣辣的。

它的火辣劲儿洒在人体上就像舌尖上的辣椒味儿。正是这个味儿，让该红的耍尽了红的风头，该绿的施展了绿的本领。所有的生命都没有了它自以为神秘的隐私，敢于泼辣而忘形地开放自己。

树收起了春天的青涩，敞胸露怀，舒展一片绿荫，招徕牛儿、狗儿、猫儿、鸡儿，谁也不让谁、谁也不怕谁地在它下面分享那从火里蹿来的一缕缕风儿经过绿荫加工产生的丝丝凉意。这时候，牛儿舒腿展肚地躺在树的根部均匀喘息，鸡儿歇到它的背上、肚上或悠闲地打瞌睡或扯长脖子鸣叫抒情、报时，狗和猫在牛那粗壮的腿间眯缝起眼睛打盹儿，火辣辣的气温让这些主儿收起了种族间的隔阂，在和谐相处里把它们的性格变成了另一种"火辣"的味道，那就是各自对自己本性或脾性的"勇敢"压制或背叛。

乡村里的赤膊开放了肌体的轮廓。那些鼓起来的和陷下去的线条把生命体的奥妙清晰地揭示了出来。劳动的汗水里裸露了黑黝黝的肌腱；短裙下开放了细白的玉腿；蝉翼里开放了朦胧的胸山；秀发收起它的严妆，让秀眼、秀眉及整个脸蛋溢出青春的酒浆。好多欲念和狂想开始像火焰一样飘拂。

火辣的燃烧更是惹乐了一群孩子的玩性。那些天真无邪的孩童利用了暑假的大好时机，邀聚在他们快乐的河边、湖边，男孩一丝不挂地露出微黑的身子，嫩白的屁股，顶着火盆子似的太阳站在岸上，然后一声令下就扑通一响跳进清澈的水里，比赛游远和扎猛子，搅起一片浪花，惊飞一群野鸟。女孩子们则在岸边尖脆着嗓音为他们拍掌、呐喊加油，或当裁判。火辣的夏天火辣辣的太阳对他们来说，太有趣了。

燃烧的夏天是劲嘟嘟的。

它的劲力舒张于何处，何处就是生命冲动的痕迹，梦想成长的声音。

在广袤的大地上，到处都有可以把土块、石块顶起来的大力士——种子在温度的作用下，再也不愿意待在父母馈赠的房子里了，它们拼命地挣扎，用生长的力量顶破藏身的外壳，无论处于什么地方它们都要往外钻。人家的墙上、瓦上，生命力量可以将其裂出一道缝隙来。那把脸板得铁青而硬赛铁块的水泥板也不可能阻挡这些上进的生命。树木的虬根强劲地下扎，它钻破坚硬的表土，刺进卵石的缝隙，在地层的四面八方和深处伸展、吮吸，树干里的筛管，在咕咕地潺流着输自"地下工厂"制造的营养。那虬枝，或上指，或横出，或斜刺，更多的则是像蛟龙一样在层层叠叠覆盖如云似被的茂林叶片里扭动、翻卷、盘旋，再强大的势力都压不倒它奔向太阳和光明的力量。杨树、柳树、樟树，无论什么样的树，都是一天天粗长起来，精神起来。它们相信自己是擎天柱。

湖里、河里的鱼儿从冬的禁锢里解放出来后，在春光下舒活了一下筋骨，就在夏的热情煽动下，开始追寻惬意的伴侣。在这一年中生儿育女显风流的时节，这些鱼儿谁都称雄争霸，拼搏生命的活力和美丽。于是水被它们感动得掀起浪花，哗啦啦地拍手助兴。

夏劲嘟嘟的张力落在田头地边时，稻谷、玉米、高粱，所有的庄稼都拔节儿地成长着丰稔的理想。

夏劲嘟嘟的张力飞在果林时，这些用花的芬芳甜醉了胸怀的果蕾，便在夏的热情鼓动下开始了日日夜夜的劲动，梦燃硕大丰累的志向。

夏把它的劲儿传递到黝黑的肌腱上，漫长的村道便闪忽着吱吱呀呀的担子，那些担子在稳健的脚步下，担来的是山样的成果，堆垒的是劳动的喜悦。

燃烧的夏天是忙碌碌的。

随着温度的升高，热能的充溢，什么都忙活起来。

宇宙万类，不管有无生命，都会因为生命而忙着自己，以分秒必争的速度，抓紧时机构梦、筑梦、圆梦。

当所有的梦都被夏给忙活起来后，最活跃的还是人类，而人类中像蜜蜂一样"采花酿蜜"的农民则是最忙者，可最忙的农民中又以江南的尤其突出。

江南农民的夏天，简直就忙乱了——因为他们拥有夏之孟与季两个时节的抢收抢种任务。比如，棉花苗长高了、西瓜伸出藤蔓了、桃子的脸红了、塘鱼在水里跳动了、菜园的所有夏季蔬菜要栽种了……这些事儿不会等到你做完一件，另一件或几件马上纷至沓来、拥拥挤挤，催促着你不是急着收割麦子和油菜，就是栽种夏收作物田、培管早稻苗、给棉花除草施肥、播种高粱苞谷、上市买瓜类……一忽儿又要抢收早稻、抢插晚稻……

这些说不了干不完的活儿，如果还细点，且看"抓收抢插"的农历四月吧，江南的农民白天也好、黑夜也好，他们没有停歇的时候。

清晨，一家农户。

吱呀的门声惊醒黎雀儿和太阳后，男人背把锹出去了，女人就开了鸡笼，挑水桶到机井旁压水；水担回来后，就到菜园里扯菜。砧板上响起了剁菜的声音时，猪圈里的懒猪惊醒了，这些家伙打完哈欠，伸罢懒腰，就开始烦人地叫唤起来，于是，女人得马上从潲缸里打来昨晚准备的食水倒到猪槽里。尔后，女人才能安心地生火做饭。

厨房的饭菜飘出香味儿了，男人回来了，他后面跟来一群人。女人忙摆桌子放板凳端饭菜。这一群人呼呼地吃完饭到麦田里去了。麦子刚割完，大家正忙着往禾场里挑时，田头突突突地响起了抽水机的声音，渠水哗哗哗地往麦田里猛注。田垄上刚刚见到水，拖拉机的声音由远而近地响来，它急着要耕田了。这时，农户主人马上催促挑麦子的速度快点，因为拖拉机在麦田里跑几个回合后，就要赶着活泥插稻秧了。农村人都知道，秧插活泥行根快，稻秧早活一天，就是早一天的产量。

此时，女人在大家吃饭下田后，马上收碗，快速地搓洗衣服、准备中午开餐的菜。田里有人挑麦子回来了，女人就带着畚箕下稻秧苗床田扯稻秧。等到众人都来扯秧的时候，女人一看日头快到头顶了，就回家安排饭，同时一边往回走一边顺便割路旁的青草，挑到屋后的鱼塘里。进了家门，先给猪食，解决了猪的浮躁后又开始做午饭。

午饭后，机器的响声都停息了，早晨还黄黄的麦田，现在是镜子一样映着天光的平平展展的水田。这时，人们便把稻秧一担担挑来，背朝青天手抓黄泥地争先恐后插起来。

女人收完了午饭的碗，烧一桶茶水，提到田头后也卷起裤管插秧。

太阳偏西了，上学的孩子回来到田头向母亲要钥匙，做妈妈的马上交代："赶快回家，给猪割一担草，给鸡、鸭撒点食……"孩子转身就跑，刚跑几步，母亲又大声叫住："到菜园里摘一个南瓜、几个茄子、一把豆角，还有辣椒……不忘了把饭煮好，用大电饭煲煮5斤米——别玩！啊！"

夕阳在插秧的泥巴手上收尽所有的余霞时，蚊子嗡嗡地围攻起来，咬得插秧人首尾难顾地啪啪啪与蚊子打斗，蚊子嗅着人身上的汗臭味儿，连背上的衣服都叮咬得透，一个个腿上、脸上、身上都鼓起了疙瘩，户主这才不管田插完没插完，叫大家上田坎去吃晚饭……

整个夏天，特别是"收插双抢"的关键时候，江南的农民几乎天天如此。忙活吧！

燃烧的夏天是灿烂烂的。

人们习惯于把百花争妍、五彩缤纷的艳美辞藻送给春天，其实夏天也同样色彩绚丽、多姿多彩。

篱笆上的蔷薇花开了。蔷薇在编织篱笆的竹竿、树枝上一扭一扭地攀爬，一节一叶一朵红，小巧伶俐，羞红。芬芳悠悠地散发在你不注意的夏风里，清新爽人。

石榴一簇簇地聚集着几十条枝条，在院子里、大路旁、果圃里，密密地挂起起绣球，太阳在她身上闪着绚丽的光彩，红得酣畅、豪放、潇洒，令人眼花缭乱。

向日葵有的像一排排哨兵，整整齐齐地立正在路、院子和田垄的边缘，有的像参加大会的群众，有序地集结在场子里。它们都高举着圆圆的花盘，上面开满金灿灿的花瓣花蕊，迎着太阳笑，跟着太阳转。

夜槐树的小花喜欢抢风头，它一开就把绿色的叶片遮掩下去，远远看去，就是一堆紫罗兰小山。橘柚树的白花，藏着那宽大的叶片里眨眼，有点像天上的星星，风吹树摇时，就机灵地闪烁，那白玉似的小小花瓣，嫩得叫人不忍向她伸手。这两种花儿，用郁郁馥馥的浓香，染透周围的空气，带火的轻风一拂，方圆数里的白天、黑夜、田野、小河、窗帘、罗帐都被醉得酥懒起来。而蜜蜂、蝴蝶，则勤奋地频频光顾。

田田舒展的荷叶、高高擎举的荷花，在夏天里无遮拦地畅放，泼辣、霸道。江南水乡的湖里、河里、渠里、塘里的夏天，几乎都被它们占领着。翠叶衬托着红色的花瓣围护着密密麻麻的黄色花蕊，黄色花蕊又层层叠叠地护卫着嫩绿的莲房，莲房里就成长着白胖胖的莲子宝宝。鱼儿、翠鸟被它诱惑了来把这里当玩耍的乐园。穿红着绿的男女也被它诱了来，像在荷叶蓬里戏水的鸳鸯一样，采花摘莲，温情呢喃。

夏季的灿烂色彩不仅燃放在大地河川上，而且还浪漫在天庭上。

夏季的云朵时常摆弄着七彩炫美。傍晚时分的火烧云，用熊熊烈焰把天烧了个透也把地映了个透，简直听得到大火呼呼作响的声音。太阳与乌云搏斗时，那像棉花、奔马、高山、魔鬼一样的云，红的、黄的、紫的、白的、乌色的，什么颜色都有，不断变换着颜色和形体，摆弄着宇宙万花筒。

夏季最夸张、最浪漫、最大气的美要数跨越千万里，高高刻画在天穹的彩虹。这彩虹，赤橙黄绿青蓝紫，是夏在高空舞动的彩练，是宇宙架设在天壁上的拱桥。它从大地的这一头，架到遥远的另一头，拱高入云，接星齐日。登上这座拱桥，一定可以走进天宫。

我的秋

那个时候，我还小。走过了炎热的夏天，秋却是我生命在一年的旅途中的一个歇息站口。总算躲过了夏那火辣辣的刺激、劲嘟嘟的威压、忙碌碌的紧张及光灿灿的目眩，我的灵魂可以在秋的怀抱里闲定了。

回想起来，这时，我总爱把秋与夏天相比，觉得她就像母亲一样慈祥：我那些日子背着书包上学时，从农忙里稍稍轻松下来的母亲给我穿好我喜欢的鱼白衬衫（要知道，在穿土布的时代里这洋布的鱼白衬衫是多么让人的眼球闪烁羡慕之光的），把书包的背带斜挎在我身上，然后，微笑着吻了我的额头，交代我路上小心。下学回来，她就等在村头，接过我的书包，牵着我的小手，走进家门，把特意准备好的一碗热气腾腾的蛋汤端到我的手上。秋天就是这个样儿。

那个时候，秋天也像隔壁的婵娟丫头。那丫头我们无论相遇在上学的路上，还是在田边挖野菜，或者和她一起在秋收后的稻场、明月下的堤上，她总是秋月般的光彩，秋月般的笑容，秋月般的声音，风舞柳条的身形。而她走路的活泼味道，又恰似喜鹊安闲地在林荫道跳来蹦去的样子。身上还常常带着菊花的清幽、丹桂的温馨。她的温柔、贤淑、闲静与爽朗，让我们那儿的人，一看到就没有了脾气、没有了浮躁、没有了烦恼甚或隔阂。秋天就是这样的。

从小学到高中，我渐渐从书本里积淀了一些古人描写秋的诗词，于是无形间秋就成了跳跃在唐诗宋词里的音符，抑或是诗词里的魂魄。那些年，我的情趣大约行走在诗与秋之间，感觉着秋的多方位的况味。

南朝范云的"草低金城雾，木下玉门风"诗句，使我对秋雾起了特别的兴趣。我们江南水乡，这个自然湿地，中秋以后，许多早晚，都是烟雾朦胧的。晚雾随着炊烟升起，送走夕阳的余晖，迎来夜幕，把劳碌了一天的人们、鸟儿、牲口及整个世界安眠在睡梦里。到了早晨，竹林里的鸟儿唱歌了，那雾就会带着一天最新鲜的空气从人家打开的大门蜂拥进屋来。这时，出得门来，整个世界就朦胧在乳白色的神秘里。四周没有树，没有人家，连小路、沟渠、田野、大湖、远山都没有了，观天看地，天地融合，这个时候，才知道什么是洪荒混沌。说真的，秋雾朦胧时，要不是前面住的杨老汉那每天早起了习惯性的几声咳嗽没有缺课，我会沉浸在腾云驾雾的浪漫里或遗世独立的幻境中，不知我之所在与吾之乃谁呢。我当时以为诗人描写的秋就是这个雾的特色，而这特色，在我们这个有大湖有原野的湿地里，绝对比那个金城更典型、更有气派。而这特有的生雾之秋，或说是秋送来的雾，就是要人产生洗涤尘俗的感觉的。

庾信的"树树秋声，山山寒色"，王绩的"树树皆秋色，山山唯落晖"，王维的"寒山转苍翠，秋水日潺湲"，李顾的"秋声万户竹，寒色五陵松"，王昌龄的"金井梧桐秋叶黄，珠帘不卷夜来霜"，刘长卿的"寒潭映白月，秋雨上青苔"……常常诱惑着我在家乡的物象里寻找秋的影子，果然发现，家乡的秋就在诗中，而古人的诗也在秋中。

秋之色，在湿地杨柳林子，是羞涩的黄；在涔阳古道的两旁枫树丛，是浪漫的红；在天爽湖静的水面，是青莹莹的蓝；在散漫飘浮的云朵中，是淡淡的白；在月照床前窗外时，是乳霜的银灰；在日薄西山的轻烟里，是依依淡去的霞晖……

秋之声，是落木纷纷而下的飒飒，是脚踏地面积叶的嚓嚓，是重露滴叶的轻轻滴答，是山寒水瘦时流水潺潺的叮咚，是夜鼓深山老庙的咚咚尾音，是玉拨撩琴的余韵嗡嗡……

倘若寻找秋之形，那就是竹筛明窗摇曳的影子，鸟飞叶落时在空中舞动的慢悠悠的线条，被橘柚赋予的苹果圆或葫芦圆……

当然，秋也是香的，那就是橘子的、菊花的味道，也有丹桂的气息。而秋最开阔的境界，是这些形色声味共同营造的"落霞与孤鹜齐飞，秋水共长天一色"的意境。

我青春萌动的时候，秋曾经被我的灵魂团成月亮、月饼。那时，我对她说：送你一轮秋月，秋月里有我的心；秋月照两地，你我相与共；无须嘴去说，无须眼去看，只去用神会，你门前的桂影飘香，是我们的秋月散发的心思；你院子里的翠竹扶苏，是我们的秋月拂动的感情。

我还对她说：今夜月圆，我们应是心圆。请收下我从李白那儿买来的月饼，在你的床前摆一筐，那都是实在的没有包装，你若念我，只需举头望月饼，低头闻饼香。

她却说：明月不常有，举饼向青天。遥问今后之今天，可能如饼圆？

我当时回答：我不能像徐志摩那样轻轻地我走了还说是正如我轻轻地来；我要轻轻地招手，为你送来天上的云彩，还有家乡河畔的金柳，带着琼瑶的一帘幽梦，与你而共。

她却回答：我不是攀援的凌霄花，也不是痴情的鸟儿，也不止像泉源，而是你近旁的一株木棉，要和你并肩站在一起，根握在地下，叶触在云里，用铜枝铁干和红硕花朵，分担寒潮、风雷、霹雳，共享雾霭、流岚、虹霓，坚守坚贞与诚挚。

从此我知道了她的性格，于是就走上了共筑命运的艰辛。这命运，想不到就是天上的秋月，地上的月饼，秋的本色，以至于在这个秋色的命运里，我将她与秋两相惦念的时候，或者是将爱情与秋相较量的时候，竟然就相互混沌，无可区别了。

在军旅生活的日子里，秋是一种思绪。它用光洁的魂魄抽丝出可以跨越时空的缕缕思绪，纷纷地缠绕着我，一边撩动着我用刺刀挑着月光夜巡在北国的边防线上的寂寞与离情，一边扇动我思维的翅膀飞到她的身边。

那个时候，我对她说：你知道吗？我就在你身旁！

——当你看到一轮圆月的光辉洒在你的身上的时候，那就是我给你披上的婚纱。

——当你坐在七月的葡萄架下，发丝一根根飘起时，那是我化成风的梳子在给你梳头。

——当你在罗帐里拍着婴儿唱着儿歌慢慢入睡时，闻到的缕缕幽香，那是我将花魂撒在了你的窗帘上。

——当你清晨开窗听到染着朝霞的歌声时，那是我变成的鸟儿在为你放歌。

——你院子里的花朵是我给你邀来的伙伴，你夜行时我给你掬来月光，你睡觉时我给你送来好梦，你读书我在你的书页上，你玩耍我在你的朋友中，你旅游我在你喜欢的风景里。

分离的日子里，我对她的想念和深爱，都与这秋有关。是秋，用大雁南飞、叶落归根、天清气爽、白云悠悠之类的意象所融化成的意境散发出的温柔、亲切、缠绵、忧愁、伤感、怀念、相思等等内涵熏陶激发了我多愁善感的感情。

秋伴我人生旅程走上退休路段的时候，它已经是一种"玉户帘中卷不去，捣衣砧上拂还来"的愁绪了。

在发华人老秋，旅居添乡愁的岁岁月月里，占据我情感的常常是老范的《苏幕遮》。

老范说："碧云天，黄叶地，秋色连波，波上寒烟翠。"是的呢。眼下的南国榕树正绿、刺桐正翠、菩提树正泛着油光，而家乡的杨柳椿槐，已经染秋浮黄，寒色带露烟了，这不能不让人产生叶落归根的联想。

老范说："山映斜阳天接水，芳草无情，更在斜阳外。"不是吗？秋江绵绵、秋水泛泛、秋色翩翩。眼下的无情青草，带着我的追思，蜿蜒到斜阳望断处，暮霭水岸头，那里也许就是我的故乡。

老范说："黯乡魂，追旅思，夜夜除非，好梦留人睡。"人生旅途至今，几多奔波，几许流离，好梦已是明日黄花，早不挨今夜的衾襦了。要说今夜的好梦，除非去酣酒乡梓，呼醒墓中的故人。如若不能，只有游魂的暗伤了。

老范说："明月楼高休独倚，酒入愁肠，化作相思泪。"是的呢。树大分丫，儿大分家。这独生女成家立业已久，又远在异地，老伴儿也被"征劳役"服务牙牙学语的外孙去了。眼下，我简直就是个羁旅客子，秋风明月冷雨重露来伴之时，不倚楼独饮，酒化相思泪才怪呢！

每念这首词，就感觉秋愁就像是一只折翅的蝴蝶，它停落在你的心上，想飞也飞不走。秋愁就像一个影子，想甩也甩不掉，在你北望时，它就形影相吊地使你茕茕子立于远处的望乡台上。

秋愁总爱在夜深人静的时刻袭进你的寂寞，把你的寂寞打扮得更寂寞。

唉！秋！我阐释你到了余年，想不到竟落在一个"愁"字上。

当我再回头仔细琢磨被以往忽视了的这个"愁"字，方知"愁"乃"秋"之"心"也！难怪！

【江山文学编辑：晚霞晓文评】

好一个醉人的秋！秋天，无边落木，层林尽染。微风一过，漫山遍野都是火焰，都是燃烧的激情，都是唯美的诗篇。千山有叶千山醉，万里无云万里天。在秋日里，在花与似花非花而胜花之间漫步，沐浴秋阳的余韵，聆听着秋声的天籁。秋日的诗情，流淌在岁月诗词的素笺里。秋，恬静而壮美，浪漫而多情。秋色是饱经风雨后的豁达和洒脱，明净和沉稳。在作者笔下，秋声、秋色、秋味、秋形美得如一场朦胧的梦。这样的秋天是令人沉醉的，是唯美的。她是脍炙人口的诗，是映入眼帘的画，是盈耳着的交响。秋融合了感性的色彩和理性的沉静，因此她既有母亲般成熟的风韵，又有隔壁丫头秋月般的静美，更有洒脱清幽的禅境。在作者笔下，秋只有超凡脱俗的静美，没有一丝一毫的伤感和忧郁。秋风占尽岁月的芬芳，秋叶萦绕着嫣红的柔情。云霞映落日，天空醉酡红，暮色透着秋日的微凉，落晖浸染飘舞的枫叶。虽然流年易逝，岁月易老，秋风无情，黄了橘柚，老了秋菊，凋了碧树，枯了荒草。但心上仍留有一瓣心香，仍然闻得见昨日的芬芳。秋韵，醉了秋风，秋风醉了山，山醉了水，水醉了残阳，残阳醉了荒草，荒草醉了雏菊，雏菊醉了诗人。在秋色里，面对这无边的风景，即使有无尽的烦忧，也都会随秋风飘远，飘到了天的另一边。

牡丹情思

牡丹，我的爱。

你生了千年，丽了千年，等待我来；我追了千年，恋了千年，为那情债；我唱了千年，赞了千年，你的仙胎。

一株牡丹花，天地得灵气。

一篇牡丹记，千古忙骚人。

落地土生香，萌芽春增色。绿叶浮青藻，红瓣羞婵娟。蕊粉敷娇艳，馨馥醉魂缠。身姿无可估，柔情透芳骨。多少君王心，陨消在花裙。几许后宫泪，愁坠在尘泥。

我读你为诗，你是我萦绕的情怀。步你从中，观你芳艳。唐风习习，宋词满园。白居易方吟罢："千片赤英霞烂烂，百枝绛点灯煌煌。照地初开锦绣段，当风不结兰麝囊。"王梅溪又唱起了《点绛唇》："庭院深深，异香一片来天上。傲春迟放。百卉皆推让。忆昔西都，姚魏声名堪惆怅。醉翁何往，谁与花标榜。"你用魏紫姚黄，白玉珍珠，怒放春的精气，荡漾心中的缠绵。那是唐风的傲骨，宋韵的情结。一代女皇错看了你，权力成笑柄。你卓然超脱于百花之外，为了春的独守。你性重高贵，情轻黄廷；敢逆淫威，愿淡泥尘；不辞僻壤，宁伍庶民；伴月华屋，随画染襟。与你相处，心清意明；持节在俗，方显本真。小雨苔痕新掠过，午晴花气乱飞来；满园春声呼红颜，一品牡丹牵诗怀。好诗从来为志表，豪情乃是耿介生。为此，你诗的风骨成为我的情怀。

我幻你为梦，你是我飘飞的灵魂。举蕾，生命的梦在我心中酿造理想；展瓣，豪放的梦在我情中绽飞浪漫；飘红，蝶舞的梦在我恋中萦绕相思。我生命的灵魂因为你，化成洁白的羽毛，飞出躯壳，踏上冥渺的云端，把张抡的临江仙吟咏在心间："玉宇暖清禁晓丹，葩色照晴空。珊瑚敲碎小玲珑。人间无此种，来自广寒宫。雕玉栏杆深院静，嫣然频笑西风。曲屏须占一枝红。且围欹醉枕，香到梦魂中。"于是啊，我企图造蟾宫，访月婵；慕流景，仰风范；昭懿德，缉宝鉴。识凤根，结深缘；偕琼除，端玉面。看你秉命于三界之上，临祥于凡尘之中，浮槎庆云，宅身瑞嫣；四表澄明，八乡华延；洞海播惠，彻宇扬善。我心悠悠，为之感叹：一番牡丹梦，三生修德元。笑歌讥寇准，只知唱那："金谷春来柳白黄，晓烟晴日映宫墙。不堪花下听歌处，却向长安忆洛阳。"

我听你为琴，你是我心弦上的音符。有弦之琴，自然聪听在耳；无弦之琴，分明神会在心。水云送暖怒春盛，唤来蝶蜂踏键上；蜜蜂唱歌蝶跳舞，你发琴声它疯狂！花开片片展彩盘，帘内日日无休闲；夜承清露滴柔声，偷听相思到烛阑。琴抚心结，曲水流醇。禅动古庙，钟鼓齐鸣。剑气柔肠，豪客助兴。熏风拂玉珰，好月浮花韵。鸟语乱残梦，雄鸡呼曙明。曦和驾金乌，碧空漫彩云。阆苑春意浓，西楼玑珠音。有心宫商羽，锄芸植嘉根；人力助天工，种得伯牙情。七彩堪风流，五弦甚雄浑。僻壤暮烟起，樵唱向花君。味得个中趣，怀琴神远行。细雨漾漾时，卧残擦泪痕。香蕊落希冀，音符已成魂！就是宋代高僧释道潜和尚来到你牡丹下，也难免见色破戒而曾长赋雅声曰："鸟声鸣春春渐融，千花万草争春工。纷纷桃李自缭乱，牡丹得体能从容。雕栏玉砌升晓日，轻烟薄雾初宜蒙。深红浅紫忽烂漫，如以蜀锦罗庭中。姚黄贵极未易睹，绿叶遮护藏深丛。露华膏沐披正色，肯事妖冶分纤秾。从来品目压天下，百卉羞涩何敢同。清净老禅根道妙，即此幻色谈真空。上人封植匪玩好，庶敬先烈存遗风。遨芳公子应未耳，且乐樽俎怡歌钟。"

我掬你为酒，你是我一生的酣醉。宋人张咏曾为你作《劝酒惜》曰："今日就花姑畅饮，座中行客酸离情。我欲为君舞长剑，剑歌若悲人苦厌。我欲为君弹瑶琴，淳风死去无回心。不如转海为饮花，为赢青春片时乐。明朝匹马嘶春风，洛阳花发胭脂红。"人生路漫，曲折坎坷；酸涩苦辣，甜有几多？何必耿怀世俗，自锁樊篱。不如随老张痛饮心仪之花，超然自我，如此，虽物不可达意，但心能忘所，神可得安。如饮花释怀，最宜牡丹。牡丹之可饮也，其花如酒：举蕾之梦幻、展瓣之容貌、多彩之性情、豪放之胸怀、飘零之伤感、落蕊之灵魂、幽幽之暗香，无不可掬之脏腑，迷心醉魂，洗尘去俗也。虽身在东篱之畔，但心在牡丹之中，有酒相就，醉意之妙，神与物游。规矩应虚，形骸当无。心之所思，无远弗届。凝虑接千载，动容通万里。吟珠玉之声，察风云之色，则情满青山，意溢沧海。人生百岁，邀聚几何？良辰苦短，愁夜实多。借花尊酒，送日迎暮。花覆茅檐，疏雨相过。倒酒既尽，杖藜行歌。清酒浮香花去远，丹蕊泊魂安自多。醉后忘身不知梦，夜伴姚黄听露歌。

视你为处子，你是我仰慕的天使。至今记得《江神子·牡丹》，说你："窗绡深隐护芳尘。翠眉颦。越精神。几雨几晴，做得这些春。切莫近前轻著语，题品错，怕渠嗔。碧壶谁贮玉粼粼。醉香茵。晚风频。吹得酒痕，如洗一番新。只恨谪仙浑懒却，辜负那，倚阑人。"你未开之时，美藏深闺；香心缕缕，浓淡何知。一旦忽开，丽姿姗靓。春腮蕴魏紫，粉面含姚黄。笑中胭脂，风情荡漾。彩云当前，烂如朝阳。身抱仙骨，心向严妆。西施蓬发，终竟不藏。威仪棠棣若山河，应把风流寄绮罗。不似小家拘束态，笑时偏少默时多。若非天枢凝燿，地纽俪辉；薰蔼中宇，景缠上微，曷称国色天香？但你丽质素心，不羡帝王，常伴潺潺流水，每藏蓬蓬远春。窈窕于深谷，缱绻在碧萝。与流莺比邻，和野老交契。戏小蝶过短墙，接新蝉送斜阳。岁月催无情，落蕊飘红时，楚楚风韵，无限心思。庭院深深，柳路曲曲。帘中残画，窗前断香；玉碎篱笆，艳坠危墙；红雨掬瓣，尽是愁肠。你寄来一缕，叩我心扉，约我再聚，等待期年，我无语凝噎，只两行清泪，一阵心悸，叠起思念，付诸缠绵。竟然湿了枕边，化了灵魂。梦阑晓梳暗窥镜，想不到又添华发记流年。

榕树与鸟

作为打工族的我，一家人蜗居在深圳松岗一个社区的租住房群里，前面是一栋宿舍楼，后面是一栋宿舍楼，左边是一栋宿舍楼，右边是一栋宿舍楼，四面楼房的后面同样是一栋栋的宿舍楼，由此形成了棋盘的格局。在这棋盘格局里，那楼与楼之间一横一竖的四米宽的巷道，就是棋盘格线。我每天行走在棋盘格线上，蜗居在棋盘格里，街上没有树木，空气是城市的混成气味，除了拥挤就是拥挤，除了压抑还是压抑。再加上住房内精确得客厅与宿舍五步见方、厨房与厕所两步见方，每天活动着三个人，算得上新（但加不上鲜）空气呼吸的只能是对着窗户。然而有一天，我正在对窗享受呼吸的自由，突然发现窗口对面和我住的楼层一样高的窗口的顶上的墙缝里，有一点绿色。这绿色在南方雨季的湿热气候里慢慢长大，不几天就可以辨出是一棵榕树苗。

这榕树种子是怎么在这里扎根的我不太注意，我真正在意的是榕树苗竟然在我的眼里和心里染上了一丝绿意，这绿意松缓着我的压抑和郁闷，我每天都观察着它——看它伸长着枝条，一根，又一根……看它长出叶片，一片，又一片……我每观察一次，那生命的绿色就在我的眼里和心里增加一丝快意，常观察它渐渐成为我对窗呼吸空气时的习惯，也逐渐成为我解闷的依赖。只要一到这个楼群区，我不可能不想到它；只要一进这个房子，我不得不观察它。榕树苗一天天长大，我一天天地升级着绿色的快意。

榕树苗渐渐地大到差不多80厘米的时候，已经有5条枝、100多片叶子了。然而这时，我突然对它担心起来。如果雨季过去，马上就是高温和旱季。在这高温和旱季里，没有土壤和水分，更不用说肥料了，这个倒霉的可怜家伙，会凭借什么生长呢？它的枝叶都是需要营养水分的呀！

后来发现，我的担心是多余的。我看到榕树苗在长枝叶的同时，也在长着它特别的气根。那嫩嫩的气根，钻出树皮之后，在潮湿的雨季气候里成长，一根，又一根……一寸，又一寸……一个雨季下来，气根短者顽强地扎进周围的墙缝，力图从墙壁里吸收一点"乳汁"。气根长者竟然从树上垂下来，飘飘逸逸地在棋盘格空间流动的城市混合气体里拂动，吸收着炊烟和汽车的尾气，还可能吸收到我这样的人类呼出的气体，也享受来自巷道横行霸道的风，这风常常带着海的腥味。可能就是这些根的作用吧，这棵榕树苗竟然熬过了一年中差不多三分之一的旱季，甚至在高达40摄氏度的火热气温下，也能顽强地在高楼的墙壁上生长着、翠绿着，散发着成长的魅力和生命的本性。

从今天起，面朝大海

榕树经过一年的历练与成长后，可以说在高楼的高墙上安稳了家。我以为这一点点绿意吸引的仅仅是我，想不到还有比我更看重它的朋友。

那是第二年阳春三月的一个中午，我正在窗前边欣赏它尊贵的绿色边吃午饭，享受绿的精神开导下的胃口去慢慢品味老婆做的饭菜，突然窗前划过一道影子，一只鸟儿停到了榕树苗的根部——是只白头翁，白头翁的脑袋在它的根部左看看，右看看，之后嘎嘎地叫了几声，马上又飞来一只，这只也如前只那样左看看右看看之后，与前一只对嘴像商量事情似的"小语"了一番，就一齐飞开了，瞬间又飞回，不知在这干净街道的什么地方，衔来草、纤维，在小榕树苗的根部做起窝来。我感到非常奇怪，这对鸟儿哪儿找不到树做窝？深圳是个绿化环境较好的城市，虽然我的居住区过去规划落后，但其他地方大树密林有的是，何况这不足一米的榕树苗既不挡风，也不遮雨？怎么就想到在这儿安家？真是"百货中百人，各有所爱"啊！就像我怎么就偏偏蜗居在这里打工一样……但不管怎样，这也算有树有鸟了，对于我来说总是好事，总比在窗台上养盆花挂鸟笼要好——省事、自然、自由。更重要的是它们一静一动的和谐，使我看到了生动的旋律——尽管是袖珍型的。

白头翁夫妻双双穿飞了几天，一个窝就做成了。

以后，白头翁夫妻双双白天出去觅食，傍晚披着晚霞归来，夜里一个歇息在窝里，一个歇息在窝旁的树枝上，度过城市的夜。

又过了几天，这对白头翁夫妻中，一只白天伏在窝里，一只穿梭似的来回飞着。那飞来飞去的白头翁把寻觅来的虫子、植物种子之类的食物喂到伏在窝里的白头翁口中，真是蛮亲密的、蛮有责任心的。

三个星期之后，两只白头翁都来来往往地飞起来，它们每次飞回来时，窝里都会伸出来两个小脑袋，张着大大的黄口承接它们的父母寻觅来的虫子之类的精美食品。

这对白头翁夫妇除了精心地哺育黄口小儿，还勇敢地呵护着它们，风雨来了，有躲雨的地方它们不去——它们只要移动一米就有一道悬突出来的预制件屋檐，到那里绝对可以免遭风雨袭击之苦，可是它们不去，它们张开翅膀翼护着孩子，任凭电闪雷鸣、暴雨打背，安然不动，这种"护犊"情感和精神实在感人。

一个月以后，雏鸟已经羽毛丰满，它们常常站在窝沿上认真地练习扇翅，做出腾飞的努力。后来，在它们的父母的指导下，竟然可以腾空了。它们开始飞得不远，也不高，而在努力的时候，它们的父母就在它们身边，小语着，示范着。

等到它们完全独立飞行时，我发现白头翁父母居然歇息在窝里，年轻的小鸟来来往往地穿飞着，把寻觅来的食物喂在它们父母的嘴里，让它们的父母享受孝心的味道。这可爱的小动物，竟然有如此的反哺之心！

又过了些日子，我发现来往于窗前榕树巢穴的是一对新鸟。原先的鸟——竟然不见了，我突然想到，昨天傍晚散步时看到的一个垃圾桶里，有一只白头翁，当时没有留意，不知是不是筑巢在我窗前楼墙上的榕树苗的那只，也不知另外一只在否？但我感觉到有点不妙，心头升起一股隐隐的哀意……

我在这里住了近四年，榕树与鸟的故事在我窗前楼房的墙上演绎了四年。

欣赏窗前楼墙上演绎四年的生命经历与生命故事，我好像心有所动：感觉到生命是个机遇，机遇神秘地操纵着某种命运。就说这棵榕树吧，它的种子基因应该与那高大参云、冠盖一方的榕树没有什么区别，同样都有美丽的梦想，但由于特殊的机遇——这机遇的条件也许是鸟儿，也许是风——使它失去了落在大地泥土的幸运条件和环境，虽然它也经过了四年的努力成长，但不可能和扎根泥土的同类兄弟姐妹一样雄健挺拔了，它现在要想在80厘米的长度上再长高一点点都非常困难了。这棵小榕树的机遇就这样将它的命运定格在楼墙上的归宿里，恰如我的命运被打工的需要定位在棋盘格的居所一样。

同时生命又是顽强的，尽管机遇给它带来的是局限，甚至是苦旅或悲剧，但作为生命它责无旁贷地只能去履行义务——生长，无条件地生长，只管过程不问结果。楼墙上的榕树就是这样，尽管它在抽出几根枝条以后，营养和水分条件不容许它再能够成活其他枝条，但它仍然没有灰心泄气，仍然春来发几枝。尽管它的叶子在雨季茂盛以后，一到旱季就免不了飕飕地飘落一批，但到春来时，仍然是新叶满枝。这真是，做不了将军就做士兵，成不了富豪就当乞丐。生命的骨气不在地位的尊卑，而在存活的争取与对成长权利的尊重。也许在瞬息万变的刹那间，士兵决定战争的命运，富翁一夜成为乞丐。可不是？城市的大树尽管经历和享受了城市的豪华，享受了人们的赞誉，可是，说不定在人脑的一个什么闪念里，它就成了刀下鬼。我在蜗居的四年里，看到人们规划下的不少大树，早已抛尸撂骨，而这株小树，在这不起眼的地方，没有被人关注，或者是人们认为它没有什么影响，因而仍然存在。

我也还由此而感到：一个生命与另外的生命往往是联系在一起的，也许生命与生命之间，本来就是互为条件的。这不：没有这株小榕树，就不会有白头翁的入驻与繁衍，而白头翁的鸟粪，尽管是杯水车薪，也许供给了它必不可少的生命养活因素；而没有这榕树与鸟的故事，更不会有我的关注以及对我的影响——这种影响竟然使我的心里对蜗居的压抑与郁闷得到一种淡化，让我透过榕树与鸟的生命神秘，看到一些生存的残酷与美丽，由此而鼓励着我忍耐困难的定力与毅力。

一想到这点，我不由得记起了余秋雨在《雨夜诗意》里的一个美学感受："某种感人的震撼和深厚的诗意似乎注定要与艰难相伴随。"同理，这棵墙上的榕树与鸟之美，不在于它们的形状、色彩、香味，而在于它们在不可想象的绝壁遒劲地扎根伸枝展叶；在水分与营养可以说是十分匮乏的条件下维持生命的权利与意义，以生命的张力引来另一种生命的驻入从而也给自己带来存活的机遇。简而言之就是生命在机遇带来的艰苦里以艰苦的努力创造生存的机遇——虽然前一种机遇是困难的，后一种机遇是微妙的。榕树与鸟创造的这种审美感受在我的眼里和心中，也如余秋雨先生所称道的一幅国画那样挂在我窗外的高高的墙上："去一趟四川恨不得能买到当天的飞机票，但家里挂的却是一幅描尽山道奇险的、步履维艰的《蜀山行旅图》。"

生命与自然较量所产生的峻厉、庄严、扣人心弦的悲剧美，衬托着生命的生存力量与灵魂的伟大。这与"两个黄鹂鸣翠柳，一行白鹭上青天；窗含西岭千秋雪，门泊东吴万里船"之类的审美效果迥然，杜甫的《绝句》表现的是一种享受美，这种享受美给人的是轻松、舒服和惬意。不像我眼下的榕树与鸟给予人的是紧张和担忧，因为审美对象时刻处于生存的考验与生命极限的发掘之中。它对于万象生命的普遍意义在于真实地将生命与生存的本质典型化出来，即生命本来就是一种痛苦！因为生命感到了痛苦，才生长、奋斗、拼搏：

——我窗前楼墙上的榕树才伸枝展叶、长出长长的胡须似的气根；

——白头翁才安家落户，繁衍后代；

——我背井离乡，千里迢迢，在此蜗居打工。

生命的所有"意义""美丽""伟大""诗意"就栖居在生命的痛苦里。幸福不过是对痛苦与痛苦之间的缓冲过程的一种感觉，在某种意义上又是对痛苦的反衬，或者是对痛苦的反思与体味。

呼伦贝尔之旅

三伏孟秋月，有幸作为湖南省教育科学研究院组织的教育考察团的一员，赴祖国北方进行教育考察，有机会体味内蒙古呼伦贝尔大草原。大草原的风光，犹如一片美丽的书签，永远地插进了我的记忆。

8月10日夜间9点，飞机从长沙经长春中转而把我们送到了呼伦贝尔。打开舱门，从西伯利亚远道而来的西北风，带着北方干旱期间一场难得的喜雨，洗去了我们身上的燥热，透着青草味的凉意，卸去了我们万里旅途的疲劳。尽管夜色浓浓，但在市肆旅馆，浸透着蒙古文化的装饰，像一片轻轻的羽毛，撩动着我们的好奇。下榻甫定，我们就和旅馆蒙古族姑娘侃谈呼伦贝尔草原。蒙古族姑娘告诉我们：蒙古自古有以动植物名称命河、湖、山、原之名的习惯。"呼伦"和"贝尔"，是两个湖的名称。而两个湖的名称，则又以物产定。蒙语里的"呼伦"是"水獭"，"贝尔"是"雄水獭"。湖里盛产鱼，鱼是水獭的"供养"，水獭是蒙古人的珍贵财富。湖水泽润四野牧草，肥美的牧草饲养着肥美的马、牛、羊，马、牛、羊是草原民族的衣食之源。一条循着自然规律发展的生物链，发展着呼伦贝尔大草原。所以翦伯赞说："呼伦贝尔不仅现在是内蒙古的一个最好的地区，自古以来就是一个最好的草原。这个草原一直是游牧民族的历史摇篮。出现在中国历史上的大多数游牧民族：鲜卑人、契丹人、女真人、蒙古人都是在这个摇篮里长大的，又都在这里度过了他们历史上的青春时代。"难怪一位蒙古族姑娘告诉我们：他们爱呼伦贝尔草原，就像爱自己的生命；对这里草原的尊重，就是对他们的尊重。品味个中含意，我们觉得颇含哲理。

这晚，我们怀着对草原的神秘憧憬渐入梦乡。当一轮高纬度的太阳，带着刺眼的白光，透过旅舍南窗把我们刺醒的时候，时针才指向4:10，此时的南方家乡，正在浓浓夜色中沉睡呢。同舍朋友早已洗漱完毕，邀我溜达市肆感受草原的早晨。三伏天的草原早晨，温度才14摄氏度左右。西北风带来的飕飕凉意让我们穿上了厚衣。当地人告诉我们，这里白天的温度逐渐上升，可达30摄氏度，但也不热，西北风总是均匀送爽，厚衣也穿得住。但最好穿长筒衣裤，紫外线的强光，一天就可以照黑你白皙的皮肤。

吃完早餐，我们一行二十多人在当地导游的引领下，乘车驰游草原。当汽车把呼伦贝尔市甩得无影无踪后，我们来到大草原腹地。双脚踏上草原，草深深的，地软软的。草深没膝，地软如棉。我们在草原上奔跑、跳跃、打滚，就像小孩子玩蹦蹦床，有趣极了。我们扑入草原的怀抱，草原温柔地拥抱我们。我们伫立在草原上远眺它的广袤，只见草原旷远莽苍，与南天交融在一线黛青色的微烟里。我们环视它的全貌，草原像一个旋转的大碟子，四周低垂的蓝天似穹隆的盖子扣在这个碟子上。人在这个碟子里，有一种像跳蚤那样渺小的感觉，同时，那天下一统的气派，又给人以神圣的威严。这时，有人情不自禁地吟诵起"天似穹庐，笼盖四野"的古诗来，这古诗千百年来，曾经撩起多少人对草原的向往，记得在1960年的7月，叶圣陶老前辈就曾慕诗游草原，在草原留下了这样的感叹："天似穹庐始信然，草原一碧望中圆。临风呼侣笑相语，到此真知复载宽。"叶老作为一位文学家，首先是一位教育家，他是在我国遭遇三年困难时期的时候到草原的，他所"真知"的"复载宽"表达的虽是自然观感，但我们从中领悟得到老人家胸怀坦荡、貌视困难的豁达，乐观向前的大识和追求社会和谐的远志。那么在今天，我们感受草原的宽阔、和谐，一碧如洗的纯真与自然，尤其是浑然一体的严整与神圣，我们会有什么触动呢？我只觉得胸怀扩大到草原延展的苍茫，思维飞翔在蓝天飘动的白云，我那湿润的灵魂带着江南水乡的情愫，抚摸一碧如洗的酥油草，群群肥美的牲畜，接吻草原牧女嫣红的嘴唇，发现成吉思汗驰骋沙场的马蹄，阴山南北数千年漫卷的烟尘，如今在牧群起舞的紫裙上，在挥鞭放牧的英姿中，在茁壮成长的草丛里，化作了和平、安宁与吉祥。这和平、安宁和吉祥啊，是几千年来，草原民族心灵苦旅的追求与奋斗，是千千万万草原儿女愿意为它献出的祈望与理想。

草原不是没有山，但大兴安岭向西拖出的山脉进入大草原后是浑圆的缓坡慢岭。这缓坡慢岭绝不独出于草原，敖包点缀在它的圆顶上，看起来就像女人胸脯隆起的乳房，让人想象得到它肉感的颤动、柔嫩的细腻以及甘醇的乳汁。我想这里的牧草、牛羊以及休养生息在这里的人，都是她哺乳的乳儿。

草原也不是没有河，但额尔古纳河水系进入呼伦贝尔草原后，是草原姑娘舞动的飘带，多情的灵波散发着温柔。尤其是莫尔格勒河，这个世界上最奇曲的草原之河，在宽阔的草原上缠绵悱恻，柔肠百转，她那长长的身躯曲成无数个搂抱姿势，山原茂草牧群，在她温柔的怀抱里像奶足熟睡的婴儿。

远处的茂草深处，蒙古包像朗月下的星星，稀稀拉拉地散布在草原上，映衬着晴空的太阳和绿色的牧草，闪闪发亮。牛、羊、马也稀稀拉拉地这儿一群、那儿一群，或吃或坐或卧或走，不角逐也不奔跑，悠闲而自在。远远望去，像深蓝天空中斑驳的云朵，在风吹草低的视觉里时隐时现。

很少看到牧人，偶见的牧人有的骑在懒洋洋的马上徜徉，有的则三两一起嬉戏。不时由西北风送来的蒙古族姑娘的牧歌，那宽厚的音域里激荡的爽朗情怀，化作悠长的颤调，随着牧草的海洋起伏，一波一波地传向遥远的天涯。美妙的音色音韵歌唱着她们的生活和爱情。歌声进入每一个人的心灵都会酿成浸泡甜蜜童话的醇酒，醉得你骨酥身软，幻织遐想。而当你忘形之际，一阵银铃般的笑声会突然清脆地响在你的耳边，紧接着便是身着五彩服饰的少女打马从你眼前掠过，甩下一串友好浓情的问候，把你的眼球吸在她渐渐远去的背影上。

突然，团队中发出一阵惊讶的赞叹，原来是一位老领导轻松地躺在草原上。受到他的"传染"我也躺了下来。真的呢！躺在大草原的感觉美极了，我们不仅可以享受青春柔草伴舒心，五色小花赠芬芳，暖阳轻风送和爽的待遇，还可以感受到盖天席地的豪迈，特别是仰望蓝天的殊荣。仰望草原的蓝天，在1.3亿亩大草原上放下百多斤躯壳，架着思维的翅膀飞翔在白云之际，那是一种什么感觉啊！那是思想的放荡、遐想的自由和灵魂的羽化。因为草原的蓝天，没有崇山险峰刺破天幕的破损，没有树林的虬枝乱叶把筛碎的阴影印在天壁的斑驳，没有高楼大厦与蓝空争夺眼球的拉锯扯锯，更没有城市的气味和浮躁对蓝天清新宁静的干扰。这样，我躺在八方无碍的草原仰望蓝天，可以尽情地欣赏蓝天大屏幕里播放的故事。蓝天屏幕里的故事主人公是白云，白云以其千变万化演绎着千姿百态，放出无数神秘幻境，令你的思维即使有千丝万缕也应接不暇。

这一天，我看到积云隆隆层叠，集五岳之奇绝鬼怪，是一部《西游记》的鸿章。那雪白的鬼头云叠起嵯峨险峰，倒悬的险崖里藏着阴森森的洞穴，从洞穴吹出的云气中隐藏着白骨精的漂亮与狰狞，接着就有孙大圣驾着筋斗云、抢舞金箍棒的恶斗排场……

在飞云、流云和阵云组合的古战场，飞云是短小精悍奔飞迅速的传令兵，它游走八方传递着战事吃紧和调兵遣将的信息。流云是一股股涌向前线的部众。阵云是集结起来的千军万马，它们整整齐齐地排列起来后向前推进，所到处成为他们的领地。大草原的阵云，演示的是成吉思汗跃马沙场、挥戈敌献的武功。

如果说积云和阵云给予人的是阴森和雄浑，那么片云给予人的却是超然和飘逸。

草原溟邈天空的片云，是积云和阵云完成使命隐去后，由西北风送来的安琪儿。它们有的像羽毛，有的像棉花，有的像残雪，在蓝天、绿草和阳光的大背景里洁白得透明，那在空中徜徉的样子，从容、轻盈而娴静。它们虽然零星地撒散在天幕上，却带来一天的诗意、一天的浪漫。在那里，我看到了：松风吹解带，王维访深山；春江泛银波，若虚歌花月。还发现：洞庭荡扁舟，谪仙醉杯中；竹篱菊正黄，陶翁悠然在。那谁也不管，一味远去的，当是无我超物的庄周，雅志谈俗的许由……

沉幻于大草原的白云，我不由自主地被它的灵性引入了往古幽情，渐渐地，灵魂闯进了蔡小石的门扉，看到蔡小石正在挥毫狂书《拜石山房词》。老蔡书曰："夫意此曲而善托，调以杳而弥深。始读之则万萼春深，百色妖露，积雪缟地，余霞绮天，一境也。再读之则烟涛澒洞，霜飙飞摇，骏马下坡，泳鳞山水，又一境也。卒读之而皎皎明月，仙仙白云，鸿雁高翔，坠叶如雨，不知其何以冲然而澹、倏然而远也。"是啊！大草原也正是一卷书啊，它既包罗万象又涵蕴千古，读中所得，始之境以"情"胜也，"情"乃接纳事物时溢出的心灵色彩；又之境以"气"胜也，"气"是生命投射外物放出的精神；终之境以"格"胜也，"格"是人格洞察宇宙彰显的无我境界。这次进入呼伦贝尔大草原，接触草原的天，草原的草，草原的人，草原的山和河，莫说它有知无知，只道是我们游者有贤有愚，那就是：庸者见声色，智者格物理，唯有超然物象者见禅机。当然，我这样说，并不是表明我发现了大草原的禅境，而是大草原的禅境影响着我这个混沌之人，使我至今梦清夜，幻象每每鲜，不得不提笔记心言，求真不论浅。

旅泰印象记

2014年12月13日—19日，在旅行社的安排下我和旅伴们经历了在泰国的"曼谷—清迈—拜县—清迈—沙美岛—芭提雅—曼谷"行程的匆匆一游。

当我们披着江南冬季的寒风来到黄花机场的时候，南航CZ8577航班于当夜23:35起飞，经过3个多小时夜空飞行，于次日2:50到达泰国的素万那普国际机场。泰国凉季26℃左右的暖空气热情地接待了我们。在接下来的6天里，我们在导游的带领下，浏览了拉玛皇朝大皇宫、黄家御会馆、北榄鳄鱼湖、金三角风情园、热带水果园、东方公主号、金沙岛、水上四季村、四面佛、东芭乐园、大象表演、人蛇大战、人妖秀等景点和项目。时间虽然短暂，观景只是蜻蜓点水，但给予人的印象和思考确是深刻而长久的。

（一）佛教与君主

泰国是佛教与君主并重的国家。

泰国首先是个"黄袍佛国"。在美丽富饶的国土上，两千多年的佛教历史使她逐步拥有了三万多座充满神话色彩的古老寺院和金碧辉煌的宫殿。泰国佛寺建筑集群外观造型宏伟壮观，装饰精巧卓绝；佛寺内的神像集群雕塑精微细腻，形象惟妙惟肖，气宇轩昂。这是泰国的国宝，文化的精粹。泰国的佛教发展成为国教有700多年了。自1345年李泰王时期的国王出家修行以来，佛教作为国教传统，学校设有专业课程。这个国度里的男性国民，年过20岁后，必须出家修行5天到3个月，也有6个月到两年的。举凡国民参军或入选国家工作人员，录用的首要条件就是出家于佛庙修行做义工的资历，连国王也不例外。散足于泰国城乡处处，几乎家家户户都就供奉佛经佛像；曼谷的街头，差不多每

从今天起，面朝大海

一百米就有一个佛龛；店铺馆所，无一不设佛坛。神龛佛坛里摆有很多新鲜的贡品，路过的人都会自然地双手合十。听泰国导游介绍，僧人在泰国是最受尊重的群体，官无论大小，人无论尊卑，遇到僧人必须礼让，双手合十，微笑问候。每天早晨，打破城市寂静的是僧人的佛唱。僧人们穿着袈裟，排着整齐的队伍，双手合十，赤脚从街上化缘经过，他们诵经的声音，厚重而深沉，以极有穿透力的磁性，在大街小巷悠悠传扬，把人们从睡梦中唤醒，紧接着便是人们不约而同地捐赠。

泰国的佛教自由而开放，他们不禁欲荤，僧人可以结婚、吃肉，其教义的要旨是扬善解难，尊重生命。受佛教长期熏陶的国民，总是微笑待人、礼貌待人，遇事隐忍。泰国的大罗生命中，凡有生存困难者，皆由寺庙收养，寺庙收养生命，不分国度，不分类别，这不仅仅是对人，连猫狗也恩及。难怪导游说，在泰国，无论城镇还是乡村，没有被遗弃在外的野狗。在他的提示下，我们一路好奇地寻找，确如是说。

泰国是个君主制国家。她大概经过了绝对君主制（1782—1932）和君主立宪制（1932至今）两个历史时期。绝对君主制延续了"拉玛一世（帕佛陀约华·朱拉洛）→拉玛二世（帕佛陀洛罗·那帕莱）→拉玛三世（帕喃格劳）→拉玛四世（蒙固）→拉玛五世（朱拉隆功）→拉玛六世（瓦奇拉乌）→拉玛七世（巴差提朴）"几代国王。君主立宪制还只历经了"拉玛七世（巴差提朴）→拉玛八世（阿南塔·玛希敦）→拉玛九世（普密蓬·阿杜德）"三代国王。

君主立宪制度下的国王虽是最高统治者，但似乎又"统"而不"制"，他只"统"国之一统，却不"制"政之所由。君主辖下是政府（政府首脑是总理），军队在王家手里，政府左右国家的政治经济和外交。这与英国、荷兰、比利时、丹麦、挪威、西班牙、卢森堡、瑞典、日本等议会制的君主立宪制有许多相似处。君主立宪制是相对于君主独裁制的一种国家体制，是在保留君主制的前提下，通过立宪，树立人民主权、限制君主权力，实现事实上的共和政体。像泰国这样的立宪君主，虽然依然是国家的最高领导人，但他们被限制到仅仅是国家的代表，没有实际的权力，因而称为"虚位元首"，但君主依然很受人民爱戴和尊重。

据导游介绍，泰国的人心目中最尊崇的是大帝。泰国堪称大帝的是一世王帕佛陀约华·朱拉洛，他开创了泰国的历史；五世王朱拉隆功，他让泰国人民摆脱外侮内困，走上自尊自强、独立昌盛的道路；七世王巴差提朴，他顺应民心和潮流改革，让泰国由绝对君主制走上君主立宪制。旅游期间，我们无论走到城市还是乡村，机关学校、店铺馆所、厂房民居，到处都有五世王的画像、绣像和塑像。

泰国是一个重意识形态、重信仰的国家。他们以佛教的平等博爱及因果道德和伦理道德为意识形态，以感恩君主、尊崇和忠于君主为最高信仰。因而我们所足之处，他们的民居、楼堂馆所、工厂、学校、商场、政要机关，基本上插着两面旗帜——左面是黄色的佛教旗帜，右面是国旗；供着两个形象——一个是佛像（多为保护安全、事业、婚姻、财产的四面佛），一个是五世王。佛与君主和谐融合，但从摆设的位置和国王也要出家修行的状况来看，似乎有古罗马的政教合一、以教统政的特点。只不过泰国的佛教绝不干政，而是政要主动尊崇佛的教义，服务众生。

泰国的社会秩序安全稳定，百姓安贫乐富，我们所到之处，从民众的身上，特别是散居在热带林荫下矮小简陋棚屋的农民脸上，我们看到的似乎都是心安理得的微笑，还有那种慢节奏的生活。由此我推论，这大概是佛教与君主的精神注入了他们的灵魂。他们信仰佛与君主，对佛与君主的领悟、信赖与期待，使他们淡化了我们所常说的不安分的意念，以及所谓想入非非的欲念。社会开放到他们有自己的自由，生活有以民生为重的佛与国君安排，他们所能够做的就是劳动和生活。他们相信自己是国君的子民，也是佛子，更相信国父的父爱，佛对他们生前死后的主宰，他们认为每个人就生活在自己的命运里，这注定的命运是不可改变的。

从泰国民众的心态，我们还可以领悟到信仰的价值。佛和君主，理论上并没有特殊重要的意义，重要的倒是他们被抽象为象征，升华为信仰。一个有信仰和重信仰的国家和民族，必然是有凝聚力的国家和民族。信仰，具有聚魂聚能、团人凝心、去非纯节的强大功力，舍此国将不国、族将不族、官将不官、民将不民。在这一点上，我倒觉得古老的中华，莫说佛道之渊源深厚，儒教更伟大而完善，最可堪称世界伟奇的是中华在保守落后的封建体制之后，一个崭新的中国崛起，开拓了亿万万同胞的崭新生活世界。可惜在这样一个新的历史时期和新的伟大国度里，有些人故意离弃了国人千古以来的民族文化，无视于新中国的开拓者，这实际上就是离弃了信仰！信仰虚无，岂能聚魂聚能、团人凝心、去非纯节？

（二）微笑与鲜花

泰国是一个微笑的国度，也是一个鲜花的国度。

泰国人喜欢微笑，也喜欢养花，同样他们也用微笑和鲜花接待客人。

对于泰国人来说，在我这个外国人眼里，他们的微笑总是含蓄的。这含蓄的微笑里，包含着一种热情和真诚，更包含着一种习惯、一种素质、一种生活态度和心理状态。

12月14日2:50，我们从素万那普国际机场下机后，热情的泰国导游拜峰和拜勇用微笑的"萨瓦里卡"（您好）接待了我们，接着带我们走到一辆豪华的皇家旅游车旁。上车时，一位苗条妖娆的泰国少女在五彩缤纷的霓虹灯下闪耀着美丽的面容，带着迷人的微笑，口吐清丽的"萨瓦里卡"，向我们双手合十鞠躬，接着款款贴近我们，双手把一个用许多紫罗兰花串成的带着欧莱雅香味的花环戴在我们的脖子上，然后拉我们单独留影。这踏上泰国国土的第一步，异域的微笑和鲜花就使我们感到悠悠的醉意。后来我们才知道，这位靓丽的少女接待，是代表国家的形象天使。

第二天，导游带我们游湄南河。我们坐上游艇后，一位僧人着紫色袈裟，光着头，赤着脚，同样带着紫罗兰花串成的花环，来到我们面前，一对一地对我们微笑着双手合十，口中低声诵着佛经，然后把花环戴在我们的脖子上。听导游说，僧人是代表佛来赐我们吉祥的。所以为了感谢佛的护佑，我们按定例捐了20铢泰币。

游访期间，无论在大街小巷还是山径村道，无论在旅馆还是在民居，我们所看到的都是微笑——边双手合十边念"萨瓦里卡"的微笑。遇到我们，商店、旅社、饭馆的服务员是如此，路上行人也是如此。他们见到我们时是如此，他们没有见到我们时我们观察他们也是如此。他们对我们是如此，对自己的同胞也是如此。

我们团队的两个泰国导游和我们交往而微笑整个行程就不用说了。我们所乘车的泰国司机夫妇，那灿烂的微笑，甚是感人。这对中年夫妇中的男人是司机，女人做车上服务。每次上下车，男人坐在驾驶座上，对我们上下车的每一个人，都要一一微笑着双手合十念"萨瓦里卡"。女人则在车下，守在旅客上下车的车门旁，微笑着一边把我们一个个扶上扶下，一边同样双手合十地念"萨瓦里卡"。这对司机夫妇，还有导游，在我们行程的那些日子里，我们每次接他们与我们同餐，他们总是微笑着双手合十谢绝。每次开餐，他们吃的都是快餐，司机夫妇有时候还是吃的自备餐，生活很节俭。

18日，我们住在曼谷的一所五星级华人旅社。团队安排上午自由活动，下午2:30集合。我们自然睡醒后吃了自助餐，然后各依所好地到处转转。早晨的空气带着凉意，晴朗的阳光显得十分温柔。我和同队的一位退休老干部结伴外出。这时，我们发现我们住在曼谷远郊一个靠近农村的地方。出旅社西行100多米是一片开阔的地带。走过这个地带，一条小河南北贯穿而过，河堤上是一排排热带杂树，河水淙淙流淌，水草顺流摇曳，不知名的水鸟在水草中觅食玩耍，偶尔有鱼跃出水面，漾起涟漪和浪花。而过了大堤的林带，就可以看到那些耕种了的平原土地。在平原土地遥远的边际，可以隐隐约约地着到农村民居。再远处看去是一黛青烟，那里是海洋、湖泊还是树林我们难以看清，只见有鹰、白鸥之类的鸟儿从那儿飞来又飞去。路上偶尔碰到农民，这些被热带的野外风光染黑皮肤而眼眶较深的农民，一看到我们，就伫立一旁微笑着双手合十道"萨瓦里卡"。我被他们微笑的朴质和热情感动着，想到村子去看看民俗，可是同伴不愿在满是灰尘的土路上涉足太远，我们只得转身向南慢行到了一个居民区。

这个居民区是一个胡同巷子，约六米宽的水泥马路两旁的民居房数来有80多户。这些房子大多是平房，结构多由钢架、木头架支撑，也有水泥柱的。平均高度在3米左右，屋面盖着水泥瓦或铁皮瓦，有点像我们的工厂形状（但没有工厂房高）。民居掩映在树林里，典型的热带特色。房屋虽然矮小，但很讲究，一般家家户户的大门前都有一个水泥门槛，居民们进出都把鞋子脱在门槛外面，门

第四辑　灵魂走过的痕迹

槛内一尘不染。这些民居的最大特色倒不是房屋结构与我们不同，而是家家都有一个小院子，小院子搭着宽敞的凉棚，灶、餐桌就在凉棚下，这里就是一家人日常活动的场所。小院没有院墙，只有木条、竹子或不锈钢做的栏杆围着，也有栽几根桩后拉上网拦着的，这些栏杆实际上只是一个家居界址的标志。每家的院门两边都插着黄色的佛旗和国旗，院子内的左边都有一个金碧辉煌的精致的四面佛龛，佛龛比我们农村里的土地神庙要讲究。其供桌上摆着香炉、供果，我们漫步时，整个胡同里飘悠着佛香熏人的气息。但这还不是我们最动心之处。

我们最动心的是家家院子里都养花，也有养鱼养鸟的。虽然居民房前屋后的热带树木常年都是花，我们一路看到了开得正旺的粉黄的芒果树花和火红的凤凰树花，以及一些闻所未闻的红黄紫白的许多花，但居民们还是在院子里养着他们所喜爱的花。这些花养在大大小小的花钵里，不仅摆在地上，还吊在栏杆上。我发现一户把花养在椰子壳里，他家的栏杆上许多用椰子壳养的小花，呈曲线地参差吊着，在微风里摆动，像弹奏的钢琴曲子，雅趣横生。

在胡同的尽头，我们正欣赏一个院子里呈金字塔形状摆着的各种小花，院子里的门开了，出来一对70多岁年纪的老年夫妇，他们微笑着双手合十鞠躬道了"萨瓦里卡"后，就邀请我们进他们的院子。我们进院子后，也按照他们的习惯先拜了四面佛，再在中堂向五世王行了注目礼，然后由老人带我们欣赏了他们用玻璃缸养的虾子和海鱼，老人用我们听不懂的泰语和手势热情地给我们讲解各种虾和鱼的特点，每讲完一种他都要含蓄地笑一番。虽然我们听不懂他话语的意思，但从他那绘声绘色的手势、面部表情，特别是那舒心的笑容上，我们可以猜测到他要表达的大概意思。老人养了30多缸虾和鱼。这些玻璃缸大多陈旧，由此可见老人养鱼虾的习惯已经持续很久了。

参观完老人养的鱼虾走出凉棚来到露天院子里，老婆婆又热情地打手势叫我们过去欣赏她养的花草。她养的花就摆在四面佛前。此时老婆婆右手正拿着一把修整花草的剪刀，左手拿着被剪下的花草闲枝残朵。我们过去以后，她也如老爷爷那样用我们听不懂的泰语和手势指着各种花儿一一介绍。老婆婆说话时眉飞色舞，眼睛和嘴角荡漾着微笑。

从老人家出来时，我们看了看他们的家庭状况。这家境简直可以一眼看透：

房屋极为普通，木头架子上盖着石棉瓦；内室有两间房，各摆着两张木床，电器家具陈旧，没有铺地板砖的水泥地面擦拭得油光发亮。往回走的路上，我和同伴讨论：老人家庭看不出富裕，孩子们可能做普通的活儿。但从老人的习惯、爱好和态度上来看，他们很满足，很乐观。我想，一个容易满足和乐观的人，应该是真正懂得生活的人。

泰国人的爱笑和爱花，也许是他们信佛、爱家、爱生活的心灵折射。

（三）处处中华

泰国也是一个有不少华裔国度。在那里我们到处都可以感受到中华文明和华人风貌。

据有关资料介绍，泰国共有30多个民族，6000多万人口。泰族是主要民族，占人口总数的40%；佬族居次，占人口总数的35%；华族排位第三，约有850万人，占人口总数的14%。泰国华人移民的类型可分为五种：一是谋生移民；二是技术移民；三是垦殖移民；四是商贸移民；五是反清移民。这些华裔绝大部分来自广东与福建。在20世纪初，华裔中潮汕人占40%，海南人18%，客家人16%，福建人16%，广东人9%。

华人不仅是泰国的一个重要族群，而且还是一个出产重要领导的群体。泰国吞武里王朝的建立者郑昭（又名郑信，泰国名字叫达信）就是华人，他的父亲是潮汕人郑镛，移民暹罗后发迹。1766年，缅甸军队围攻泰国首都阿瑜陀，城内华人居民在郑昭带领下奋勇抗敌，保卫城池，扮演了英雄的角色。事后，郑昭带领500名部下突围，于1767年率军收复阿瑜陀城，建立吞武里王朝。郑昭在执政期间（1767—1782），鼓励潮汕人大批涌入泰国，引进中国当时的先进技术，从事商业、垦殖和种植，华人势力逐步发展壮大。

以后泰国各个历史时期的首相（也称总理）多由华人出任。如：泰国第3任首相銮披汶·颂堪，姓吴，潮州人；第7任首相比里·帕侬荣的中文名叫陈嘉祥、陈璋茂，澄海后裔；第8任首相銮探隆的中文名叫郑良淡，潮阳后裔；第17任首相差猜·春哈旺，姓林，澄海后裔；第18任首相阿南·班雅拉春，姓陈。从第18任首相阿南·班雅拉春起，之后几乎所有即位之首相都有华人血统。泰国华人在泰国的政治地位相当之高。

他信和英拉兄妹是近些年里泰国重要的华裔总理。他信、英拉兄妹是第四代泰国华人，祖籍广东省梅州市丰顺县塔下村，客家人后裔。

他信于2001年2月9日当选为泰国第23任总理，成为泰国史上第一位任期满四年的总理，也是第一位通过选举连任的总理。2006年9月19日，由于泰国军方发动政变而被迫下台流亡海外。他在总理任期内，将泰国带出亚洲金融危机，铁腕禁毒，推行平民政策，令穷人受益最多。这触动了官僚阶层的利益。

英拉·西那瓦比他信小18岁。2011年8月5日，在第24届国会下议院第二次会议上当选为泰国第28位总理，成为泰国历史上首位女性政府首脑。2014年5月7日，英拉因为颁布特赦法律条令而被泰国宪法法院裁决解除总理职务。尽管如此，英拉初出茅庐是成功的。她延续了他信时期向草根阶层倾斜的一系列惠民政策。她的"2020愿景"旨在实现国家全面脱贫，承诺在2013年将公司所得税由30%调降至20%，将工人最低日工资提高至300铢，大学毕业生的起步月工资提高到1.5万铢；在惠农政策方面，将每吨稻米保护价提高到1.5万铢，向农民提供相当于预期收入70%以上的优惠贷款；在社会服务方面，宣布将建立免费Wi-Fi网络，向每个学生提供简易电脑；为减轻民众负担，将取消燃油消费基金，使每升燃油价格下降5~7铢。上述政策获得了民众的欢迎。民众至今期待英拉能再回政坛，恢复他信时期欣欣向荣的泰国经济。

导游介绍，华族虽然只占泰国14%的人口，却占有泰国85%的财富。据2013年的福布斯中文网公布的泰国财富名次：第一名谢国民及其家族，净资产126亿美元。谢国民是泰国正大国际集团董事长，并为卜蜂国际集团主要股东。正大集团是一家集农、工、商综合经营的国际性大财团，在全球拥有50多家公司及企业，并率先在中国的京、沪、粤、琼、湘、川等省市投资企业30余家。泰国人每日三餐都少不了正大集团的食品，谢国民被人称为"农牧巨子"。

第二名郑氏家族，净资产123亿美元；第三名苏旭明，净资产106亿美元，泰国酒业巨贾；第四名许氏是红牛集团的创始人，他和他的家族净资产78亿美元；第五名李智正，净资产39亿美元；第六名昌农·必罗巴迪及其家族，净资产24亿美元；第七名万尼奇·查亚万是泰国保险公司总裁，净资产21亿美元；第八名徐汉光及其家族，净资产20亿美元；第九名普拉瑟特·普拉撒通·奥索斯，净资产18亿美元；第十名他信·西那瓦及其家族，净资产17亿美元。这前十名中有八名是华裔。

这次我们所游览的景点，吃住的饭店、旅馆，购物的大型商场，绝大多数是华裔经营，到处充满着中华文明，给人一种异域乡俗感。例如我们参观的世界最大的鳄鱼动物园——泰国北榄鳄鱼湖，就是国际鳄鱼协会主席华裔杨海泉创办，其园位于泰国首都曼谷东南28千米的北榄府境内，占地面积0.32平方千米，分池饲养着泰国及世界各地的二十多种五万多条大小鳄鱼。

我们参观的东芭乐园，原是泰籍华人黄亮先生送给他爱妻做生日礼物的私人园林，泰国王后看到他种植的花卉十分美丽，于是邀请他到皇宫种植花草。种植工程完成后，皇家要他提出报酬时，黄亮选择了皇家的一片荒山。拿到这片荒山后，他扩大规模，种植各种热带植物、花卉。经过十几年的艰苦创业，他的东芭乐园其园林绿化堪称一流，可与国内任何植物园相媲美。在东芭乐园里，我们除了欣赏到造型各异的奇花异草外，还参观了波光潋滟的人工湖，小河缭绕的亭台楼阁，鸟语花香里的文化村；观看了民俗和大象表演，其泰国风情舞蹈、泰拳、泰缅大战表演等，也给我们留下了深刻的印象。

我们所参观的梦幻富贵黄金屋，是泰国正大集团老总——华裔谢国民花了14亿泰铢（相当于3亿多元人民币）为孝敬成就他的母亲所建的别墅。这个豪宅群占地18万平方米，位于芭提雅沿海。其内外装饰的奢华程度让人惊叹！巨大的绿荫花园、草地、泳池、白色圆形的建筑以及金色的圆屋顶，在泰国明媚的阳光下令人心旷神怡。其中两幢楼格调气派非凡，精工细琢的雕刻随处可见，五彩宝石镶嵌的艺术品多得目不暇接。高大的观音菩萨用金做衣裳，其座前的纯金莲蓬里的钻石莲子和代表水的蓝宝石足以让人叹为观止。谢国民的豪宅成为许多人心中的梦想，中国台湾电视剧《流星花园》曾在此拍摄。

在泰国的公共场所，我们随时可以看到中华元素。导游告诉我们，那古老雄伟的佛寺建筑的脚砖，描绘着五彩花鸟的瓷砖，是清朝产物。佛堂内佛画里的圣神人物、禽兽妖魔，就有《西游记》《封神演义》及道教神界的角色。在泰国的国土上，到处可以看到中华龙图腾、八骏图、虎啸图、中国对联、诗词赋之类的文化现象。

来到美斯乐你还可以看到更浓的中国气息。美斯乐人爱过中国的传统节日，热衷说中文、学中文。华文教育成为美斯乐传承中华文化的重要载体。春节里，"年年富贵年年盛，日日平安日日春""吉祥如意贺新岁，迎春接福喜临门"等一副副大红春联，醒目地张贴在村中各家各户的门口。村民的家门和墙上倒贴着"福"字和"春"字。村中小街上，挂着中文招牌的店铺更是大红灯笼高悬。

在公共场所走走，不必担心语言障碍。在我们所游览的地方，随便听听或随意交流，都有熟悉而可亲的华语。

更为有趣的是，泰国之游，无论什么时候都是"中国挤"——我之所以说"中国挤"，是因为在华人游客泰国常去的有限景点上，中国人之多，就像中国城市每个工作日上下班时间拥挤的车流一样，就像背井离乡的民工春节返家在广州、长沙之类的城市拥挤买车票、赶车一样——长长的队伍，拥挤的人群，络绎不绝地来来去去，行步难，拍一张纯景的照片也不容易。而从导游所举的各个旅游团队的三角旗或特约的标志来看，在与我同一时间来泰国的除了湖南的外，其他各省包括台湾的也有。据说仅湖南游客在泰国旅游的一年就有十多万人次。如此庞大的华人泰国游，让欧美大为逊色。这不是"中国挤"是什么？

为什么在泰国会出现这种"中国挤"？我想除了气候和风景的原因，大概与泰国的华裔特色、中国人民的生活水准提高有一定的关系。在我所在的团队里，就有8位来自株洲市一个郊区的农民。他们现在是一个建筑工程的农民工，是在工程完成后相邀来泰的。我问他们中与我在飞机上同坐一排的一个憨厚的中年男子的工资是多少，能不能担负起相对昂贵的国外旅游，他含蓄地说："我的不多，一天才300元。"他指了指后面的一个高个子男人说："他是瓦匠，一天可以捞到500元。有时候还不止。花个五六千看看外国风景算不了什么！"

由此看来，有生活水平提高的中国人对精神享受的追求，才有国外旅游的"中国挤"。

泰国每年要获得多少中国人民的旅游利益啊！其他国家又何尝不然？

一片秋叶

夜，万籁俱寂，没有月亮，也没有星星，云絮覆盖下的黑暗里，万物早入梦乡，我坐在一豆灯光下，渺渺茫茫地思索什么，久久没有睡意。

沙……沙……沙……我正撑头凝神之际，来了一种什么声响，尽管轻微，却打破了这虫匿声敛之夜的静。

嗦……嗦……嗦……声音由远而近，愈近愈大。

啊！是起夜风了。是夜风的脚步在门前徘徊，想推门又怕惊醒我的不满，只好让冰冷的气息从漏光的门窗缝隙里挤进来摇曳我的灯影，它好像要告诉我：现在的时间和空间是我的，你该把思维的翅膀收进眼皮底下了！

但我仍然没有意识到它的来意，还是对它的到来无动于衷。这时，它也许不耐烦了，居然飘飘悠悠地在我眼前降下一个影子来，我提神一看，原来是一片杨树叶子。

杨树叶子像一个生命垂危的病者，看来是被它强行驱赶来的，可怜的杨树叶在桌子上抖了几下，终于无可奈何地躺下了。

"遥夜泛清瑟，西风生翠萝。残萤栖玉露，早雁拂金河。高树晓还密，远山晴更多。淮南一叶下，自觉洞庭波。"我自然想起唐朝诗人许浑的《早秋》，不觉沉吟起来。但我的感情此时与许浑的不尽相同，因为我现在还少了点听琴的雅趣。我的情感被这不速之客弄得凝重起来，觉得它霜露萧绿树，落叶报秋来，不是时令的使者，就是季节的不幸儿。总之，它被迫从瓦缝里钻进来，传递的就是秋风的警告或提醒——以它为例的警告或提醒。

于此，我的渺渺茫茫的思索，似乎有了个头绪。我把杨树叶儿拿在灯下，仔细地看了起来：这叶儿样子还是牛耳刀，没变其形，只是早已褪去了那青春韶华的气色。上面有好些个暗灰色点点，恰似老人脸上的寿斑。从那黄黄的叶片上，还隐隐约约地露着几处老绿，显然是催命的死气在拼命地进攻，而它的顽强生命的余力却还不甘心退却……看罢，想起杨树叶儿青春妙龄之时那袅娜多姿、轻盈曼舞，何其神奇的姿态，我倒为它惋惜起来。

一度秋风一度寒啦！这春夏发华的杨树叶儿，岂能经受得了呢？秋月清露重，飘零何处归？看来，杨树叶儿是免不了为禽兽窝中物，村民釜底薪，植物泥中食了。

其实，怜惜只是痴意。人生自然非由己，发华的花季一去，催朽的时令跟脚儿就到。大凡万物自有桃李花艳日，也有"渥然丹者为槁木，黟然黑者为星星"之时。要紧的倒是，要有点珍惜之志。

昔曹孟德说："老骥伏枥志在千里，烈士暮年壮心不已。"看来他是想到了碾作尘泥的时候的呀！但他并不在乎归宿，而看重起点，所以抱志奋斗终生。

我还想起了汉朝朱买臣，年过四十仍操童子业，终于五十为士；周代姜尚，八十始佐周王，遂成霸业。他们不是不知老，而是知老不服老，越是年秋岁暮，越是珍惜光阴，把生命的每时每刻，都谋求在事业上，终成就大业，万古流芳。这真是：迟开的花朵同样香啊！

想到这里，我不觉对这片枯黄的杨树叶儿产生几分敬意：它不畏时令，虽老黄而不改其形，虽飘零仍不舍奋斗，悲壮矣！

野　花

今天是农历九月二十三，女儿满四周岁。人到三十才得子，自然看得娇些，便带她到外婆家过生日。由于一路是田间小道，我不得不抱着走。走了一截子，胳膊感觉累了，就放下来歇口气。

突然，女儿高兴得手舞足蹈地惊叫起来："爸爸，花！花！"

"啊！真的！"女儿的新发现，引起了我的注意。我低头一看，只见一朵小黄花，在她的脚边晃着脑袋。我放眼一看，咦！前面还有呢！小路两旁，到处都是。

这是什么花儿？长期蜗居在城市钢筋水泥结构里的我，了解花的种类极其有限，还一时叫不出它的名儿来。只见这一朵朵金色的花儿，开在一株株小小的绿色植物上，像刚学步的小娃娃，有趣地摇呀摇的。

那么一兜野草，就伸着那么一个纤细的秆儿，不枝不蔓，不高不奇。秆儿上恰到好处地缀着几片翡翠欲滴的叶儿，清新而不妩媚，清晰而不繁复。那花呢，衣扣大小，心形的瓣儿，匀称得即使再巧的姑娘也剪裁不出。它们一片片半叠着，整整齐齐地围成一个圆圈，严严实实地守着那一块"芳土"——花盘，那圈"芳土"里生长着比粟粒还小且密而规矩地排列着的蕊儿，俨然一个微型向日葵。从蕊到瓣儿，竟是一味的黄色，透明的黄，逼你的眼；幽香深沉，醉你的心；时有秋虫叩问打点，扰乱你的神……

黄的花儿，绿的叶儿，陪衬起来，再由一个纤细多姿的秆儿托起，点缀在杂草丛中，在爽秋的微风里，随着起伏的草浪时隐时现，恰似瓦蓝夜空里眨眼的星星。再加上秋虫的穿行和翩翩起舞，真是一幅绝美的画啊！在这秋光里，摆上这么一幅得意的画，倒有几分罗曼蒂克的味道。这哪里是自古以来落魄士人情感里多愁伤感的深秋呢？这明明是爽性奔放的豪迈深秋！

这时候，小女儿甩开我欲抱她赶路的双手，跑到我的前边追着花儿跑着，不时地蹲下来，选那密集处的这儿采上几支，那儿采上几支。她每次都把采摘的花儿送给我，我扎成一个花环，戴在她的头上，她高兴极了。

满路都是逗人的野花，我徜徉在花的小道，领略花的意境，花的醉意，竟然进入一种感情微醺的境界。我禁不住神溢情蒸，遐思翻涌，一种莫名的启迪隐隐而来。

我想，在这浓浓的秋色里，怎么就它一族独放？其他花类这时都到哪儿去了？也许，其他花类这时都成了魂。因为春光一壶酒，实在是太醉人了，醉得百花们只一味地追求人们的口角之赞、大雅之堂的倩影、蜂蝶的趣逗而飘零尘埃了。可不是，你还能看到桃花、梨花、杏花吗？

大概花的开放都是要装扮时光以求得一种赏赐的。不然，桃花、梨花、杏花是不会醉为花魂的。但是，春天富有，百花就竞相开放，因而醉的也就多。可是秋天呢？它无私地献出了终年酿造的全部果实之后，就开始落木飕飕，萧条多愁了，因此也就没有五彩斑斓的百花来问津了。而你——这小而善解秋意的金黄野花，偏偏此时而来，独自点缀这色衰老暮的秋色，岂不是"举世混浊，而我独清；众人皆醉，而我独醒"吗？

然你处"举世混浊"之际"不随其流而扬其波"，"众人皆醉"之时"不哺其糟而啜其醨"，独自"怀瑾握瑜"，究竟为的是什么？

啊！我似乎看到了！从你的叶的那绿的精神，从你的花的那恬静酣畅的雅容，我看到了你为的不是游人的口角之赞、大雅之堂的倩影、蜂蝶的趣逗，而是那花的黄、叶的绿——这是太阳的乳汁，土地的膏脂。你得到的是天精地血。于是，你就越发的黄，越发的绿。秋色呢，由于你的隽秀婀娜和神光异彩，也就越发的美。这是你把秋天的供给又全部献给了秋天呀！

我算知道了，野花：你是秋天的精灵，你的开放，印证了秋天的心。看你那心形的瓣儿，不正是一颗心吗？你的随风摆动，在金阳下的闪耀，正是秋天的心脏在跳动。

夕阳流金，微风拂瓣，蜗居钢筋水泥结构的我，现在竟然被这不知名的野花开放了思维的翅膀。

因为我喜欢秋天，所以就更喜欢她的娇子——野花！

这野花是秋天的心脏。

田野秋色

我喜欢农村，从小就对田野的四时风光有着特殊的感情。虽然我欣赏过颐和园、香山的帝王理想之景，也鉴赏过故宫绘画馆里的历代名家的画中之景，还领略过泰山、西湖、桂林的自然风光，但总觉得田野的四时风光与之相比，有它们所难及之处。

眼下正是深秋，打开门来，一派田野秋光扑入怀中，令人心旷神怡。大概是平原的缘故吧，没有泰山极顶尽收齐鲁原野的空旷，也没有济南城中仰望群山的幽深。这里是江南一望无垠的田野，在一派柔和的秋阳下展现的是不知哪位妙手描绘的一幅精妙的彩画。是那么现实和朴素，又是那么绚丽和端庄。

惹眼的是些白的、绿的、黄的色彩。那黄的是稻子——被太阳的乳汁醉黄了脸，站在那里趔趄着，头也羞于抬起来，任凭秋风温柔的手一遍又一遍地抚摸。

那黄色主宰着的地方，间或出现一片片或一线线的洁白的星星点点。四周都是宽厚的金边，里面由墨绿映衬着，在悬殊的色彩对比下，阳光一照，像雪、像海花、像水晶。这是棉花。

那绿的呢，是油菜，是苜蓿。因为刚露头角，浑身还温润，像去壳的松花蛋那样软，那样嫩，嫩得叫人担心，像火舌舔舐下的蜡烛一样要滴下来，几乎可以用手接着。

在田坎、渠边，还有一排排整整齐齐的树，卫士般地伫立在那里，披着缀着黄的、绿的、红的各种颜色的"百衲衣"。那是椿树、楠树开花了吧？也有橘树、柚树、柿树正挂着沉重的果，这些果子的颜色散发着悠悠的果香。

整个田野像一个撒满了玛瑙、琥珀、珍珠的世界。

倘来一点秋风就更好了。秋风来了，你看吧，那树便把叶子抖落一些下来，撒在空中，盘旋着、飘悠着、翱翔着，还栽着跟头，其色彩缤纷，像是谁突然抛放了一袋彩蝶。这时呢，稻海也泛起金波，一漾一漾地一直荡到你的脚边。那田埂边的棉花此时像是无数的眼睛，眨呀眨的；又像无数的鱼儿，刹那间一齐亮出粼粼银色，在水面上飘呀飘的，真叫人眼花缭乱。

最有意思的是这些色彩，绝没有桂林、西湖的放任。它们图案似的，要么方、要么圆、要么长，要么一排排，或者一线线。它们各施展着各的特点，点缀着各自的地方，即使交错也不混杂，结合得紧密又不许互相排斥，既浑然一体又泾渭分明，色彩明快。像是哪位巧手姑娘精心的剪纸。这使你一闭上眼，便能想得到：这是人造自然！

如果你不只是远眺而是步入田中，你就会立即被这画面包围起来。不必说埂边那散落在秋草里的不知名的野花俏皮地向你丢眼色，使你兴味无穷，单那稻田的一幅幅动景，就够你心醉的了。你看：那广袤的稻田里，到处是收割的人们。男的女的老的少的，都是一家一家地在一起，围着一台打稻机。割谷的一头扎进稻海里，稻穗便不断地颤动着，蚕吃桑叶一样地一簇簇倒下。打谷的踩着打稻机，那一上一下飞快踏动着的腿，恰似推动火车轮滚动的连杆。抱谷的织布梭似的来回蹿动。送稻子的壮劳力挑着沉重的箩筐，在田间小道上呼闪着，像一片流动的云。人们这么欢快而紧张地劳动着，汗水不断地从肌体内渗了出来，也看不出一点倦意，他们每个人心目中充满丰收的自信，有使不完的劲儿。

从快节奏的劳动中可以看出，他们每个人的心里头似乎都有这样的话："快收割！快收割！还要赶下一季呢！"确实，每收割完一块田，后面的机耕犁接着就来了。不用猜，到明天，这块金子般的稻田，马上就会成为翡翠。是的，正是由于此，田野的风景才一季一新。这么看来，泰山的松柏四季都穿着那件墨绿的衣裳，故宫的绘画馆的画常年都是陈年老套的花花绿绿，是不是有点古板单调呢？

在这画面中，还有一派迷人但又看不到的景象，就是随着踏打稻机的腿一上一下，打稻机就放开粗犷的喉咙唱起了由古老的哼唷演绎而来的赞歌。那雄浑的声响像在天上滚动，又像在地壳深处蠕动。在这雄浑的主旋律中，还透出极其细切的嚓嚓声，这是镰刀割稻谷发出的；当然更有姑娘和小伙子们撒出的串串欢声笑语。有时候，还会传来清脆的吱呀声，声音由远而近，又由近而远，这是担稻谷的扁担发出的。而随着吱呀的远去，常可以听到一群鸟儿飞起时的喳喳鸣叫，这显然是扁担的声音惊起的。

这是一曲富有音乐感的田间交响乐——劳动生活交响乐。

在一幅这样绚丽多彩的画里，添上一些景物的动感线条，再配上一曲这样的交响乐，该是一幅怎样的图景呢？比之于颐和园吧，颐和园虽然风景如画，游人如织，但毕竟凝固着帝王霸气与矫揉造作的玄虚，不是生活的自然；与西湖相较，尽管西湖的风景甲天下，但总脱离不了历代精神贵族的虚妄与享乐习俗，和劳动的本质相去甚远。

啊！田野风光，你究竟是一幅什么图景，我是无法比拟你的，大约你是人类生活的基地吧，你的景色是对人类劳动的赋予。人们心里想什么，怎样劳动，你就怎样赋予和变换。眼下人们想抱金娃娃啦，你就把这终年的蕴蓄全抖了出来，于是，才出现这一派——田野秋色。

这是独特的秋色！

我爱田野秋色！

油　菜

雪花舞兴未尽，晨霜还依恋着大地。你知道吗，是谁惊醒了贪睡的小渠，在这广袤的田园墒垄，伸脚展腿，哼起了快意的小曲？

朔风正贪馋着山水，寒气还舍不得萧林。你知道吗，是谁，唤醒了柳芽，在这房前屋后，懒洋洋地探出脑袋，泛起几点嫩嫩的绿意？

竹林尚在沉睡，紫燕还无搬回的主意。你知道吗，是谁走漏了消息，蜜蜂爬出温暖的蜂箱，在这田头地边，嗡嗡地弹起了小琴？

啊！是你——油菜！

除夕的漫话刚止，爆竹的余音未息，油菜，你就匆匆地把花献给世间，将春告知。冲着春寒，开始是一枝花蕾，接着是几片花瓣，然后是一抹金辉。春在你的感染下，渐渐显露出热心肠，吹动了消融寒意的暖气。于是，你的生命更加勃发起来。

看吧！一个健美的身躯，伸出苗壮的胳膊，托起金色的盘子。盘里呢，尽是些黄得逼眼的花苞、花朵。那迎着轻轻的春风最先绽开的，恰似大胆的姑娘，对着情人畅心而笑；那含苞待放的，宛如羞羞答答的少女，抿着欲笑的嘴唇。花下，陪衬着的是一片片翡翠欲滴的叶儿，风致楚楚。风过处，千姿百态，幽香缕缕。阳光下，溢金漫彩，一片流霞。远远望去，绚丽夺目，美不胜收。

然而，油菜，你的美不单单是因为色彩，还在于你那如火如荼的生命。你强劲的生命力是惊人的。

秋去冬来，天寒地冻，草木枯疏，你却来到田里地间，咬定冻土。风雪来了，挺挺身躯；寒霜来了，抖抖精神。无论环境多么险劣，你总是松树般的性格，伸着巴掌大的叶片，焕发绿的神采，给大地点缀起无限生气，好像要万物知晓：冬天来了，春天的脚步还远吗？

生命诚可爱，心灵价更高。这一点，油菜，你尤其应该享有人们的赞美。

冬去春来，你最先知，首先把冬天里的酿造物——金色的花儿献出，蕴醇香于瓣，储甜蜜于蕊，引来群蜂为之癫狂。难怪人们说："呷一口菜花蜜，就尝到了春的滋味。"

待到它花吐蕾，百花放艳，你却又无意争春，默默无闻，脱下盛装，扎根成长，辛勤劳动，用全部的精神去哺育果实。

果实熟了，你无私地将它们献出，使之成为香味四溢的春油。

即使你的身躯，也慷慨地去做柴薪……

从今天起，面朝大海

一切为了美化生活。活着，如火如荼，若金若霞，给人以春的慈惠；死了，死得其所，给人以春的享受。

你那黄金难估的生命，需求极少而贡献殊多的品质，正是春的骄傲，劳动者的象征。

啊！油菜！

第五辑·浮游众生的馈赠

人生的金秋

金秋，美丽的季节。在春发夏繁，秋收冬藏的伦序里，是一年的实在。

自然界的秋天，金桂飘香，硕果累累；橘柚泛橙，稻田流黄。以金妆秋，非唯其色，更为其贵，贵在春的希望，夏的酿造，冬的依靠，多在秋里兑现。金秋，一年收获的黄金旺季。

自然界如此，人类固然。少年构梦，青壮年实践，庚逢甲子，老之近秋，恰是收获的金岁。人生有了金色的收获，当然就老有所靠，老有所乐，老有所为了。

古人所云之"人生一世，草木一秋"，不仅仅是个过程论，也是个环节论和结果论。从过程论说，人生一世，就像草木一秋那样，在日月的推移里，遵循着自然的顺序，从出生开始，一步步走向成长、走向成熟、走向老年、走向死亡，且又如过眼云烟，转瞬即逝，逝无从来。从环节论说，人生若四季轮回，重复着岁月的沧桑，各个季节里演绎不同的风情，我们畅游其中，自有春花秋月之各环节的劳作、结果和体验。从结果论说，人如草木，有春华就有秋实；有获于甲子，六十如金秋；金秋壮岁，终老亦贵。

在这一点上，我国古代文化最讲究的年龄指称，似乎就蕴含着"人生一世，草木一秋"的哲思，也就是过程论、环节论和结果论的含义。而过程论、环节论和结果论，最终归结于金秋之贵。

古代称不满周岁为襁褓；2—3岁为孩提；男孩8岁、女孩7岁换牙时叫龆年或髫年；10岁以下称黄口；10岁始称幼学；女孩12岁称金钗之年，13岁称豆蔻年华；男子15岁称志学，女子15岁称及笄；女子16岁称碧玉年华、破瓜之年；男子

从今天起，

面朝大海

20岁称弱冠，女子20岁称桃李年华、24岁称花信年华；至30岁称而立，40岁称不惑，50岁称知天命，60岁称耳顺，70岁称古稀，80—90岁称耄耋；100岁称期颐。还有称童年为总角或垂髫，13岁至15岁称舞勺①之年，15岁至20岁称舞象②之年。

若将这些循序渐进的年龄指称节点归譬于自然四季的特点，自襁褓至弱冠前算不算生机勃发、朝气蓬勃的灿烂春天？弱冠至耳顺前，是不是生命张扬劲动的能量，努力繁荣自己的火热夏天？耳顺当值，可不可说是生命开始披沙拣金、披叶现果的收获秋季呢？至于以后的指称，无疑可以说是安享年华，与温和的冬阳共晨昏的季节了。故尔，孔子在《论语》中说自己是："吾十有五而志于学，三十而立，四十而不惑，五十而知天命，六十而耳顺，七十而从心所欲，不逾矩。"

如此考之，人的金秋之贵，在于耳顺。耳顺者，据孔子之说是人到60岁，个人的修行够了，无不顺耳之事。据何晏集解引郑玄之言是："耳顺，闻其言而知其微旨也。"史书还有称耳顺为"杖乡"（拄杖还乡）之年，含功成名就，衣锦还乡之意，如《汉书·萧望之传》就有"至乎耳顺之年，履折冲之位，号至将军，诚士之高致也"的记载；《旧唐书·刘祥道传》就有"壮室而仕，耳顺而退"的说法。

由此，耳顺含有"治学""修行""修业""做人"等各方面有成的意思。唯有耳顺之成，人的生命才显现出美好的价值和境界；才能获得美丽和幸福的享受。

人生的金秋里，耳顺的境界中，我们收获的是岁月流淌的经典，生命全程的酿造，命运疾动的传奇。

收获幼年的奇珍，你是父母掌上的明珠，天上闪烁的星星，人脉流河上的白

---

①② 舞勺、舞象：根据〈礼记〉的记载：勺，一种乐舞，古未成童者习之，舞勺指未成童者学习勺舞。《礼记·内则》："十有三年学乐诵诗舞勺。成童舞象学射御。"孔颖达疏："舞勺者，熊氏云：'勺钥也。'言十三之时学此舞勺之文舞也。"后以指幼年，又以舞勺代指十三岁。"舞象"是成童的代名词。原本是古武舞名。《礼记·内则》："成童，舞象，学射御。"《疏》曰："成童，谓十五以上；舞象，谓舞武也。熊氏云：'谓用干戈之小舞也。'"也就是可以上战场了。

帆。襁褓是人伦之始，孩提是启蒙之初。那时候，在父母的爱河里，房舍小窗，突然一阵清脆的呱呱声爆出，生命宣告你来了！带着声响和劲动，带着占领和欲望，点燃传承的薪火，引来好奇的眼，开怀的笑。而生命的父辈与祖辈们，他们的安慰，就像蜡烛的泪，滴落到了稳定的桌面；也像飞倦的鸟，有了夜归的枝丫。他们开始坐在阳光晒暖的椅子上，品味自己的灵魂，让思维的脚步，追着西下的夕阳，寻找漫漫的归途，直到影子消失。这个时候，时空开始为你腾位排序，期望开始为你排演节目。人类传承的因袭，把你放在现实的货架边，去摸前辈的心脏，心脏里摆着樵夫油亮的虎柄、计量明天的算盘、购买梦境的金钱、制造神秘的经典，抑或是血色的印章、黑色的笔杆、黄色的花朵。你虽然懵懂，只是用稚嫩的笑声、哭声和动作面对周围，但你的一举一动，一笑一颦，都是人之基因发轫、遗传起程、生命扬帆，因而成为父母关怀的焦点，人们议论的热题，以及对你以后的塑型——往事流年，耳顺之际，梦醒深宵，回忆这个用传说传递来的亲验或体验时，父母之恩、养育之重、家庭之建、孝道之修、责任之负、承传之命、期望之托，在你这个父母掌上的明珠手里，就成为独得的家传奇珍。

收获童年的鲜花，你的精神灿烂艳丽，耀眼生动。这个时候，岁当龆年（髫年），黄口孺子初学行，感受日月东西升；见云起云落，观流水卷浪，听鸟语风声，无所不新，无所不奇。生命的白纸上，充满着童趣童真童稚；纯洁的童识中，无忌无疑无卑；开心的时空里，无拘无愁无忌，甚至还有点儿贪心顽皮。世界崭新而美好，灿烂的太阳每天都为你升起；浪漫的月亮，常常相遇；调皮的星星，总是和你逗趣。花儿开了，你就是欢悦起舞的蝴蝶；果儿熟了，你就是馋嘴跳蹦的黄雀。你是爷爷奶奶的甘露醇酿，爸爸妈妈的希望之星，他们爱抚的手、温柔的话语、慈祥的面容，是沐浴幼苗的雨露春风。窗下读诗书，你虽黄口朗诵未知情，却如燕语莺歌，瑶琴醉人。常骑竹马佩木剑，少小初露豪杰志。跳绳踢毽蹦皮筋，猜谜歌谣传手绢，游水划船荡秋千，斗鸡追狗捉汉奸，都是澎湃的心怀，永远的乐趣。男女相伴，春游踏青，看花摘枝，编帽互戴，霞染袖，暮遮晖，竟然不知归；骑人马抓老鹰，斗嘴拥抱打滚，贪玩行无禁，却是两小无猜的单纯。往事悠悠送眼前，岁秋回味，如云浮动惹心翻——这个时候的收获啊：是返本、还童、朝气的天真，常忆而无暮气蒙心、怠惰慵身，身染世俗不失贞。

从今天起，面朝大海

收获少年的梦想，你进入美丽的伊甸园。少年立学志怀、树标致远、明心益智，正当金钗豆蔻，花季韶华。诵诗舞勺，射御舞象，十年寒窗，十载操场，皆为筑梦，勾画蓝图。典籍虽钩章棘句，却鞭辟入里；经书虽言简意略，却文深义远；时文虽通俗易晓，却回味在永。读秦皇汉武，步入历史的隧道，可以看到社会的古鉴；攻数理化工，进入自然的心腹，可以发现生活的智慧；诵唐诗宋词，欣赏文心雕龙，可以让墨香濡染素质。书中的天堂美妙，社会的课堂更是生动。留心身边世相，自然生成法眼。关心妇孺老孤，善心滋润人格。参议家事国事，血脉沸腾正气。交往社会群体，练达人情文章。一粥一饭，反思不易；一丝一缕，尚记维艰；一言一行，当虑其正；一朝一夕，唯恐松弛。如此则若蓄水储池，养化龙之鲤；垒土堆山，藏出岫之云；培植施肥，树栋梁之材。灯下书声琅琅，榜上芳名在登，蓬门自然增色。学德百事懿性，人言口碑，自有少年美名。少年功夫，老来成就，天理不负有心人。——收获梦牵魂绕的少年，你会总觉得大梦未已，构造前程和理想的味道犹甜、雄心犹壮、春色正浓。

收获青春的酒浆，你激荡着活力四射的能量。生命的青春，若花信碧玉、桃李破瓜。此之时，弱冠成丁，而立在即。韶华的酒浆，醉了人生的理念。梦想激励着劲动，信心鼓舞着力量，豪气张扬着胆气。蹈寻着古人的志怀，"弱冠负高节，十年思自强""妙年弄柔翰""擢第文昌阁""寸心何所望，东掖有贤臣""使君延上榻，时辈仰前程"。到了而立，则其行为已不独为自身，而多在想他人了，社会和生活的责任，促使"立德、立言、立身"，定位人生的目标与方向。这时候，生命的奋进与拼搏，情绪的热情与冲动，情感的爱憎与恩怨，智慧的选择与取舍，道路的坎坷与平坦，事业的成功与失败，人生意义的伟大与渺小，都本能地营集，辩证地结合，快速地发展到你生命的空间。山外高山的压力，逆水行舟的努力，百尺竿头的精进；高翔图远的鹏程谋划，昼兴昏继的灵魂登攀，倾饮阔论的慷慨激昂，锋芒毕露的风流倜傥，赴难负重的担当意气；挥斥方遒、指点江山的气概，中流激水、敢主沉浮的胆魄，捐躯家国、血洒疆场的义勇，背井离乡、迁徙谋生的劳碌，亲背友叛、误解缠身的磨难，易水虞姬、四面楚歌的悲壮，都会拥挤在你生命最繁忙的岁月。这个时候，你除了前进还是前进，无权停止自然规定的生命脚步，无法不去思考生前身后事，无由不让生命的酒浆散发极致的醉意。斗转星移往事牵，金秋向晚忆流年。青春的那颗流星、那段风采、那番情感、那种劳碌、那块伤疤、那片橄榄叶，无不是醉人的酒浆，它醉了过去，醉了记忆，醉了灵魂，让你收获到生命的含义，激荡着继续下站里程的精神。

收获壮年的音符，你陶冶在禅意的风景里。壮年之壮也，年富而历丰，阅尽群山知高低，览遍沟壑晓深浅，察彻人情悟是非，由此，方可洞悉万象，预测运数，不惑于人、不惑于事、不惑于理，知天然命理。能悟阴阳之变，相克相生；乾坤六合，中庸轴心；八卦易经，相对而行；平衡暑中，以度归真；凡事有度，立本成形；不及难达，过之失性；人生经历，三维组成：过去将来，今天是金；过去之事，不可迷沉；将来之事，岂能幻真？理想现实，交融至臻；调节并重，智泽力润；圆通德馨，过执酿恨；水清无鱼，量大船撑；直甚连上，独明不群；木秀遭摧，堆出流侵；行高不让，俗众难认；文武之道，张弛必盛；宽严相济，尧舜之圣。由此，才能懂得克己履冰，敬畏生命；常省人性若水，善控而善，失控而毁；世事如棋，着着变化，每变皆新；酒醉今日，难谋身后明日事；色损功德，污染门庭伤后荫；财不正来，惹得是非酿祸患；气点肝火，到底都是亏自身；智不通慧，只做小人动机谋；愁囿眼前，沉沦远志隳前程；困失节守，不耻羞辱枉有命；惰废光阴，万事蹉跎不归仁；情薄似纸，难载诚信欺天理。这样，才能看重人生，多思而慎行。能够进取，当以孔丘为志；知足思退，当以老庄为怀。生命遵造化，循道随缘行。常去高山看云飞，让自然的真谛陶冶性灵；或入竹林听鸟鸣，让天籁的清音扫除心尘；也可小溪赏流泉，神随九曲通古今；亦宜江海叹风浪，感染丘壑包容情；还须大漠放眼，广阔天下貌芥丁。不惑而知命的心态和境界，是一曲禅意的音符，当在耳顺之年，用记忆的琴键弹响韵律时，你会心旷神怡，气清怀爽，通慧达道。为此，我曾作《心禅》杂咏聊表这种收获的感受：

拈花一笑心自静，世俗当烟脚步轻；
坐看物随岁月换，冥思人循化育轮。

得失随缘泯恩怨，晨钟暮鼓醒痴愿；
一分贪欲万种忧，两袖清风千般安。

从今天起，面朝大海

悟得尘微命浅轻，知足方可长乐真；
花繁离本落无迹，树荣守根枯有兴。

沐浴松风心机忘，聆听清泉胸臆旷；
大海包容收千流，丘壑情怀纳万象。

真诚如歌天地醉，纯净若玉日月璀；
从来富贵虚时空，唯有懿德铸口碑。

大路朝天我独行，水逐波流不改性；
孤卧危楼频度春，每把浮华付烟云。

淡茶一盏饮归鸟，浊酒三杯啜落霞；
身置山穷水尽处，自有岫云出天涯。

青灯送夜露声冷，黄卷迎曙天色暖。
何必捻须悟玄机，放形九皋方悠然。

我们一生中相处过的那些人，是用来怀念的生命之遇；我们一生中做过的那些事，是用来记忆的生命之为；我们一生中经历过的那些情感，是用来咀嚼的生命之味；我们一生中用脚印盖下的那些羊肠轨迹，是用来欣赏的命运曲线。这些生命的痕迹，铭刻在我们的心中，永远不会凋零，经过岁月的沉淀与洞藏，只会更加清晰、饱满而隽永。

过去的岁月，带着当时的行为，不会再来了，留下的仅仅是记忆，记忆的东西会反复出现。收获这些记忆，立起人生最后的里程碑，是对自己的最后奉献，也是把自己最后奉献给世界的义举。

收获生命的金秋，这是生命的权利和义务！

车站里的故事

国庆日，秋高气爽。我到信阳去看侄女，上午9点从澧州湘运站乘客车走两湖平原（洞庭湖平原和江汉平原）到达汉口汽车站时，已是下午2点了。

从汉口到信阳200多公里。到汉口火车站买火车票，人多，拥挤，好长的队伍，都是节日赶趟儿的……我没有耐心等票，马上反转到汉口汽车站。汽车票到手，下午6点才有车，只能等。这么多时间，怎么打发？我到车站附近转了转：来往如梭的人群，生意的叫卖声，附近施工机械声混合着灰尘，汽车扬起的尾气，共同制造着城市的污染，叫人烦躁不安。我感觉肚子有点饿了，找到一家兰州拉面馆吃了碗拉面，想赶快到候车室静一静。

汉口汽车站候车室分两个区域，第一区是1—6检票口，第二区是7—12检票口。我要去的目的地在第一区内。

候车室很大，但再大也比不上人多，几百个座椅上坐满了人，地上只要不当道的地方，到处都是席地而坐的人。尽管走了一批又一批，但来的好像总是比去的人多。烟味、汗味、果皮、食品垃圾，到处都是。尽管墙上贴着"禁止吸烟""不随地扔垃圾"，但此时人们根本注意的只是等车、找座位、饿了渴了随便填肚子。清洁工不厌其烦地扫，人们一次一次地扔。扫和扔都已经习惯得如此和谐。小孩的哭声闹声也充斥其间。那些看起来衣冠楚楚的绅士、时髦的年轻小伙子、在自己美丽的鼻子前摇着纤纤玉手进来的妖娆女郎，虽然初到候车室，皱着眉头，嘴里咕哝着什么，但不到一会儿，也就开始了旁无他人地谈笑、搂抱、吹烟雾、扔果皮的行动。人们把自己的临时过客环境糟蹋得如此憋闷。

我好不容易等到一个刚起身赶车去的位子坐了下来。看时间还有三个半钟头，我只得以假寐状态使自己镇定下来。

正当欲睡的时候，耳边突然传来一个语气轻柔的声音：

"大伯，擦擦鞋吧？"

我睁大了眼睛，只见一个二十多岁的年轻人来到我身边，他衣着整洁，左手提着一个提包，右手拿着一个牙膏形状的东西，把身子俯着，把那牙膏形状的东西指向我的鞋子，我这才发现，那是鞋油。我看他的面部时，他的眼睛闪着青春的光芒，脸上带着征求意见的微笑。但我并未为所动。他迟疑了一会儿，见我没有做出要擦鞋的反应，马上跨了半步，移到我身边的一个男子旁，用待我的方式对他征求意见，那个男子瓮声瓮气地说了声"走开"后，他又继续前进到一个女士前，直到那女士说了声"讨厌"后，他再继续到下一个。他就这样提着袋子拿着鞋油一个挨一个地到所有人前征求擦鞋的服务，脸上始终带着青春的微笑，语气始终带着轻柔的温和，眼光始终含着某种自信，"走开""讨厌"或沉默不理的拒绝，以及轻蔑的态度，丝毫没有改变他的心态，更没有让他冒过任何一个脚上有皮鞋的人。他这样地把第一区的候车人拜访完后，马上出去了。

看到这个年轻人转了一圈一双鞋也没有擦，我心里想：这样年纪轻轻的，干什么事情不好，偏偏要给人擦鞋？有鞋擦也就罢了，偏偏人们不愿擦，还用歧视、轻蔑的神态和语气待他，他难道就不知道羞耻吗？难道不擦鞋就无以为生了吗？我为他感到可怜、可悲，又觉得他无能。

我正假寐着想这年轻人的生活状态时，又有一个声音惊动了我："大哥，买一个吧！给家里的小孩……"

我睁眼一看：一个70多岁的老太婆，体型微胖，头发苍苍，面带慈祥的笑容，也是用征询的眼光看着我，她的左手提着一个塑料袋子，右手举着一个玩具鱼，那个玩具鱼在她手里闪着红色的光，像真活鱼一样摇头摆尾，十分可爱。我身边没有小孩，当然没有买的意图，只是待以沉默。她见状马上走下家，我身旁的男子又是瓮声瓮气地说了声"走开"后，她又继续前进到男子旁边的女士那儿讨了个"讨厌"声，当她走到一个小孩边拿着那个玩具鱼玩耍时，那小孩向他的爸爸喊着要买，不想这孩子的爸爸给了孩子一记耳光，孩子哇地大哭起来，老太婆笑着走了。

看到这高龄老人转了一圈，整个这一区的人都征询完了，她手里的玩具没有卖出几只，我心里当然也不是滋味。想道：谁家这么没有孝心呢？竟然让自家这样高龄的老人在外卖这些不争气的东西？就像乞讨一样，受尽冷待、屈辱。难道他们的生活就成这个样子吗？

我像先前一样正以假寐推想老人的处境，又有一个动作惊动了我：只见一个人把头挨到我的鞋上，手里举着一元钱在我面前做出作揖的动作。我一看这人，是个40多岁的汉子，身上穿着一套旧军服，浑身脏兮兮的，但面相和发型有点像刘德华，体格也健壮，脸上凝固着微笑，眼光有点狡黠。一看就令人不舒服，我同样以沉默待之，目光不与之对接。他见状马上跪行到我旁边，他把头磕到男子脚上后，捧钱作揖的双手还没有举起来，男子把脚微微一抬，同时又是一声"走开"。他又继续跪行到女子边，那女子张开两条玉腿正玩手机，突然看到两腿间一个人头扎进来，吓得一下从座位上跳了起来，同时娇喝了一声"讨厌"。这脏男人也没有起身，继续跪行投下家，这时他终于捡到了便宜——下一家正是刚刚找到座位坐下的女子。这女子从上一个被吓一跳的女子身上吸取了教训，她不等脏男人跪行到腿边，马上拿出一元钱，扔到远处，脏男人也知趣，跪行过去拾起钱后就不再来骚扰了，再下一个也是个女士，也是用这种方法支开了这脏男人……

这脏男人跪行动作很利索，向谁要钱时只是不作声，只是脸上凝固着微笑，只是把头磕在人的脚上，磕在张开腿的女人两腿之间，我开始以为他是腿残，可是他在这一小区讨完钱转移阵地时，猛然从地上站了起来，健步如飞。心想，生活本来是一个有尊严的字眼儿，但在没有尊严的人身上竟然变得如此庸俗了。这些人的内心世界到底是些什么呢？我感到是一个无底的黑洞。

讨钱的脏男人走了。车站的人走了一批，又涌进了一批。我已经坐等了一个多小时，起来活动了一下身子，乘机找到一个靠窗的位子又坐了下来。看了看时间，我上车还得等100分钟。

这时，擦鞋的年轻小伙子来了。小伙子又来到我身边，柔声地说道："大伯，您的鞋脏了，我给您擦擦吧！包您满意！"

这次我没有推辞，我把脚伸了出去，他马上从提包里拿出一个小凳子，然后拿出擦鞋的工具，给我的鞋抹去灰尘，涂上鞋油，仔细地擦起来。

他一边擦我一边和他闲聊。

这小伙子大学毕业，是学营销的。老爸是一个销售公司的营销老总，说他大学虽然毕业了，但营销素质还不到家，要他体验体验。老爸对他说："最好的体验是擦鞋——但不是人找你来擦，而是你找人擦。"

老爸告诉他"人找你擦和你找人擦"不同。"人找你擦"是你服务于人家的消费，"你找人擦"是你引导人家消费。引导人家消费，与世态百相打交道，红眼、冷眼、白眼、斜眼，什么眼都可能遇到，冷言、讽言、赞言、谤言、谄言、虚言，什么言都可能听到。但无论怎样，你如果是一个成功者，你必须有慧眼把这看作你营销的潜力，要有信心、耐心、忍心、柔心、诚心、热心、好心。特别是对冷淡你、轻蔑你、嫉妒你的人，一定要谦虚、谦和、谦让。

小伙子说，老爸告诉他，擦鞋有三重境界，这就是：想擦的我让他满意，这是起码的境界；不想擦的我能够争取到为他服务，这是高境界的；轻视我的人我能够感动他而为他服务，这是更高境界的。

小伙子还说，他老爸训导他：如果一天一双也没有擦到，说明你的心还没有在擦鞋上；如果你只能为找你的人擦，说明你的架子还没有拉下；如果你能够给轻视你的人擦鞋，你就有望成功了。

我问："你今天擦了多少双呢？"

"二十多双。"

"你今天遇到可以提高境界的人吗？"

"遇到！"

"是吗？"

"是啊！你不就提高了我吗？"

哈哈！小伙子原来是个有心人啊。我承认我确实轻视过他。现在，我为他竖起大拇指！

小伙子擦完鞋走了。这时，原先那个卖玩具的老人来了。我拿出10元钱，向老人买玩具。老人给了我一个机器鱼，还给了一个陀螺。我顺便问道："老人家，您今天卖了多少钱啊？"

"你一买，我就有40元啦！"

"您今天的生活消费绰绰有余了啊！"

"嗨！我的生活才不靠卖这些东西呢！"

"那您还这样辛辛苦苦干吗？"

"贱命啊！不喜欢打牌，也没有闲聊的习惯，一坐在沙发上就懒得动，大脑渐渐多忘事，看着不行了，医生就给我出了这么个怪主意啊！"

"是吗？"我感到吃了一惊。

“还假啊？你还别说，这怪主意还真行，我现在脑壳真的比以前强些了，腿也灵活了好多。”

说完，老太婆走了。讨钱的脏男人也来了。我拿出了一元钱，不等他把头磕下去，忙止住他说：“你一天可以讨多少钱啊？”

“没准儿。机会好，上百的都有，一般情况下，就那么三四十元。”

“你年纪还不大，怎么不想点好些的事儿呢？”

“大哥你真的是个门外汉，不懂我们这个行业的行情？”

“啊！行情？”

“我们吃的是百家饭，穿的是百衲衣……人人都送财，天天有财进……一人吃饱全家饱；一人舒服全家舒服；天不管，地不收，要说有好自由就有好自由……哪里像这些人……”他用手虚指了一下来来往往的旅客继续说，“一天到晚忙忙碌碌的……”

他振振有词地说着，狡黠的眼里含着几分自得。

我正想要和他说点什么，这时，车站广播响了，我上车的时间到了，撇下他赶快提着行李去验票。

在车上，我回想今天的车站之遇：

看到一个写人生作业的人！

看到一个画人生句号的人！

看到一个丢失了灵魂的人！

人生世相，生动丰富。车站里的人皆是过客，所见皆是惊鸿一瞥，所瞥不见得重遇，但这三种人却深深地印在了我的脑海里。

雪浪花

久居湿地平原已习惯了徜徉田埂的我，少小时候，不知怎么竟然对大海产生了绵绵的联想。读了杨朔的《雪浪花》后，他笔下洁白、晶莹的美丽浪花，又进一步增加了我对大海的情思，以至于登上屋后的高堤，遥望稻浪浮云，心里就活跃着海涛的澎湃，遗憾的是，很久难以与这位膜拜者见面。

从今天起，面朝大海

机会不是没有的。一次，幸运与我不期而遇了——我们举家南下汕头探亲，见到了大海。

那天，我们在离海湾不远的老表的小村下了车，远远地看到了大海。用过饭，稍作休憩，天还早，我便迫不及待地"打的"朝我朝思暮想的大海驶去。大海以一碧万顷的空阔、渺远迎接了我。站在海边遥望，海摇着深蓝的褶皱，与晴朗的蓝空相衬托呼应，从我立足处的高深而渐去渐远地穹窿形地低矮下去，最后交接到一条以我为圆心的弧形曲线上。这时，海水天上来，云起碧水中，几只海鸥亮着雪白的翅膀，或由远而近，或从左而右地在我面前一掠而过，甩下一串串嘎嘎的曲子，又远远地融入无边的湛蓝。它抛下我的目光，带走我的好奇，引发我的幻想。让我怀疑那海天交接的地方，那神秘的蓝色深处，是否真有传说的藏着无数宝藏的龙宫……

我正进行着奇异的幻想，不知不觉地，脸面上的风大了。风从我目光凝视的遥远前方缕缕而来，撩动了我的头发，扇起我的衣衫，脚下骄阳炙烤下的金色沙滩在我身上蒸发的热量瞬间一扫而光，海的腥味也渐渐淡化，我顿觉气爽而神清起来，浑身一阵轻松。这时，我突然发现，我的前方，一道道白堤朝我这边一起一伏地滚滚而来。难道这就是神话中所说的蛟龙吗？我正惊奇着，不一会儿，"蛟龙"离我更近了，发生震撼大地的吼声。吼声里开满了浪花。那满眼盛开的浪花，似丽日下的点点杨花，又似迷雾中的朵朵白梅，洁白、晶莹，一朵挤着一朵，连成一片，随着巨大的起伏，抛掷飞溅。这活跃的跳掷着的浪花哟，是那么的舒心，那么的欢快。它的心境肯定和我们几个好友在丽日春光下的山坡绿草上追逐、嬉戏、摸爬滚打差不多。不，我们的游乐怎么能赶得上它们呢。你看，它们是多么豪放，多么有气魄，多么苍劲雄浑！大海经它们这么一闹腾，更显得生机勃勃，景象万千。由此，我感到动美比静美更迷人。人的生活不也是如此吗？平平静静地消磨日子怎比得上拼搏、奋斗、失败、成功、苦涩、欢乐更激动人、鼓舞人，更令人回味，令人迷恋呢！

面对这欢腾的大海，我激动不已。这时，隐隐约约地，脚下升起一股凉意。低头一看，原来是鞋子被海水浸湿了。我便索性脱了鞋，在海浪冲击的沙滩奔跑，感受浪花的冲击，感受脚印沙滩的惬意。

当我转身去放鞋的时候，突然发现不远处，一个海岸弯进陆地的地方，有一个白衣裙少女临海而坐，手里托着什么，低着头，正聚精会神地思考，海风不断地把她的裙幅从两边飘起来，把她变成了一只停歇在礁石上的白色蝴蝶，好浪漫的情调。可是这漫天而来的白花花的浪花及其击打海岸的声音，丝毫没有分散她的精力。我不觉产生了几分诧异。好奇感又令我默默地走过去，她竟然没有注意到我的到来。

"喂！你的鞋子湿啦！"我关切地提醒她。

"哦！你是说我吧？"她头稍微扬了一下，又把眼光落在双手捧的书上，入神了。

"是啊，"我指着她的鞋说，"你没有感觉到吗？"

"嗯！是没有感觉到。"她侧了一下头，看了看湿透的鞋子，但没有挪脚，眼睛又盯到书上了。

"你是高中生吧？"我用眼扫了一下她看的书，是高中物理，于是问道。

"是！但没有进高中的门。"她淡淡地回答。语言简洁明快，还带着超前思维回答我将要问的内容的味道，似乎想早一点要我把话头打住。

"你要参加高考吗？"真奇怪，我这个一向少言寡语的人，一下子竟问了这许多话，不知是心有所动怎的。因为我也跨入了高中呀！

"是的。已参考两次了。第一次差100分，第二次差12分。"她的头稍抬了一下，又专心看她的书去了，好像我对她有所打扰似的的。

我也不便打破她内心的平静，又抬起头去望在清风下荡漾的大海。只见一朵朵浪花嬉闹着，追逐着，先溅起的溶入海水，留下一个洁白透明的故事，后溅起的又飞出一个晶莹洁白的故事。浪花就是这样此起彼伏，承前启后地连续演绎着晶莹洁白的活力，演绎着晶莹洁白的理想和追求，演绎着追求梦想的勇气和毅力。

"我天天都要来这儿。只要有空闲。"这次倒是她发话了。她抬着头看着我，头发被海风吹起来向脑后飘舞。我这才看清她的整个面目。很漂亮的一个姑娘，面部虽然被海风、阳光抑或生活染得黝黑，但更显健康美的气质。两弯蛾眉和一对闪闪发光的眼睛，散发着迷人的魅力。额头正中一颗观音痣，点缀着端庄清秀。

"瞧！这就是我学习的桌椅。"她微笑着用手拍了一下她坐的那块大礁石。礁石上放着一个书包，坐的地方略显光滑，这该被她坐了多少次啊。

"这次……你有把握吗？"我凝视着那光滑的石头，被她的神情所感动，不禁关切地问起来。

"也拿不准。不过，争取一年比一年好。总有成功的一天吧！"她笑了，涂满生活色彩的脸上挂着刚飞溅上来的浪花水沫。

当我问到她为什么要吃那么多苦非要上大学时，一下打开了她的话匣，她滔滔不绝说起来：

她说她攻读大学是想圆父亲的梦，当然也是自己的梦。她父亲是"老三届"，毕业后由于家庭成分高而与大学失之交臂。在那个重阶级成分的时代里，连她上学也坎坷艰尬。时代进入新的历史阶段后，和她年纪不相上下的许多同伴都上大学了，她只有羡慕的份儿。因为这时，她的父亲已瘫痪在床，家里生活无依，她不得不放弃求学的机会。辅助母亲劳动养家糊口。她后来所学的知识，多靠父亲病榻上的指点。父亲在老故弥留时，拉着她的手，含着眼泪说："孩子，这些年都是老爸连累了你。我要走了，你年纪还轻，机会还是有的，我一生最大的愿望和遗憾你是知道的，希望你能够实现……"

听了她带泪的述说，我的眼睛都湿了。我感动得不知说什么话好，只是感叹地回应了一句："原来如此……"

"小妹，时间到了！"这时，的士司机催促了。我还想说些什么，但话到嘴边又被自己截住了，只抛了一句"再见"，就朝司机那边跑去。

正准备上车时，我忽然想起应该记住这个用毅力和理想感动我的姑娘，便对着白衣裙大声喊道："喂，你叫什么名字？"

"雪浪花！"

雪浪花！好美丽的名字。我突然对一个"雪"字产生好奇。雪姓，百家姓中不见。只知道香港女演员雪梨很有名气，演过电视剧《侠女传奇》《十月风暴》《还看今朝》《暴雨燃烧》，很有个性的。看来雪浪花又是一个有个性的姑娘。这个性大概就和浪花一样。

我在飞驰的的士里再次向她望去时，她的身影却糅进了远处的浪花里——只见大海里一道道白堤滚滚而来，撞击在她坐的岸边，飞溅起泡沫，雪一样的晶莹、洁白，在阳光下耀眼。

晶莹、洁白的浪花哟，在这大海的怀抱是不会消失的。广阔无垠的大海，是她永不干涸的生命之源。那滚滚向前的浪涛是她永远前进的脚步。天与海交接的深处，那浓郁湛蓝的地方，是她永远奋斗的目标。

这天夜里，我做了一个梦，梦见自己也变成了雪浪花。

回到大山老家后，我的雪浪花情思久久地没有收回。虽然那只是短暂的一瞬，但她的影子，她的精神，却装进了我的心里，那汹涌澎湃的雪浪活力，鼓动着我的灵魂。我从此收敛散漫的玩心，专心致志，终于考上了大学。

大学出来以后，我回到家乡县城里教学，一晃十几年过去了，尽管工作、家庭占据了我许多的时间和空间，也占据了我许多的思维和情感，但是雪浪花的影子仍然牢牢地挂在我记忆的大网里，不是时常在梦里出现，就是触物思故——无论在池塘还是江河湖海，只要再看到风卷雪浪，就会自然出现雪浪花的影子，联想起那天一见的事情。这期间虽然我也特意去过汕头的那个海湾，可是那里的环境已经改变，雪浪花读书的礁石所在地，已经成为一个海生物养殖场，那块礁石也不见了，民居也迁移。我已寻无踪迹。

不知是缘分还是机遇，去年暑假，我到东莞弟弟的工厂做客，在那里小住了一些时候，竟然再一次与她相遇。我弟弟办的是与台湾企业合资的美耐皿餐具生产厂，规模较大。当时我弟弟苦恼美耐皿餐具的手工研磨工效低、成本高，最大的问题是粉尘飞扬，污染工作环境。怎样解决这些问题，弟弟听人介绍了一位金牌工程师，他求之不得，就与之取得联系。一天，弟弟对我说："姐，今天和我到长安火车站去接一位工程师！"我欣然答应了。

驱车40分钟，到长安火车站后，大约等了十多分钟，一趟列车来了，在出站口弟弟走到一位推棕色旅行箱的中年女子面前招呼道："雪工程师，您好！我和我姐来接您了！"

一听这工程师姓"雪"，我不禁好奇起来，激起一阵联想。我朝她仔细望去，只见她中等个儿，穿着白色的衣裙，鹅蛋形的脸饱满而光亮，两弯蛾眉下的

从今天起，面朝大海

眼睛闪着聪睿的光芒，尤其是额中一颗观音痣，装点着慈善，我一下愣住了，失口喊道："雪浪花？"

不想我这一声惊动了她，只见她也愣住了，右手食指指着我，诧异地说："你怎么认识我？"

"你真的叫雪浪花吗？"

"是啊？你是怎么认识的？"

"海边……那年在海边……你给我讲过圆父亲梦的故事……"

"哦！想起来了……快20年了……"

她马上过来拥抱着我，像久别重逢的姐妹一样。

"你们认识？……"看到我们亲昵的样子，弟弟也感到吃了一惊。

"认识……认识好久了……"雪浪花主动说，接着就讲述了原委。

弟弟听了很高兴。激动地说："这真是天助我也！"

我们把雪浪花接上了车。在回厂的路上，雪浪花告诉我，她那年考上了大学，是学自动化专业的。这次，是我弟弟特聘请来设计美耐皿自动研磨机的。

我也告诉了她我的现状。我说我还真感谢她呢，要不是她的激励，我也不可能去做我的大学梦和工作梦的。

现在我们虽然都是有孩子的母亲了，但想不到她在自动化专业上有了如此成就。她不无感叹地说，我的成功得益于大海浪花的启示呢。没有大海的宽阔，哪有巨浪的天下；没有礁石的阻挡，哪有浪花的激越；没有风的推动，哪有连绵的毅力。人生的路上，我们时时被挫折环伺，被失败包围。越挫越勇，越败越强，失败和挫折就会垫起成功的基石，增加我们的高度，厚重我们的人生。

是啊，雪浪花又等于给我上了一堂人生课。这是筑梦的课。

后来，雪浪花在厂里精心攻关，只三个月时间，一台美耐皿餐具自动研磨机就被设计、创制出来了。很快投入使用，有效地解决了过去生产中的问题。

（说明：文中的"我"是出于表达意境的需要而虚构的线索人物。）

一句话的影响

【按语】"只看到箩筐挑谷，没看到箩筐挑字"，这句出现在20世纪60年代初期的家乡"名言"，曾经不仅影响着家乡人的文化视角，而且影响到人们对孩子的教育观念、道德判断和生存状态，更影响着协嗲一生的沉重。时至今天，仍然是个值得反思的话题。

阳春三月，草长莺飞。桃花乱人眼，燕子穿飞忙，蛙声闹春欢，布谷催播急。江南水乡的稻秧有半筷子深了，在春风里用温柔的绿波催动着农田春耕。家乡到处是耕牛犁田的画面，到处是农夫驱使耕牛的韵唱。新翻的泥土发出扑鼻的香味，紫花密密满田的苜蓿，被泥土压在下面，发酵在暖水泥里，散发着腐殖质的气味，这气味就像酒香一样，熏陶着农民新一年的丰收梦。

春雨东霁的一个早晨，鲜红的朝阳把西天的水云变幻成七彩长虹，那气派宏阔的彩虹，从天南架到地北，天地绚丽多彩，空气透着春意的芬芳，人们精神振奋地牵着耕牛、背犁耙农具，向稻田里走去。父亲也背着犁向屋后的五斗坵走去，走前叫小妹到大堤上把正吃早草的水牯牛牵回来。

父亲已经到了田边，可是水牯牛还没有牵到。

那水牯牛在大堤上贪馋青草，根本不听小妹的使唤。

小妹今年七岁不到，正在学校读一年级。这期满后，下半年就该升二年级了。可是由于我们一家六口人，就父母两个劳动力，年年超支。所以在去年过冬分牛时，父亲决定要牵一头牛。因为喂养一头耕牛，一天有4分工分，可以抵上三分之一个劳动力，减轻部分超支负担。为这事父母在家里反复商量过，当初的安排是一家人拉扯着放牛，因为我上完小了，学校远，傍晚收工后的牛就由我放。小妹初小的学校近，早牛就由她负责。谁知在队里抓阄分牛时，生产队里最忤逆的缺鼻子水牯牛就被父亲分到了。

这缺鼻子牯牛怎么个忤逆法？和其他牛相比就是不一样。其他牛脾气好，不仅耕田肯出力，而且吃草也专心，不到处乱跑。更主要的是听人使唤，不认艄公——大人小孩的话都听。可是这缺鼻子牯牛就不同。平时犁田时，稍一累就缩牛轭头（推下轭头不干活儿），稍一热就卧泥，稍一饿就往有青的地方跑。它进食的习惯也特别不好，收工后吃草不专心，昂着头到处转，见有其他牛就去打架。打起架来，红着眼睛没完没了，谁也没法拉开，只有用竹扫帚点燃火去烧才能吓退。为此，这条牛的前一个养护特意买了一捆竹扫帚，去年一年下来，为了给这头忤逆牛解跤先后烧了五六把。后来这头牛虽然骟了但也没改禀性。由此，它的鼻子被拉缺了，掌控它的是在鼻干上穿孔上的铁环。放这头牛队里虽然酌情多加了1分的工分，但谁也不想领，可是抓阄抓着了就没法推。

父亲把牛牵回后，原来的计划被打破了。因为除了早晚要放牧它，白天还得给它割草，把草挑到田边，让它在小歇时吃。不然就搞不成事。何况养牛用牛同步，达不到生产指标要扣工分呢。这样，家里就不得不要小妹缺课了。

小妹一年级成绩很好。期中期末考试都是班里第一，得了两张奖状，而且也很乖，班主任李老师非常喜欢她。可是这下学期开学上了一个月的课后就不见来了，连续缺了三天。

这天早饭后，李老师来家访，看到小妹正费力地把牛往田边牵，父亲放下犁后也正来接牛。这牛知道要搞事了，很不情愿，在小妹往前拉它时，它把头往上一扬，就像钓鱼一样把小妹的身体整个儿高高地钓了起来就回头跑，小妹被吊在缰绳上在空中来回摆动，吓得哇哇大哭。恰好被刚走到跟前的李老师一把抓住，这家伙才驯服下来。

李老师把缰绳交给父亲说：

"我今天是特意来接学生的！"

"老师，多谢您了。我家里的情况您是知道的，儿多母苦，缺人啦。"

"孩子这么小，耽误她读书了，能帮你搞多少事啊。困难我知道，日子慢慢过嘛，孩子熬大了就会好的。"

"可是……可是就眼下紧啦……肚子天天要吃饭，一餐也等不得呢。"

"那这样说的话，你耽误孩子的是她一辈子。我的眼里这孩子聪明，以后是有看头的，现在就取决于你了。"

"……"

"我只看到箩筐挑谷，没看到箩筐挑字……"

听了李老师的话，父亲正在犹豫、尴尬，突然一句这样的话声从他后面传过来。原来是协嗲来了，他也是背着犁牵着牛去犁田的。父亲望着协嗲，脸上露出笑意，李老师反而尴尬起来……

结果，李老师带着遗憾走了。父亲红着脸牵着牛犁田去了。小妹呆呆地站着，望着李老师离开的身影，直到李老师的身影消失后，才含着眼泪回家，准备吃饭，吃饭了还得去割草呢！

协嗲是我的亲戚本家。他的女儿菊儿我喊姑姑。比我大三岁。我们同在一所小学，她长得漂亮，懂事早，会体谅人，读书聪明。我们队一起读书上下学同路的孩子有六个，她是路队长，她对学校规定的路队工作非常负责，每天都邀我们一同上学，放学了又把我们一个个送到家。在这些孩子中，数我年龄小。但在学校里能够戴上红领巾的就我和菊姑。有一次，一个同学欺负我，她严厉训斥："你逞什么强！能像他那样戴得上红领巾就是好的！"

她在孩子们中很有威信。她说话了，那个欺负我的就没趣地走到一边去了。所以，在我们一路上学的日子里，菊姑是我的保护神。可是，菊姑四年级还没有读完，就辍学了。我想，她的辍学，一定与协嗲的"只看到箩筐挑谷，没看到箩筐挑字"的思想意识有关。因为协嗲在说那句话时，菊姑正在堤上为队里割青草积肥捞工分呢。那时候，菊姑虽然还只有14岁，但在协嗲的劳动训练下，已经会做队里大田的许多事了。她扯秧、插秧、割谷、割草，比二十来岁的妇女正劳动力差不了多少。除挑斤压担没有圆力外，手上功夫比一般妇女劳力要强。菊姑一入队劳动，协嗲的家庭收入就比别人高了许多。

菊姑很勤快，在农闲时捞点副业的能力也很强，比如，她经常在湖区捡野胡萝卜籽、蓖麻子卖，还到农场拾收割漏掉的蚕豆、麦子、黄豆、稻谷，这在当时生活条件下，是一笔可观的收入。菊姑的勤劳和能力，在村里的孩子中，和她上学当路队长一样，仍然是个榜样。所以，生产队里的妇女们农忙时出工朝她看齐，农闲时捞副业收入她干什么就跟着干什么。

这样一来，协嗲在队里说话就有了分量。这不，他今天一句话，就很快解决了李老师劝学引起的父亲的尴尬和犹豫。父亲终究下定了决心：让小妹辍学了。

后来，"只看到箩筐挑谷，没看到箩筐挑字"这句话很快在整个村传开。人们越想越觉得这句话有道理。在这个生产水平和生活条件还比较低下，人们以生存为基本目标的民生状态下，这句话简直成了经典！

这不，我们生产队里的孩子除我以外，都没有读完小学。

我们村里真正的高中生20世纪80年代末才有个例，90年代末才有多例。直到2000年以后，读高中才算普及。我的高中生活是在"文化大革命"中终止的，从部队回来后才上大学。这都是后话。

这句经典名言所影响的我们村里的生态不仅仅在文化认识上（当然主要在文化），还在难以说清的其他各个方面上。

比如我们村居于湿地腹地，湿地特有的多元化物产的利诱和吹风就见米的即时效应，充分散发着"只看到箩筐挑谷，没看到箩筐挑字"名言的内涵。

我们那里人家，家家都竞赛似的搞小养殖，一般的养殖三四头猪、二三十只鸡、三四十只鸭、二十多只鹅。这猪往堤上一放，自由自在地吃草，到晚上收回来就行了。鸡鸭鹅也是，白天让它们在堤外的草地、湖滩上自己找食，到了晚上才收回来。白天人们在稻田里劳动，这照看牲口和收回牲口的任务，小孩子就可以完成，完全无须大人操心。

有人手的还养牛、羊，包租稻田、鱼塘。

每年里，我们村额外的风景线就是牛羊早出晚归，早晚鸡鸣鸭叫鹅唱。孩童们吆喝牲口的声音，像澧水河岸拉树排的纤夫唱的古老纤歌和大湖捕鱼的船号子那样，韵律优雅悠长。

除此而外，一年里，菱角、莲子、睡莲、藕、茭白等，这些物产基本上都是我们村里的额外收入。

而当春雨发、清明水涨、荷花水漫的时候，嫩草青青的草滩湖洲，沟港小渠，到处是鱼。这个时候的孩子们非常花心，不愿意坐在枯燥的教室里。他们拿个撮箕出门，都可以弄一网袋鱼回来，又有利益又好玩，还讨大人欢心。

寒冬腊月就不用说了，沿堤的大大小小一百多个鱼塘抽水干鱼了，村里的孩子就基本上不上学了，像鱼鸥一样守候在鱼塘四周。鱼塘水抽干后，捞鱼的老板把大鱼拾走了，剩下的小鱼和藏在泥里的大鱼就是他们的。但好多时候，这些孩子不像大人那样顾脸面，如同六月的蚊子，赶也赶不走，常常和老板比手脚还快，夹在给老板捡鱼的人群中，赶他们的人一坨泥巴砸到他们头上还哈哈大笑，真拿他们没有办法。所以几口鱼塘下来，他们一天少的要捡十几斤，多的可达几十斤。这鱼塘一干就是两个多月，你想，有孩子的家庭该要捞多少收入呢！

孩子们的这些行为，基本上受到大人们各种方式的鼓励支持。大人嘛，现实得很，如果自家的孩子是个"箩筐"，就得装谷；是个"抓钱手"，就要捞到钱。他们常常在孩子面前拿自己的孩子和别的孩子比："谁谁谁就是行，今天的收入，要当我们家一月的收入""谁谁谁懂事，晓得为大人轻负担"……这些话语直接刺激着孩子的自尊，他们知道怎么去讨大人的欢心。

在20世纪的六七十年代生活最困难的时候，我们村里只要家庭有人手的特别是有半大小孩的，基本上都是比较富裕的。

那个时候，我们公社年年搞人均收入和贡献评比，我们村都是名列前茅。大队干部年年受奖，其他大队连基本的上交提留款都完不成呢，他们都很羡慕我们大队。

至于在小孩上学的问题上，大队基本上没有重视过，虽然每次群众会上，应学校要求提过，但也仅仅是提提而已。因为大队看重的是生产指标和人均收入，孩子的上学率好像不是他们的事。

可是这样一来，学校必然受到很大影响，孩子的入学率、升学率上不去，公社联校当然把我们村当负面典型。老师们得不到大队干部的有效支持，得不到家长的理解，也就猫儿蹲灶孔——任凭鼻子黑了。所以老师们不安心在这里教学，这里的办学状况一年不如一年，以后就干脆被合并到外村了。村里人倒还觉得少了个向家长动员入学的负担。

当然，村里人也因为过分张扬了那句话的内涵而付出了沉重甚至是惨重的代价。这代价也像是命运注定的那样由创造者沉重领受。

1964年5月的一天，星期六，我上完半天课回家，已是中午时分，端着碗正吃饭，突然外面传来阵阵撕天裂地的哭叫声，我们一家人几乎同时端着碗出门，一看，原来这哭声是从协嗲家那个方向传出来的，玉嗲家和邻居队里也有哭声。

这是怎么啦？我们都懵了，赶快放下碗向他们家里跑去。队里的人都在去他们家的路上。

这时，这三户突然响起了鞭炮，只见有三个门板抬着三具尸体回来了，尸体就放在他们家的稻场上。

我走到协嗲的稻场上一看，心情立即沉重而悲痛起来：这不是菊姑嘛！这平时很关心我的菊姑，惨白的脸上紧闭着眼睛和嘴唇，浑身的衣服湿透了。另外两户的人我不必猜了，是秀儿和凤儿。这三个丫头年龄差不多，都是一同上学、一同辍学的。因为眼下早稻田里的草扯完了，是农闲时候，但也正是收蚕豆的季节，她们三人相约，到湖区农场捡未收尽的蚕豆去了。中午回来的时候，要经过一个废弃了的堤坝缺口，这缺口很深，过缺口的船很小，她们坐在同一条船上，船行中间时，一个浪头打来，船翻了，她们都掉进了水里。本来，水乡的人没有不会水的，她们因为都舍不得丢弃手里提的很重的蚕豆袋子，又几口水呛昏了头，慌了神，就你抓住我我抓住你地不放，沉溺湖水而亡。

事出如此偶然！如此残酷！协嗲悲恸欲绝。

可怜他们夫妇俩，一边哭一边数着词儿："我苦命的儿啊！这都是爸妈害死的啊……"

"要是依你的话读书，你还在学校啊……哪会出这事啊……"

"我悔断肠啊……"

他悔恨自己过于重利的家教害了孩子，过于眼光短浅毁了一条人命。

他们边哭边在地上抓着，手指都抓出了血。人们怎么劝也劝不住。

另外两家大人的悲痛心理，也是和协嗲一样的，非常后悔。

这样的事在不少家庭都不同程度地发生过，特别是下湖捞鱼溺水而死的孩子多。

协嗲的悲痛丝毫并没有让他所创造的名言在人们的心头消失。

现实的利益意识，影响了家乡几十年。

这种影响越来越被发展的时代显示出它的弊端。但等到人们真正反省过来时，沉重的滞后性已经使得几代人付出了无法估计的代价。

母亲病笃将危时，我在老家守候护理的日子里，特别去看望协嗲，同去的还有一年级没有读完就辍学放牛的如今已是五十多岁的小妹。这时，协嗲已经九十岁高龄了。虽眼光很差，但耳聪如故，大脑清晰如往。我喊他，他听出了我的声音，说道："你来啦！妈妈还好吧？"

　　"就那样了，好不到哪里去……"

　　我把提来的水果、给老人补身体的牛奶放在他的桌子上；小妹把削好的苹果切成小块递给他，让他吃着。然后，我们到他的屋里屋外、屋前屋后转了转。协嗲的儿媳都到田里搞事去了。只他在家看屋。他的房子还是菊姑在生时造的，三间两偏红砖瓦房。那时候，这房子是村里最宽敞而气派的呢，现在在夕阳的残红映衬下，显得老旧不堪。没有粉刷的外墙，在风雨的侵蚀下，好多砖已经风化，凹凸不平。屋面上的檩条，好多已经被岁月变形，屋面也是高高低低。地面没有硬化，常年的扫帚每天扫来扫去，也是大坑小洼。家里的家具，好多都是菊姑在的时候我看到的。协嗲坐在屋檐下的椅子上，晒着春日的夕阳。我们在他旁边坐下来，扯着闲话。协嗲说："想去想来还是有文化的好！"

　　"您今天怎么这样说？"

　　"看你有文化吃国家粮，哪个不说有出息？哪个不羡慕？"

　　"协嗲！您又落后形势了，现在有出息的不只是吃国家粮的呢！"小妹插话说。

　　"是的呢。有文化了不吃国家粮也有出息。"协嗲肯定地说。

　　接着，协嗲就夸奖起小妹的孩子来，说这孩子要不是上大学，怎么搞得懂机器，搞不懂机器，怎么办起了工厂。协嗲还说，小妹孩子的一月收入，能当他家一年的收入。

　　"协嗲，您什么都晓得啊！"小妹对协嗲说的那些话感到惊讶。

　　"我瞎眼没有出门，怎么知道？都是你小叔说的，他就是埋怨我没有让他小时候读书呢？我是哑巴吃黄连——有苦说不出啦。"

　　协嗲说的小叔，就是协嗲的儿子，菊姑的弟弟。他一直在家种儿亩田，没有文化，没有技术，跟不上改革开放的大形势。农闲的时候，就提网打打鱼。收入抵不上消费。小叔两个孩子，一个读了高中，一个初中毕业。上高中的，三年就把家庭积蓄花光了，大学的门槛都不敢迈。在家待不住，都打工去了。现在打工，像样的工厂都讲究学历，没有大学文化或专业不对口，就是廉价的普工，只能过个日子。

协嗲还有一个女儿，比小叔小两岁，出嫁后回家很少，其原因嘛，也是怪父母没有让她小时候读书，她现在家庭经济拮据，培养孩子的消费远远大于家庭收入，但她怕孩子步自己的老路，所以就是砸锅卖铁、勒紧裤带、债台高垒、将来讨米叫花（当乞丐），也要让孩子读个大学，让他们有文化。

听了协嗲的话，我不敢肯定也不敢否定。我觉得肯定对他来说伤心，否定他对我来说违心。实际上在我的意识里认为协嗲今天认识到自己的过去了，他不是个糊涂人。但我确实怕肯定他现在的话，会触动他过去的伤口，引出往日的悲痛回忆，我知道李婆婆——菊姑的母亲，就是因为菊姑的事而忧郁成疾，死在当年的腊月。我不忍心这个风烛残年的老人，又死在忧愁中。过去的伤心场面还一直活现在我的脑海里。所以，我对协嗲的话没有接续下去。倒是协嗲深深地叹了一口气说：“我真是该瞎眼的，该耳朵聋的……”

协嗲的话又让我们吃了一惊。这个深沉的老人，心里很明白。我知道他要说什么了，想岔开他的话题，不说不愉快的东西。我说：“过去的就让它过去吧！您那个时候的话也有那个时候的理由……您现在身体好就行！”

“是啊！现在哪里还有箩筐呢？谁还挑谷啊！都是车来车去的……种田都是文化，我听都听不懂……”

话题不但没有岔开，倒打开了他情感的话匣。我和小妹面面相觑。

“我真是该眼瞎，该耳聋。”

协嗲的叹息语气比先前一句更沉重，这也许是他反省过去的沉重，一辈子的沉重，生命之痛的沉重！

我是“输家”

花甲年岁，心力自老，不堪与年轻人比较。

2013年的4月6日，清明的气息还在祭祖的鞭炮硝烟中回荡，孝道似乎在程序中完成了任务。假期匆匆结束了。

怀着告别的心情，别离家乡。我挤进了从县城到长沙的客车。

从县城到长沙254千米，张公庙修整桥梁要绕道又增加了几十千米。由于假末返程车多，高速拥挤，我在缓缓的车流中，经过了差不多五个钟头的颠簸，才到长沙汽车西站。

到站时已是19:50分。长沙的夜幕拉开了满街灯光。

我迅速下车，来不及充饥，找从西站到火车站的312路公交车——我的打工住处就在长沙火车站附近。

我提着一个装换季衣的重旅行箱努力地走着。由于行动缓慢，没有挤到座位，而长途的疲劳却让我很想有个座位。

无奈之下，我只好上后一辆车，在就近的一排空着的"老弱病残孕""特座"中找了一个位子坐了下来。

前车未走，后车有一会儿等。我一坐下，旅途带给的疲软就袭来。瞌睡也爬上了眼睛。

突然，一阵响动把我从蒙眬中惊醒。只见车上满了人。而在一排老弱病残孕特座上，我的前面，是一个18岁左右的青年，他抢到了这个座位，有一种悠然的样子。我的后边，有两个特座，分别稳坐着两个谈笑风生的花季少女。其他特座上，都是少壮派。

我正为凭先机坐到座位而有点欣慰时，20:05分，就在车开动的一瞬间，又挤上来一拨儿人，其中一位五十大几的老年妇女，左手提着一个大旅行包，右手挽着一个装满儿童玩具的袋子，还带着两岁左右的小男孩，艰难地从下车门里挤了上来，停在一排特座旁。

她把大旅行包放在花季少女脚边，把装玩具的提袋放在18岁左右的小伙子座旁，然后带着小孩不断地在我前后的特座旁摸索。我猜懂了她的意思，于是我安然地在特座上假寐。因为我看了整车的顾客，我是唯一年龄最大的人——几十个座位上，没有一个年龄大过我的。

"×××（广告语）提醒您：请坐好站稳，抓紧扶手；主动给老弱病残孕和带小孩的乘客让个座；下一站——望城坡。"公汽广播响起。老妇人带着小孩又到我前后的特座边来回摸索了一阵，她们周围的目光投向了她周围的座位。所有座位上的人用眼睛的余光瞥了一下，似乎找到了自己仍然可以安坐的理由，便迅速收回了目光。

18岁青年开始卡卡地点击手机游戏。两个花季少女脸贴车窗玻璃欣赏长沙夜幕下的街景。我也假寐起来。

老妇人在花季少女旁边的旅行袋上坐了下来，小孩子不断地咳嗽。

我的手机突然响起，是老伴儿从深圳打来的。电话里传来的却是小孙女稚嫩的甜蜜童声："爷爷，还好吗？注意身体……你的颈椎……病……还痛吗……""我好着呢……"

小孙女差两个月三岁，我视若掌上明珠。我一边回答她，一边着意地看身边的小孩，这小孩比我的小孙女要小几个月，和我的小孙女一样可爱。

如果是我的小孙女，我一定让座了……

"×××（广告语）提醒您：望城坡到了，请带好随身携带的物品，准备下车……"

车上一阵攒动：又上来一拨儿人。

密度一大，温度升高，空气混浊。和我的小孙女一样可爱的小孩开始哭闹了："奶奶……走……走……"

"乖……还没有到火车站……乖……别哭……"老妇人把小孩抱坐在腿上哄着。

哇！要到长沙火车站下……还有13站……

"×××（广告语）提醒您：请坐好站稳，抓紧扶手；主动给老弱病残孕和带小孩的乘客让个座；下一站——湖湘中医肿瘤医院。"

车上的目光又投向了我们这些坐特座的。站在我旁边抓住扶手的两个年轻人目光盯得特别狠。

18岁青年还在卡卡地点击手机游戏。两个花季少女仍然侧脸向外望夜幕下的街市夜景。我的脸上好像爬满了千万个鸡虱子。

……可我仍然假寐……

我内心隐隐地有些不平：该我让吗？我大你们不止三倍岁数了……看你们过

意得去……

可是，18岁青年还在卡卡地点击手机游戏。两个花季少女仍然侧脸向外望夜幕下的街景。我脸上的鸡虱子仍然在爬。

……可我仍然假寐……

"×××（广告语）提醒您：湖湘中医肿瘤医院到了，请带好随身携带的物品，准备下车……"

18岁青年卡卡的手机游戏声没有了，他站了起来，屁股离开了座位……

老妇人抱着和我的小孙女一样可爱的小孩向他的那个特座上挪去……

我有几分欣慰：这婆孙俩终于有座位了……我脸上的鸡虱子也没了……

18岁青年低着头，朝人群里一钻，不见了。

可是，我眼前有个影子一晃，只见一个屁股一扭——填满了这个特座。我睁大眼看了看：原来动作这么利索的就是站我身边抓住扶手狠眼瞪我的那个年轻人。

而老妇人呢？她抱着和我的小孙女一样可爱的小孩又退回到了原来的地方。一脸的无奈。

和我的小孙女一样可爱的小孩又在咳嗽。人们的目光又扫视了一遍座位上的人……

"×××（广告语）提醒您：请坐好站稳，抓紧扶手；主动给老弱病残孕和带小孩的乘客让个座；下一站——湖南财专。"

两个花季少女仍然侧脸向外望夜幕下的街景。刚才坐下的年轻人也侧脸望车外夜幕下的街景……我脸上的鸡虱子仍然在爬。……和我的小孙女一样可爱的小孩仍然咳嗽……

如果是我的小孙女我无论如何是要让座的……我终于坚持不住了……我站了起来……

人难能"老吾老以及人之老"，我却难不能"小吾小以及人之小"。

"谢谢……谢谢……宝宝乖……说谢爷爷……谢谢爷爷……"

"谢谢……爷爷……"和我的小孙女一样可爱的小孩的声音和我的小孙女的声音一样的甜蜜醉人。

公汽停停走走，七弯八拐，颠颠簸簸。

坐着的一直坐好，和我一样站着的一直站稳，抓紧扶手。可我的风湿病胳膊有点不争气，隐痛渐显，抓扶手力不从心。

我站着的身子在走走停停与快慢制造的惯性中摇摇晃晃。

几次撞到别人说对不起。

"×××（广告语）提醒您：终点站——火车站到了，请带好随身携带的物品，准备下车……"

14个站口终于走完了。

时间是21:20。

人们争先恐后下车。

老妇人带着孙子也在后面下来了。

她一手提着那个大旅行包，一手抱住小孩。

可是她的那个装玩具的袋子呢，怎么没有提下来？

我正疑惑，一个少妇从老妇人后面走了过来，她左手提着一个塑料袋，胳臂还挽了一个时髦小女包；右手提着老妇人先前提上车放在18岁小伙子座边的那个装玩具的袋子。

老妇人抱着的小孩子突然喊道："妈妈……妈妈……"

我惊讶地一看：原来就是坐在两个花季少女身后的普通座位上的那位，她可是几次同时经受了和我一样经受的旁人眼光扫射的啊！

我的心头一凛：感觉到我真的是"心力"不够——是个"输家"……

羽毛的自白

我是羽毛！

我是鹰的羽毛！

借着鹰的体液，我从纤弱的茸毛成长为可振风搏云的羽毛。

在成长的过程中，我的身子骨一天天硬了起来；我的两翼一天天丰满起来。

终于有一天我由鹰体对我的喂养，变成了我对鹰体服务。

我能够振羽高飞，飞到鹰想达到的任何地方。在那里，鹰凭借着我的力量，可以享受到它想享受的一切。

鹰吩咐我追赶白云，我让它遨游到白云的前面。鹰吩咐我追赶前面的禽类，我会让它轻易地抓住那可怜的鸟。鹰吩咐我追赶地面的兔子，那狡猾的东西怎么也逃不脱我机灵的翅膀。

在我的力量和速度面前，山脉是起伏绵延的泥丸，草原是有趣的绿色盘子，河流是蜿蜒曲折的带子，公路上奔跑的汽车简直是些小玩具。其他什么动物，都是弱者。鹰凭借着我，达到了它所要达到的高度，远到了它所要远的跨度，快到了它所要快的速度……总之，它的什么理想，我都可以帮它实现！

鹰体在我的劳动中，享受搏斗风雨的豪迈，享受游戏蓝天白云的惬意，享受胜获猎物的战斗快意，享受造梦圆梦的陶醉……

可是，在历久了鹰的吩咐后，在阅透了鹰的享受之后，我渐渐地觉得鹰对我好像并不公平。比如说：它只用几个月的工夫养育了我，我却用若干年的劳动报答它；它给我的付出是为了我对它的付出，而我对它的付出却转换成了它能够继续让我付出；它的生命、享受、荣誉，完全建立在我的能量之上，可是我的生命、享受和荣誉呢？我一点也感觉不到它为我做了什么……天下的人们只称鹰是英雄，可有称我是英雄的吗？

鹰继续在天空飞，鹰继续捕捉猎物，我继续为它翱翔、盘旋、冲击、俯冲……我拼命地搏击逆风、乌云、灰尘、雾霾，回避各种足以使我折羽沉沙、粉身碎骨的障碍，躲避山、石、林、水、坑……各种危险，我奋力着、我担心着、我紧张着、我小心着、我害怕着，我累着、我倦着。可是鹰呢？它心目中只有自己、只有目标、只有成果、只有享受，一点也没有注意到我的感受！

我也是有情感的呀！我也是有自尊的呀！我也是需要自由的呀！

说真的，我很想自由，很想轻松，很想浪漫，很想走自己的路干自己的事，很想使我成为独立的我。

我开始天天想这些问题了，我有些时候也不完全听鹰的话了。比如说，遇到大风，我会减小搏击的力量；遇到远程，我会降低飞行速度；遇到大的猎物，我会能够躲避的尽量躲避。

终于有一天，我拿定主意，从鹰的身上分离了出来。

分离时，那种感觉是多么的美好啊——

我在空中轻盈地飘着。轻风真好！它托浮着我，想飘到哪儿就飘到哪儿。白云真好！它陪伴着我，一路迎送。天空真好！蓝得像一盅醇酒，看一眼都心醉。花儿真好！我飘到哪儿它都为我舞起彩练。山河真好！我所到之处，它们都为我张开温柔的怀抱……这是我以前没有感受到的……以前，它们都是我征服的对象……我的力量和速度就是针对它们产生的……

以前，我只是为了目标，目标使我忽视了周围所有的美好！

以前，我只是为了速度，速度使我抛弃了应该关注的细节！

以前，我只是为了过程，粗线条的过程使我失去了必要的环节！

现在，境况就大不一样了。

在悠悠的飘忽中，我发现了美好不只是在目标里，不只是在速度中，不只是在过程……

飘啊……飘啊……

不知不觉地，风儿静了！太阳睡了！夜幕升起来了！我躺到一片草丛里了。

我想留住这自由和美好，我不愿再飞了，我在美好的自由与疲倦中舒服地睡着了。

可是接下来呢？接下来发生的事情对于我来说是太糟糕了！

一群牛羊来了，这些家伙太轻视人了，简直对我视而不见！它们从我的身上踹过，我的脊骨断了……

一阵暴雨来了，这些我过去搏击的对象，现在竟然报复我了，它们无情地打击我，我的羽毛湿漉零乱……

一阵灰尘来了，它们毫不留情地给我抹脏，我成了可怜兮兮的样子……

好在有一个小孩来了，这小孩从草丛里小心地把我拾起来，擦掉我身上的灰尘，梳理好我两翼的羽毛，这显示了对我的尊重。

这小孩对我也很好奇，他后来把我拿到他爷爷面前问：

"爷爷，这是什么羽毛啊？这么大？"——这问话我满意。

"鹰的！你知道鹰吗？它可是猛禽，鸟中之王，空中的英雄！"爷爷回答——这回答忽视了我！

"那么，这根羽毛怎么会掉在这里呢？"

"可能是换毛吧！"

"鹰为什么换毛呢？"

"这根羽毛可能没有多大用处了。不换旧的长新的，鹰怎么会继续称王百禽，称雄天空呢？"

听了这爷孙俩的对话，我不禁有点毛骨悚然起来！

我不服，我想试一试到底还能不能振羽天空！可是试的结果，我失败了！

我一动也不能动了！

到了这个地步我才最后明白——事情原来是这样的……

基丁的教训

昨天，英国电影《春风化雨》触动我的思绪，便提起尘封已久的笔，记下自己的心情和意象……

电影说的是在伦敦一所私立贵族学校一位17岁的学生自杀的故事。这位孩子的家长和校方把罪责都归咎于一个叫基丁的语文老师，当然，基丁是冤枉的，因为他只是引导孩子们如何欣赏诗歌的美，如何去感受自我内心的激情与爱。但是，这个孩子的死，基丁还是难辞其咎的，他的言传身教让孩子们懂得了生命可以有自己的音符，却忽视了生命还有另外一种遭遇的可能。这个忽视对于一个普通人来说算不了什么，而对于一个教育者——灵魂的工程师来说，是未尽使命也。

基丁在他的课堂上，将诗意生活描绘得是那样的超凡脱俗，他让孩子们站在讲台上，然后对他们说，世界会不会因此而不一样？他问一个羞怯、自闭的孩子：难道你认为你心里的感受就那么不值一说，注定要被大家忽略吗？基丁让孩子们通过诗歌感受到生命高贵而甜美的品质，领略到人生高傲而自由的独秀。

然而，现实生活的"诗"不是可以单面解读的。自杀孩子的父亲好像是世界上最严厉、最古板、最不通人情的另一种形象代表，他把孩子从欢呼的同伴中抓回了家，对他说：为了他以后能上哈佛的医学院，不能再让他这样自由散漫下去了，他已经决定让孩子退学去一所军事化管理的中学读书。这个武断的决定使孩子伤心甚至崩溃。当晚，这个孩子举枪自杀了……

基丁的过错不是法律上的，也不是道德上的。他的过错是：他通过诗歌，让孩子们感受到了生命自由的明亮，却没有同时告诫他们这种品质和现实人生是有距离的，很多时候甚至是背离的。他让孩子们站在讲台上，站到比地平线高出一截的高处，去感受和触摸到了星星和月亮的光芒，可是他却没有引导孩子感受生命的"全部"。

生命的"全部"是什么？这是一个比较苛刻的问题，但又是一个十分现实而严肃的问题，而且还非常复杂。几乎没有人能够回答这个"全部"，但绝对要去追求这个"全部"。哲学也好，心理学也好，都是由自然辩证法写成的。自然辩证法是警醒人们认识生命"全部"的哲学之母，人的生命就是在这个"全部"中存在和发展的。生命的意义就是在"全部"中吸收、平衡、和谐、成长的。对于这个"全部"，用归纳法和演绎法来描述都有不足，用枚举法和列举法揭示也缺乏准确度，唯一有点说服力的就是在吸收的机遇与要素上，在各个对立矛盾的两端上，在寻找各要素和谐的基点上，在促进生命成长与完善的有利成分上，以典型的视角进行表达。具体地说，"全部"就在生命因素的对立统一上。因此，我们张扬理想时也要张扬现实，描绘美丽时也要描绘丑恶，陈述平坦时也要陈述坎坷。玫瑰花艳味芳，必有尖刺隐藏；大地绿草如茵，或掩泥沼陷阱；英雄声誉鹊起，背后血汗何多；花前月下酒美，难说厄运相随；今日金银满斗，他日街头行乞……一切都有对称，或者即时对应。自然造化如此，生命相对而存；命运自己把握，却不由主观设计。如果只把事物的一面或平衡两端的一端当作生命，就有失去对另一面或另一端把握的机会和权利。如果失去了对另一面或另一端的把握，就意味着让生命过不去。所以，基丁作为灵魂的工程师，应以引导他的学生正确认识和面对生命的"全部"为己任，应让学生把生命要素的对立方面都看作一种意义和美丽。这样，他的学生就不会在从高处往低处迂回时失重摔伤。理想的高度是我们的精神对身体所处位置的超脱，身体的位置常常蜗居在一个我们并不满意的洞穴里，我们的大脑的任务就是向往星星、月亮和太阳，乞求那明丽自由的光辉把生命的需要照亮。

生命需要基丁传授的诗般的纯粹与优美，但生命更需要丰富而难测的现实里的丑恶、坎坷、陷阱与血汗来磨砺。现实磨砺出来的坚持、坚强、坚韧、坚守，或是妥协、退让与宽容，则是更美的诗意，从黑漆泥土里开出的芬芳花朵，是更强劲的生命！我们描绘生命之美，我们歌赞生命的伟大，必须从生命存在的全环境里提炼捶打生命中的杂质的因素，以增强生命的能量和力量。生命的美丽与伟大就在于它有强劲的能量和力量！

雄志文心绽春花

[序]澧县是文化大县、诗词之乡。五千多年的文明积淀，形成了她特有的文化视角和文化个性，酿成了澧州人崇尚文化和学习的优良传统。在社会文明高度发展的今天，这个优良的个性和传统借着时代东风愈吹愈浓，以《墨池文学》为窗口观之，从城镇到山乡，从干部到平民，从商贾到农民，从黄发到垂髫，读书求学习文日渐兴盛，《墨池文学》中可斑见他们的学迹，亦可洞察其真善美的心灵。这种求学，非独获知也，诚为做人也。以至于在今年的全年反腐倡廉建设暨干部作风整训大会上，县委激情倡导干部：工作之余要多读书，多学习，努力做到学以立德，学以励志，学以明责，学以致用，把建设学习型党组织的要求落到实处。此肺腑之言，乃雄志文心绽放的春花，耀出鲜艳的异彩——不仅在制度防腐、法律反腐之后创新了以文治腐的良策，也为全体澧州人勾画出文以立人、文以养正、文以冶性的素质修养蓝图。

大国文卷，林林总总。若为精华，必集萃碧玉，简就金石，传承炎黄之灵脉，昭示人类之至理。白日披书，自有四海风云激荡；黉夜捧卷，必来八方光明彻照。遗策常求，千古时代任造访；古籍每猜，万代兴亡涌胸怀。书中求人脉，交挚友，圣贤入心，何种流俗能玷染；君子铭座，哪方小人敢侵扰。济世求进习孔孟，家国事事担铁肩；淡泊功名慕老庄，得失点点抛脑勺。此所谓腹有诗书意气扬，骨含文章操守贞也。

至于文以立人，古往今来，雄才大略一辈辈，建业树绩著功勋，莫不文章铸身显风范。文之立人也，德志并业责，仁诚与智毅，化育显神功。德乃己不欲而勿施人之修为；志乃敢主大地沉浮之宏念；业乃精于勤而成于行之守训；责乃穷年叹忧黎元之执着；仁乃老己老及人老之大爱；诚乃有言必信行必果之实信；智乃知彼知己之善能；毅乃求索虽九死其犹未悔之坚持。举凡八维，学而张，人成型，不愁三十而不立也！

又论文以养正，历数流年，代代精英化碧血，耿耿忠贞昭后人，皆由文气贯骨酿品性。文之养正也，俭廉偕公勤，刚严合贤足，炼性彰大能。俭者一粥一饭思维艰，廉者两袖清风拂明镜，公者殚血大道不藏私，勤者绵绵致业以孜孜，刚者不阿威诱而方直，严者律己处事求锱铢，贤者德人能事修明达，足者平定心欲忘名利。如此八要，习而得，正可举，莫说终老而不高尚也！

又论文以冶性，一曲幽径尽蜿蜒，划就坎坷人生；几浪波澜舞起伏，翻作平常生活。山重水复处，可悟柳暗花明机；星垂平野时，能领月涌大江理。乱石穿空看惊涛，雪浪堆出新气象；黑云卷地听风雷，暴雨洗出朗乾坤。若居廊檐笑鸿鹄，只好红尘做麻雀；展遨苍穹瞰群山，大志万里是凤凰。灼灼其华杏花里，月照疏影有本真；绣榻暖袖吹红粉，云尽雨收仍枯骨。酸甜苦辣味人道，喜怒哀乐感造化；是智是愚不由己，说贤说忤且由他。把握今天每时刻，念你有人在后辈；平生不谋丰碑石，自有口碑在人心。文如其人人如文，一生伴你爽性情。

人之所以要学习，生来不与禽兽类，全靠自身求生存，自身先天不完备，依赖学习补漏缺。以故西人培根留名言，学习之于人也：史书明智诗歌秀，数学敏锐哲学深，伦理庄重逻辑辩，思维缺陷书可医，人格不康文可健。凡所学者，莫不趋于完善。诚哉，斯言也！

名典醉话"浏阳河"

古城澧州的大街小巷，傍晚的北风吹嘘着刺骨的寒气。树叶拿着时令的名片，不厌其烦地挨家挨户敲窗叩门赠送冬天的信息。耐不住乍寒的人们早已裹上了冬装。

此时，我和徐君正坐在名典茶楼靠南的窗下桌边，品味着他特意带来的新上市的浏阳河青花瓷酒。酒香渗透着空调的暖风调和春天的热情，青花瓷瓶的图腾古韵阐发着民族风情，而一幅《清明上河图》的名画，又用太平盛世的繁华诉说着社会政通人和的密语，我的灵魂被诱入了幽深的情思……

今天约杨兄来，想探讨商道与文化的联姻，抑或是共生共荣的途径。物质如何驾着文化的翅膀在人类的精神世界遨游，文化怎样乘上经济发展的快车在人的心灵公路上奔驰。它们之间怎样诱发契合，你我之间各抒己见，求真不论浅……徐君道明话题，给我斟了一杯酒。

徐君，中商浏阳河酒销售公司老总。微胖的身体显示着绅士的风度，灵睿的眼光蕴含着敦厚与智慧，爽快的个性阐发着诚信的引力。我与他是教坛同事，他走上商业之道后和他的第一次约见是在长沙的一座茶楼里。那次我们也是以酒当茶谈论商道主题——他深深追求的一个理念——浏阳河酒的"诚信营销"之道。当时，我们引经据典说诚信，谈论道：中国古代思想家把"诚信"看作高尚的道德境界，以此繁衍了中国五千多年的诚信文化，形成了中华民族特有的人性之美。因此，在商业运作中，只有坚持诚信才能守住至纯至美的道德本色，在任何经济风险中站稳脚跟。

当时徐君说：浏阳河的营销运作就是以诚信负载产品质量，负载产品特色文化，负载产品生产者和营销者的完美人格，走向消费市场，让其在竞争风浪中以质量取信人，以文化感染人，以人格精神影响人，从而唤醒人们对浏阳河酒的认识、对浏阳河人的理解、对浏阳河公司诚信的爱护。

他的一番话，让我即刻感觉到，浏阳河人已跳出了经济主义的圈子，人文因素、和谐因素和诚信理念，成为他们特有的企业文化和企业核心价值。当时，浏阳河酒已在诚信营销之道上探索实践了8年。茶楼一别到今天又3年矣。现在浏阳河怎样？她坚守诚信，凭着不断提升的品质，融会着"一位伟人、一首名歌、一条名河"的特色文化，成为张扬湖湘气质、展现湖湘情怀、外化湖湘精神的载体，她影响着广大消费者的民族自豪感、人际亲和感、风情陶醉感和精神追求感，成为广大消费者首选的"文化酒"。由此浏阳河酒得以名誉满天下、"河水"泽九州，再使歌声传八方、伟人驻人心。

我知道，单纯的商业经营，在不负有文化使命的时候，只可简单地概括为赚钱；我也知道，任何物质存在，在不经受文化陶冶的时候，就会失去应有的生命魅力。今天饮浏阳河酒，就漫谈浏阳河弥散于自然山水、弥散于风土民俗、弥散于人的心灵情感的文化情结。徐君酒入豪肠，敞开外衣，几分浪漫而又几分实在地构想……

阳春三月花艳时，草长莺飞，你我在浏阳河上，驾一叶小舟，烧一只火锅，炖着鳜鱼煮泡菜、下千张，对饮青花酒，赏青山，听鸟语，闻花香，顺河而下近湘潭……杨兄，你有何感？

春色绿两岸，清流几许湾；碧波漾红日，花瓣浮轻风；酒酣飞激情，湾尽访湘潭；神醉思伟人，洒酒奠韶山。好构思，好构思啊！饮酒浏阳河，饮浏阳河酒，一路风光追伟人。伟人故乡里，指点江山，激扬文字，粪土当年万户侯；中流击水，浪遏飞舟，神州六合主沉浮。爽快，爽快！徐兄，酒敬伟人当自醉啊！

如果树成荫，夏天到，暑气曛热红尘扰，你我登衡山，圣庙侧畔大树下，摆几个小碟，就着咸菜和果品，对饮青花，佛香绕杯，梵音充耳，酒和禅机进肠肚……杨兄，你有何感？

南岳三界上，香烟盛庙堂；清泉伴钟鼓，鸟鸣和佛唱；美酒洗凡尘，醉卧去妄想；禅境进身来，神清胸开敞。好超脱，好超脱啊！浏阳河酒佛山流，流到佛山好见佛。我与佛说：戒却贪欲证功果，心存善念自在佛；携酒去来如白云，何必丹墀跪陀罗。佛当回答：善哉！善哉！南无阿弥陀佛！徐兄，酒和佛性更甘冽呢！

盛秋果色点千山，云淡天高气清爽，你我再到张家界，选一群峰壁立处，铺张塑料纸，一只烧鸡，几颗山果，再加一袋盐豆，对山品青花，望蓝天、眺白云、观飞鸟、看山树、听清泉……杨兄，你有何感？

云飘玉液展天颜，峰入酒杯藏蛟龙；鸟去鸟来皆过客，花开花落岁峥嵘；溪流绕壁琴声悠，山风摇树果香浓。你我本是性情人，愿醉此间陪青松。好雅致，好雅致啊！徐兄，浏阳河酒幸得张家界，名山名水助名酒，名满天下醉游人，天下无人不识君啦！

朗月清夜十五日，月圆光满寰宇时，你我舟荡洞庭，舟中有小钵，钵炖湖鱼，小菜调味，啜酒赏月色、观湖面、看波光、听鱼跃……杨兄，你有何感？

举酒祭月夜清朗，群星伴俩泛湖光；风拂船摇动银波，水阔鱼跃戏天苍；涵虚万里凭神飞，玉宫千仙任造访；见得若虚与太白，把酒开怀论豪放。好际遇，好际遇啊！徐兄，若得如此，可以和张若虚就着湖月究流年，遥想当今扁舟子，愿得月华常流照，洗去离人羁旅苦，月落摇情满江树。也可以和太白，洞庭同饮乐龙宫，看他酒入情肠，激得三分剑气，七分月色，绣口一张，又有何等俊逸诗章。徐兄，浏阳河酒到洞庭，豪放情怀入酒来，酒之甘醇，不知又增几许也。

掰指数到365个日子，眼见春节到，游子归故里，门贴红联迎新岁，爆竹声声鸣喜庆，一桌家宴十二盘，长幼伦序团团坐，青花醇酒伴佳肴，黄发垂髫都欢笑。对此，杨兄，你有何感？

合家叙亲情，好酒频频酌；莫论过与功，不谈钱少多；但询身健康，心情可爽活。再斟一杯酒，新年祝康乐；家眷四世堂，自古福星高。酒意上兴头，情怀浏阳河；思源感盛世，漫话说政和。好酒韵，好酒韵啊！徐兄，传统佳节里，浏阳河酒漾传统，几分乡俗几分情，几分血缘几分亲；一颗赤心家国联，心存故土民族魂，是乐举，也是善意啊！

我还要邀你长沙来，边行边饮上麓山，歇足爱晚亭，看深秋枫叶，观百年青松；伫立麓山顶，目湘江，眺星城。最后，落脚岳麓书院游瀚海……杨兄，你有何感？

酒助游兴喜攀登，丹枫道上穿松行。爱晚亭里品古联，岳麓山巅赏盛景；湘水远去意涵远，星城近来情蕴深。最是陶醉谒书院，恭慕国典仰先圣；四箴碑前忆程子，石泉轩下寻善真。李杜挥毫竞风流，王磷守贞远佞臣。张氏治学昌严谨，潇湘洙泗文峰擎；桃李天下涌栋材，铁骨铮铮铸忠魂。风卷辛亥摧腐朽，云翻五洲扭乾坤。韶山巨子展大才，岳麓酿志荟昆仑；杯酒天下走千山，红日华夏万世兴。徐兄，多酣畅淋漓啊！浏阳河酒流文化，文化醉人功青史，谁人不做文化人？

轮番敬酒随意谈，不知不觉，又瓶干见底。这时，名典打烊，夜已然深。扭头窗外，才见到白皑皑的一个混沌世界：楼房不见了，街道不见了，树木也不见了……入冬的一场新雪，已无声无息地把大地万象拥进了怀抱。我与徐君，挽扶下楼。出门分手，在霓虹灯与白雪相辉映的透明夜色里，踏着棉花般松软柔和的大地，甩下一串趔趄的脚印而去……

归家路上，美酒的醉意和着柔雪的缠绵，把我与徐君今番的会话，酿成一支不成调的小曲：浏阳河酒哇……流过了多少道水，多少座山……多少人遥想佳人吐心愿……多少人为你忘了把家还……多少人寒冬踏雪在夜间……

告语人生

生命的意义、生活的原动力是什么？——自能发展。

——题记

一个母亲的告诫

孩子：

我能给予你生命，但不能替你生活。

我能教你许多东西，但不能强迫你学习。

我能指导你如何做人，但不能为你所有的行为负责。

我能告诉你怎样分析是非，但不能替你做出选择。

我能为你奉献浓浓的爱心，但不能强迫你照单全收。

我能教你与亲友有福同享有难同当，但不能强迫你这样做。

我能教你如何尊重他人，但不能保证你受人尊重。

我能告诉你真挚的友谊是什么，但不能替你选择朋友。

我能对你进行教育，但不能保证你保持纯洁。

我能对你谈人生的真谛，但不能替你赢得声誉。

我能提醒你酒精是危险的，但不能代替你对它说"不"。

我能告诉你毒品的危害，但不能保证你远离它。

我能告诉你必须为人生确定崇高的目标，但不能替你实现这些目标。

我能教你做人的优良品质，但不能确保你成为善良的人。

我能责备你的过失，但不能保证你因此成为有道德的人。

我能告诉你如何生活得更有意义，但不能给你永恒的生命。

我将尽自己最大努力给予你最美好的东西，但不能给予你前程和事业。

…………

孩子，我能为你做很多，因为我爱你。

但是，你要明白，即使我愿意永远和你在一起，也还是要由你做出那些重要决定。

为此，我只求灿烂阳光永远照亮你的人生之路，使你总能做出正确的决定。

自能发展绽放自我认识的辉光

自能发展作为励志理念，它首先要告诉每一个人：你是作为一个"独一无二"的生命来到这个世界的，你的使命就是"独一无二"地成长；你周围一切外在的东西，都是你"独一无二"成长的营养；为了你的生命能丰富世界的生命家园，你必须承担起自己发展自己的全部责任和义务；对于你"独一无二"的发展，没有谁能够来帮助你；如果你按照别人的模式去生活，你便成为别人生命的复制品或者附庸，生命对于你来说，就会失去个性意义，世界就不再有你的风采。

那么，在生命旅程中，你对于自我，要认识的是：

人生最大的敌人是自己。

人生最大的失败是自大。

人生最大的愚蠢是欺骗。

人生最大的可怜是嫉妒。

人生最大的错误是自卑。

人生最大的痛苦是痴迷。

人生最大的羞辱是献媚。

人生最危险的境地是贪婪。

人生最烦恼的是争名利。

人生最大的罪过是自欺欺人。

人生最大的破产是绝望。

人生最大的债务是人情债。

人生最大的罪过是杀生。

人生最可恶的是淫乱。

人生最善良的行为是奉献。

人生最大的幸福是放得下。

人生最大的欣慰是布施。

人生最大的礼物是宽恕。

人生最可佩服的是精进。

人生最大的财富是健康。

自能发展培养自我责任

我们接受"自能发展"这个概念的时候，就意味着每个人必须承担自我的责任，拥有责任心。

自我的责任是指对自我和自我所在的社会履行义务的自觉行动。具体表现为个人对自己和他人、对家庭和集体、对国家和社会要有负责任的认识、情感和信念，要敢于遵守规范、尽到职责、付出努力，承担后果。

责任心与自尊心、自信心、进取心、雄心、恒心、事业心、孝心、关心、慈悲心、同情心、怜悯心、善心相比，是"群心"灿烂中的核心。责任心是一种习惯性行为，是衡量一个人成熟与否的重要标准，也是人一种很重要的品德素质和人格基础。

一位大公司的老板曾经讲过这样的故事。有个人来他公司应聘，经过交谈，他觉得那个人其实并不适合他们公司的工作。因此，他很客气地和那个人道别。那个人从椅子上站起来的时候，手指不小心被椅子上跳出来的钉子划了一下。那人顺手拿起老板桌子上的镇纸，把跳出来的钉子砸了进去，然后和老板道别。就在这一刻，老板突然改变了主意，他留下了这个人。事后，这位老板说："我知道在业务上他也许未必适合本公司，但他的责任心的确令我欣赏。我相信把公司交给这样的人我会很放心。"虽然这是应聘中经常讲的老掉牙了的小故事，但由此也可见责任心确实是一种很重要的素质，正是这种素质使这位小伙子赢来了一个好职位。

一个人希望自己一直有杰出的表现，就必须在心中种下责任的种子，让责任心成为鞭策、激励、监督自己的力量。

有责任心的人一般具有怎样的特征呢？

拥有主动承担责任的精神；

忠诚地对待自己的工作；

为他所承担的事情付出心血、付出劳动、付出代价；

为达到一个尽善尽美的目标而不怕困难和挫折。

一个有责任心的人是一个善始善终的人。

责任心是晶莹的露珠，折射出人的精神光芒；责任心是炙热的岩浆，喷发出无穷的潜能；责任心是凝重的砝码，真实地称量出人生的价值；责任心是坚硬的磐石，为你铺好通向理想的光明大道。

自能发展激发学习的自觉

"自能发展"是学习推动的发展，是对人"学习型"生涯的描述。

处于自能发展状态的人，如果没有自觉学习的觉悟和追求，他的发展是远远不能适应时代发展需要的。

人虽有自能发展的能力和潜质，但不见得有自能发展的智慧和追求。

哲人认为，人的先天是不完备的，他必须靠后天得来的能力求生存，而后天的能力培养依靠于学习。培根说过，学习之于人，史书明智诗歌秀，数学敏锐哲学深，伦理庄重逻辑辩，思维缺陷书可医，人格不康文可健。凡所学者，莫不趋于完善。

所以人只有学习，才能获得自觉发展的觉悟；只有学习，才能获得自能发展的智慧和追求；只有学习，才能不断地补充到生命的能量，永远保持积极发展的状态。

"自能发展"的学习倡导"学无时空，学无对象，学无是非，学无止境"。

"学无时空"指只要做学习的有心人，就会发现学习无时不在，无处不有。

"学无对象"指寸有所长，尺有所短，人人都有我学之处，择善而学是为学，择其不善而戒也为学。

"学无是非"指学是能知是，识非能辨非，知是辨非就是智慧。

"学无止境"指物质在无休止地运动，社会在不停息地发展，人要不断地适应变化，所以学习也就没有停止的时候。

学习有三重境界：一是关于掌握知识的境界；二是关于会学习的境界；三是关于超越知识的境界。

掌握知识和会学习的境界是不断超越自我的境界。超越知识的境界是不满足于历史的传承，而以探索和创新为价值取向的境界。

我们要用基础境界夯实基础，规划高境界目标，在探索和创新性的学习中发展生命的价值。

自能发展激励自我实践

自能发展是一种动态性实践。这种实践不仅指向客观的物质，而且指向人本自我。

物质实践主要是为了创造人生活的物质条件，而人本实践主要是为了提高人发展的素质，提升人的生命价值。

人本实践主要有——

体验型实践。体验感情和生活，加强人对社会人际、社会文化的认识、理解、体验与感悟，形成体验能力。

参与型实践。以不同的角色参与不同的实践活动，使人的个性丰富多彩，表达方式多种多样；使他作为一个家庭和社会的成员，作为一个公民和生产者、技术发明者和创造性的理想家来承担各种不同的责任，形成参与能力。

研究型实践。在研究中学习研究、理解研究、学习科学，进而体会研究和发展的喜悦，感觉思想形成的生动过程，最终形成研究能力。

合作型实践。通过合作增强团队精神和合作意识，培养与人共处的能力和吸纳互补精神，形成合作能力。

挫折教育。用困难、挫折和失败教育人、锻炼人，使人懂得艰苦和幸福、失败和成功、困难和伟大共存的道理，形成受挫能力。

反思型实践。以审视和检讨自己的"思维回路"来培养自我观察监控、自我反馈调节、自我改进提高的习惯，形成反思能力。

设计型实践。把自己设计为社会的某个角色，按照角色的特点和要求考虑理想结构和社会变化。通过这种实践，引导人关心社会、关心生活、关心自我，形成设计能力。

选择型实践。提供学习和生活的多种类型的主题，提供学习和生活的丰富多彩的资源和素材，让人自己去认识和选择。通过这种实践，形成选择能力。

这些实践可以奠定人终身发展的基础，形成个体生命运动的曲线。

自能发展推进自我超越

自能发展是一个自我超越的概念。

尼采认为人的生命的本质是强力意志。由于这个本质，生命必须不断超越自身，以求得更强大的生命实现。价值作为强力的产物，不灭的长存的善与恶是不存在的，"依着它们的本性，善与恶必得常常超越自己"。所以，每一个人都应该在自己的估价里，"长出一个较强的强力，一个新的自我超越"，来"啄破蛋与蛋壳"，产出一个新我。

超越什么，作为生活在物质世界和精神世界里的人，他所要超越的是：

自身的不完善性。自然人只是一个半成品，他不能像动物那样以本能行为直接依赖于自然生存，但自然却赋予了人不同于动物而且远远高于动物的另一种自然本质，那就是手和脑。有了手和脑，人就可以超越自然的全部秩序，追求生命的完善，创造生命的家园。

在自然和社会生活中表现出的不足。这种不足，是认识、经验和能力不适应自然和社会的差异，可具体称之为错误或失败，但人们的自我超越往往是在错误或失败中完成的。因为错误促进人去认识和纠正，失败激励人奋起和拼搏。

传统的知识和经验。多少世纪以来，我们被尊长、书本和圣人用汤匙喂大。我们总是满足于他人的描绘，这表示我们其实是活在别人的言论中，活得既肤浅又空虚，因此我们充其量只是个"二手货"人。活在别人口中的世界，不是受制于自己的情绪和倾向，便是受制于外在的情况和环境，这样的人只是环境的产物，他不可能为自己发现什么，心中也不会有什么原创的、清新的和明澈的东西。所以我们必须超越传统的制约，探索别人未走的路，创造属于自己的世界。

人的大脑开发永远没有穷尽的时候。人的心理情感、意志、个性、人格永远处于完善的过程中。同时自能发展作为生命形态，在应对自然和社会时又受到外在条件制约的局限，外在条件的制约给人带来自能发展的觉悟和意识的差别，程度和质量的差别。因而人的发展有无限的潜能，也有无穷的变数。正是如此，给了人自我超越、自我创造的可能，而人寻求意义的执拗性则使这种超越和创造成为现实。

自我超越、自我创造，是人的伟大之处。

自能发展放飞人生理想

自能发展是建构人生理想的动力。一个追求自能发展的人，必然是胸怀理想的人。一个为理想而奋斗的人，又必然是自觉发展自我的人。

理想是什么，理想是敲出星星之火的石，理想是点燃熄灭之灯的火，理想是照亮夜行之路的灯，理想是引导人走向黎明的路。

理想使你看清使命，产生动力。有了理想，对自己心目中喜欢的世界便有一幅清晰的图画，你就会集中精力和资源于你所选定的方向和目标上，因而你也就更加热心于你的生活，投入你的劳动。

理想使你感觉到生存的意义和价值。人们处事的方式主要取决于他们的劳动是否符合自己的理想。如果觉得自己的劳动不符合理想，他就不会付出必要的努力，自然也就不会创造出什么价值。如果觉得自己的劳动是在建构理想，那么他就会付出百倍的努力，创造出自己的价值，于是他的人生也就会觉得很有意义。

理想使你集中精力，把握现在。理想对目前的工作具有指导作用。也就是说，现在所做的，必须是实现理想的一部分，因而让人重视现在，抓住现在，做好现在。

理想能提高激情，有助于评估进展。为了理想，我们会把心中的想法具体为容易实现的目标和行动。做事心中有数，热情高涨。理想同时又提供了一种自我评估的重要手段和标准。你可以根据自己距离理想目标有多远来衡量取得的进步，测知自己的效率。

理想使人产生信心、勇气和胆量。信心、勇气和胆量来自于理想的激励，来自于清晰透彻地认识自己行为的目标和方向。在理想的作用下，你会做事不怠惰，有责任敢承担，遇困难不退却，处变能从容。

理想使人自我完善，永不停步。自我完善的过程，其实就是理想推动你不断发挥潜能的过程。只要你的潜能为理想而发挥，你就走向了自我完善之路，你就能逐步自我完善。

自能发展树起成功信念

自能发展解构为人生信念的时候，就是坚信自己能自能发展，从而坚持自觉地发展。

什么是"信念"？信念就是指人按照自己所确信的观点、原则和理论去行动的个性倾向。信念极端的内在表现为世界观、人生观、历史观、学术观等方面的信仰，而极端的外在表现为如夸父追日、精卫填海、愚公移山等坚定不移的行为志向。

信念是你心中的太阳。它在漫漫人生之路攫住你的灵魂，使你不断前进；它温暖你的心房，使你不再寂寞；它充实你的思想，使你不再碌碌无为。

当你在大海中航行时，信念是罗盘，它使你沿着捷径前行；当你在黑暗中摸索时，信念是北极星，它指引你前进的方向；当你踏上小路回家时，信念是火焰，它照亮你灵魂的居所……

信念是坚强的精神支柱，是一种执着向前走的品格，是追求与向往的先驱，更是生命动力与奋斗的目标！它能唤起人们对美好事物的向往，激励人们不折不挠地追求。只有坚定信念的人，才能拥有玫瑰的芬芳，夺取胜利的桂冠，创造生命的奇迹。

因为有信念，在艰难困苦的环境里，失聪的音乐家贝多芬能创出惊天地的《英雄交响曲》，失明的阿炳能谱出泣鬼神的绝唱《二泉映月》，寂寞的冼星海能写出感动人间的独唱《风》。

信念使人充实，信念使人奋进。信念也许来源于平凡，但它必定滋生出伟大！

若不是信念，怎有越王勾践卧薪尝胆的毅力，怎有红军长征二万五千里的勇气！若不是信念，怎有抗日的坚定，怎有凭一颗小小的苹果穿越撒哈拉大沙漠的坚强，怎有地震时的生命接力！

人生的道路固然难以一帆风顺，固然布满荆棘、充满坎坷，但只要有坚定的信念，就总会看到希望，看到曙光。即使前路有再多的艰难困苦，即使前方的风浪再大，也会执着追求，无怨无悔。

人生的价值并不在于成功后的荣光，而在于追求本身，在于信念的树立与坚持的过程。

自能发展是积极的人生态度

自能发展在本质上体现为一种积极的人生态度。

态度是什么？一般认为是人们在自身道德观和价值观基础上对事物的评价和行为倾向。态度表现为对外界事物的内在感受（道德观和价值观）、情感（即喜欢、厌恶，爱、恨等）和意向（谋虑、企图等）三方面的构成要素。激发态度中的任何一个表现要素，都会引发另外两个要素的相应反应，这也就是感受、情感和意向这三个要素的协调一致性。

态度是世界上最神奇的力量，它栖息于思想深处，左右着我们的思维和判断，控制着我们的情感与行动。我们要想改变自己，必先更新态度。

生活就是这样，改变了自己的态度，其他一切事物也都会随着改变。拥有了一个积极的态度，我们就能正确对待挫折与失败，用豁达战胜狭隘、用宽容战胜仇恨、用沉稳战胜浮躁、用客观战胜主观，就会激励出无穷的智慧和活力。用积极的态度拥抱人生，就会对命运、信念、快乐、友爱、生活以及人生永不迷惑。这是情感的慰藉、精神的支撑、幸福的源泉。这是人生的意义、生活的美好和世间万物的始源。

成功的人与失败的人之间的差别是什么，就是态度。成功的人始终用最积极的态度支配和控制自己的人生。失败者刚好相反，他们的人生受过去种种失败与疑虑的引导和支配。

虽然我们无法选择发生的事情，但是我们可以选择自己的情绪状态；虽然我们无法调整环境来完全适应自己的生活，但是我们可以调整情绪来适应一切环境。毕竟我们的生活并非全部由生命所发生的事来决定，而大多是由我们自己对生活、对生命的态度，心灵看待事物的态度来决定。

我们的心理的、情感的、精神的感官都完全由我们现在的态度来创造着。用什么样的态度对待生活，就有什么样的生活现实。积极的态度可以使我们到达人生的顶峰，尽享成功的快乐和美好，消极的态度使我们一生陷于困难与不幸之中。我们要努力进取，用积极乐观的态度把自己的生命提升到一个高度，激励我们去创造丰厚的人生。

自能发展升华人格力量

自能发展以真诚地尊重自我、负责任地建构自我和完善自我而成为一种可贵的人格和人格力量。

这种人格是做人的根本，是一个人的境界、能力、性格、气质等的集中表现，是其知识积累、品德修养和意志磨砺的结晶。

人格往往通过人际交往、工作态度、社会活动、生活细节等具体的行为表现出来。它反映一个人的思想觉悟、道德境界、工作能力所达到的水准的同时，又能够以感性的形式作用于外部世界，影响周围的人和环境，从而产生一种无形的影响力。这种影响力即人格魅力或心灵感召力，就是常说的人格力量，它既能让人们体验到无数无法用语言表达的道理，也能激发出潜藏于人心灵深处的真挚情感，因而是一种巨大的凝聚力和征服力。

在人格和人格力量的诸要素中，处于核心地位的是品德。讲人格要首先讲品德。品德是人格之本、无价之宝：金钱买不来它，权力换不来它，邪恶压不住它，历史忘不了它；而且越是在金钱和权力面前、越是在邪恶猖獗的时候、越是在浩瀚的历史长河之中，品德越是闪光，越是具有不可战胜的力量。

人格与真理的关系极其微妙。一方面，它们像一对孪生兄弟，异常亲密，谁也离不开谁——即真理要借助人格去闪光，人格要依靠真理去导航；另一方面，它们相互又特别挑剔，稍有不和就产生离异。如果真理发现你的人格出了故障，它就不在你的身上显灵；如果人格发现你离开了真理，它就不再青睐于你。正因如此，人格修养需要用真理来支持。

人格是做人的品牌。这个品牌由深藏于人身内部的特殊"物质"组成。这些特殊"物质"是奠基于道德基础、依靠真理来充实的自信、诚信、宽容、爱心、正直等等之类的美的人性。自信是人格的定力，诚信是人格的魅力，宽容是人格的张力，爱心是人格的磁力，正直是人格的支撑力……有了这些美的人性，人格之花就会常开不败，人格之力就会长盛不衰，自能发展就能走进至善境界。

自能发展奠基美好道德

体现为积极的人生态度和良好人格的自能发展是美好的道德基础，是可以使人获得道德幸福的内在力量。

道德作为制约人的本能的社会规范，是和谐人与自然、人与社会、人自身各种物质需求和精神需求的行为准则。社会的发展需要道德的支撑，人类的进步需要道德的支撑，为官为民、是贫是富、患得患失等都需要道德的支撑。

道德的内涵是什么，儒家学说归纳为"四维八德"，即礼义廉耻，忠孝仁爱信义和平。随着社会的发展，道德的内涵不仅革故鼎新——为"四维八德"吹进了新的气息，而且赋予了新的内容，改革、创新、探索、追求、奋斗、吸纳等等具有时代特色的要求理所当然地成为道德要素。

道德的支撑是道德内涵凭借人的言行建立于社会、生活、工作、学习环境之中的。它不同于法律，但它和法律具有内在的联系和功能互补的基础。法律是依靠国家强制力量来保证执行的行为规范，它以硬性的"他律"为特征。而道德则是依据社会舆论、生活习惯、传统伦理，特别是人们的内心信念来驱使和维持的行为规范，它以软性的"自律"为特征。法律的他律与道德的自律，以及它们这种表现为"硬"与"软"的手段，都是互相渗透、互相补充、互相维护而相辅相成的。

道德对人的规范主要表现为它特有的功能：认识功能——道德是引导人们追求至善的良师；调节功能——道德是社会矛盾的调节器；教育功能——道德是催

人奋进的引路人；评价功能——道德是公正的法官；平衡功能——道德不仅调节人与人之间的关系，而且平衡人与自然之间的关系。

有德之人是大福之人。人的幸福虽不能排除物质条件，但所依赖的却是道德基础。中国五千年辉煌文化的核心就是道德文化，道德修养才是做人的根本。一个一味追求物质享受的人，他的空虚的灵魂往往驱使他走向善的反面。而轻财重义、恶贪行廉、鄙恶扬善的人，也许他的物质生活是清苦的，但他的精神生活会由于德誉铸口碑而快乐一生、惠被后人。所以古人说"祸莫大于不知足，咎莫大于欲得"；相反，"德润身"则"大德必得其寿"。

自能发展让你更懂得做人

会做人是生命天赋带来的禀性，也是学习社会修炼得来的德行，由于属于个性化行为，因而成为彰显自能发展的特征。

什么是做人，一般的解释是接人待物、处世办事。

如何做人？被毛泽东所称道的我国古代朴素唯物主义者王夫之认为，做人要做到"六然""四看"。"六然"，即"自处超然"，独处时超脱名利与低俗；"待人蔼然"，对人坦诚和善；"无事澄然"，无事时保持心灵纯洁；"处事断然"，办事要坚决果断；"得意淡然"，取得成绩而被赏识时要淡泊名利，稳住心性；"失意泰然"，因挫折而不得意时要对事情泰然处之。"四看"，即大事难事看担当，逆境顺境看襟怀，临喜临怒看涵养，群行群止看习见。敢担当、有襟怀、有涵养、行为好的人就是会做人的表征。

做怎样的人？这是一个内容非常丰富的问题，但我们据一般的社会要求归纳，主要有以下几点：第一，要做与人为善的人，待人热情、诚实、和睦、友善，能理解人，宽容人，接纳人，还能真心实意地帮助人；第二，要做和而不流的人，对人既讲和谐，也守原则，随缘而不随波逐流，求团结而不和稀泥，小事要忍让，大是大非要坚持；第三，要做见贤思齐的人，贤能的人，要向他学习，向他看齐，不如己的人，也要看到他的长处，"愚者也有一得"，故"三人行，必有我师焉"，要"善可为法，恶可为戒"；第四，要做一个乐于忘忧的人，为自己的人生创造乐观、积极、进取、欢笑、喜悦的个性，懂得快快乐乐地生活，远离忧愁、悲伤、苦恼，这样的人生才有意义，才有价值。

当然，也有人主张高调做事，低调做人。

高调做事就是做对事、善事、有意义的事，把事做出成效、做出高标准、做出个性特色和创新品质。不会做事，难说会做人。

低调做人就是融入人群不哗众取宠、不矫揉造作、不无病呻吟、不惺惺作态、不卷进是非、不招人嫌嫉，让自己的德行默默无闻地习染群体，让自己的人格不声不响地感染周围，在不显山露水中成就事业。低调做人是一种品格、一种姿态、一种风度、一种修养、一种胸襟、一种智慧、一种谋略，是做人的最佳姿态。

自能发展让你领悟生活真谛

投入自能发展的实践，你的思想、情感、灵魂、行为亲历自然、亲历社会，打造生活，你就会知道什么是生活、什么是生活的真谛。

何谓生活？生活就是"为生存干活"。何谓生活的真谛？生活的真谛就是"生于天命，活在自我"，即出生不由己，命运自掌握。因此，生活和生活的真谛又可以概括为为掌握自己的命运而干活，通过"干"来活出自己、活出意义、活出快乐……

由于人的生命存在于一定的时空环境，依托于一定的物质状态和精神状态，所以生命的存在方式是丰富而复杂的。生命的空间里，有阳光也有阴霾，有鸟语花香也有狂风暴雷；生命的历程中，有平坦也有坎坷，有一帆风顺也有艰难曲折。而为了生命的生活呢，虽常有掌声和鲜花相伴，但更多的却是汗水、泪水和血水，困难、挫折和失败，明枪、暗箭和陷阱，苦恼、郁闷和悲怨……生活遭遇这样的情景，真谛又是什么？

有人认为是苦难。生活是积聚在田埂处一只又一只的血蛭，它们无情地饱食着血肉，榨干生命的一分一毫……

有人认为是奋斗。生活就是踢开一个个绊脚石，克服一个个困难，战胜一个个苦恼，用一个个做事成绩，垒砌起通向生命价值的阶梯。

有人认为是丰富，是拥有。生活拥有成绩和鲜花，他觉得平常自然；拥有挫折、困难和坎坷，他也觉得自在泰然。他喜欢把所有的生活遭遇，付诸起伏曲折的弦线，弹奏快乐的生命音符。

视生活为苦难的人，他的生命显然为客观外在所左右，这种人至死都不理解什么是自己，活着对他来说是累赘。而视生活是奋斗、丰富和拥有的人，他会成为自己的主宰，一切外在的东西，包括所有的生命遭遇，快乐的和苦难的，都成为他生命汲取的营养，因而他充实，他幸福。生命对他来说，是宝贵的，是有价值的。

人的认识不同，所处境遇不同，对生活真谛的解释就不同。有什么样的解释，就会带来什么样的心境、行动和结果。我们要创造生活，描绘美丽人生，就必须以积极的态度理解生活、投入生活。

自能发展形成健康个性

自能发展是个性化发展。个性化发展体现着人发展的个性。个性素质决定人发展的品质。

什么是个性？以往的心理学认为个性即人格。新的研究认为，个性和人格严格说来是有区别的：人格主要指的是一个人心理特征的本质，个性指的是人与人心理特点的区别；人格主指做人的资格，个性主指多样的存在状态。个性着重于一个人不同于其他人身上的那些经常的、稳定的、本质的个性特质的差异性，由它决定一个人的基本精神面貌和思想行为模式，即一个人的独一无二性。个体生命是一种个性化的存在，个性化是人的存在方式，所以任何人都是有个性的。我们常讲要活在自己的世界里，实际上是说要活在个性化方式里。我们常讲要发展自己的个性，实际上是说要发展个体在思想、性格、品质、意志、情感、态度等方面不同于其他人的特质，使这些特质更符合自我的本质，使生命更能承担起对自我、对社会的责任，使个体更能融入社会而成为社会的一员。

发展个性主要在个性里注入社会性营养，让社会性营养促进生命沿着个性本质充分发展，好比相同的养分让不同树的种子沿着种的本质长大为树一样。树长大离不开营养，个性发展也离不开社会本质因素。发展个性还要使个性社会化，个性的社会化突出表现在个性能够遵循社会伦常秩序，能够与诸多本体之外的个性和谐，能够接纳外界事物，能够不断吸收人类文化精华充实自己，能够以自己的个性充分发展给人类带来丰富和贡献。

发展个性的终极要求是让生命依据自己的差异性去适应自然和社会的差异。怎样理解差异，有学者认为，人的个体差异表现为两个方面：个体本身的差异，即各种能力、兴趣等的不平衡；个体间的差异，即人与人之间的区别。但如果从人外界的视角来看，还存在着社会文化多元化多层面的差异、社会发展不平衡的差异，社会需要的差异，以及区域性环境的差异等等。外界的差异是每一个人必须一生面对的。所以每个人必须以自我的差异去承受和应对外界的差异，寻找真正属于自己的领地。

自能发展锻炼受挫能力

自能发展的人生之路是由若干个曲折线段组成的。每个线段画过的地方铺垫的多是困难和挫折的"石子"。坎坷的石子路引领人走向美丽的风景。

沿着曲折的石子路领略人生之美，首先要能承受失败。失败是愿望、努力与结果相反的现象。面对失败，要自信，而不要自卑。即相信自己的力量和智能一定取得成功。

第二要能承受困难。困难是条件满足不了需要，达不到结果的现象，或者是在行为过程中遇到的阻碍。在困难面前，要坚强而不要软弱。即不松懈斗志，不放弃努力，敢于奋斗、拼搏。

第三要能承受艰苦。艰苦是由于负荷过重、条件过差而产生的一种苦涩心理。在艰苦面前，要坚持而不要退缩。即持之以恒，以顽强的斗志和毅力克服困境，改变现状，实现理想。

第四要能承受刺激。反面刺激是对人的贬损和伤害。应对这种刺激要性格开朗、胸怀宽广，不要心胸狭隘。即凡事不往心里去，对人宽恕谅解，用事实改变人，以德报怨，以情动人。

第五要能承受曲折。曲折是不顺心的复杂的变化和坎坷。应对曲折要坚持一个"韧"字，力戒一个"脆"字。即要坚定信念，不放弃努力，不改变方向，这样就有走向胜利的可能。

第六要能承受竞争。现代社会的基本特点就是知识快速更新，竞争异样激烈。面对竞争，要"自强"，不要"自弱"。即要坚持学习新的知识、研究新的问题，敢于开拓新的生活境界。

第七要能承受贫穷。贫穷就是经济上、生活上的缺乏和困难。面对贫穷要守节和奋斗。不嫌贫困而易志，不羡富裕而变节，始终保持自己的人格价值和奋斗精神。

第八要能承受灾难。灾难是自然因素或人为因素造成的严重损害和痛苦。面对灾难要有忍受能力，千万不可消沉。只有具备忍受能力，经得起打击，才能难中崛起，绝处逢生，拼搏出生存的路子。

第九要能承受寂寞。寂寞给人带来孤独、压抑、忧郁和索然寡味。面对寂寞要自我充实而不能空虚。充实就是要使自己有所学习，有所追求，有一份事业，有一份责任。

人生的曲线是美的。"挫折之石"可以使你焕发出绚丽的生命色彩。

自能发展建构生命价值

人的生命价值是由自能发展来创造的。自能发展推动生命适应环境、建构理想、改变现状，一步步实现价值要求。

价值是人类对于自我发展的发现，是人创造与创新的要素本体，是人在不同领域发展中的范畴性和规律性的本质存在。价值包含人的意识与生命的双重发展，包含人与外在自然的统一发展。人创造自我世界的一切发展即有价值，价值的核心本质内涵是自由人。人创造自我的存在即为自由人。因此，人本身就是价值的根本对象：人即价值本体、人的行为即价值源泉、人的发展即价值结果。人的发展是人的内在矛盾与外在矛盾的统一发展，是人的意识与人的生命的整体发展，也是人与自然的整体发展。但人与外在的统一及与自然的整合，都是人内在的发展需要和自我创造推动的。因此，价值就是自由的实现，也就是自能发展的实现。

人的价值是自己赋予的，其他任何人强加给你的都不是你的人生。要想知道人生为何，只有自己的理想才能回答。理想是人生的方向。没有理想的人，永远只是在舞台上演绎别人意图的工具。

提升人的自我价值要加强内在价值的培养和外在价值的创造。人的内在价值是包括知识、技能、思想品德以及身心素质等在内的潜在创造力或劳动力。这些能力和素质在发挥出来之前是创造社会价值的潜在力量。人的外在价值指个人通过劳动和创造对社会和他人所做的贡献。人的内在价值是自我价值实现的准备状态，外在价值是自我价值的实现状态。只有加强内在价值的培养，外在价值的创造及其对自我价值的体现才有基础和条件。

由于自我价值体现在社会价值中，所以一个人能否实现自我价值和实现的程度如何，既取决于个人的努力奋斗，又取决于社会的支持，而社会的支持又取决于个人对社会的作用。我们要充分认识社会关系对实现自我价值的意义，认识自能发展不是个人性的发展，而是人的社会性本质的体现，从而把社会奉献作为创造自我价值的途径和追求的标准，加强奉献素质的修养。

说明：本教研随笔在我担任的省规划课题《普通高中学生自能发展素质研究》的研究过程中逐步形成。此课题经过两届研究，先后获得省教育规划项目一、二等奖，市教科院规划项目两次一等奖，市社科院项目一等奖；出版的两部专著（60万字）获省科研专著二等奖。

从今天开始（代跋）

从今天开始，她要化作一泓清泉，流进你的心田。

听到了吗？在今天的微曦里，《从今天起，面朝大海》向你的承诺！

《从今天起，面朝大海》集萃的精神经历了漫卷稻浪的万古风云，一身的太阳印记里烙进古老乡村的古铜色祈愿，习习楚韵熏透的志趣阐发着《离骚》意气。

她的情愫里充盈着洞庭湖滨的潇洒、澧阳平原的淳厚、湿地风光的绮丽、稻乡泥土的质朴。

在她的精神拥抱的地方，倚杨柳沐晓风披残月，摇兰舟采莲蓬弄花影，凭曲水饮流觞醉翰墨，观落霞与孤鹜齐飞，看秋水共长天一色，赏春风拂槛露的浓华，自有柳永柔情似水的风流，苏轼歌大江东去的豪迈，岳飞怒发冲冠的壮烈，清照绿肥红瘦的缱绻，让你产生云想衣裳花想容的奇想，潮起潮落云卷云舒的启迪，花开花落月隐月现的哲思。

就是这些花前月下的缠绵，彩虹降瑞的气氛，芙蓉泣露香兰笑的意境，曾经孕育了孟姜女的眼泪、车胤的执着、范仲淹的胸怀、蒋翊武的肝胆、贺龙的铁骨。

如今，这种精神迎着新世纪改革开放的罡风，决心沿着先人的足迹，溯流九澧，畅怀洞庭，承续两河三湘的文明，吸纳神州大地的营养，奔放百花齐放、繁荣昌盛的豪情，以一泓清流，汩汩潺流到你的心田。

她知道，你生命虔诚守候的心田里，蛰藏着一颗神圣的种子。她梦想为你从这棵种子里浸润出翱翔蓝天的翅膀，让它飞出你最绚丽的彩霞。

就在你立足的地方，也许是一个葡萄园，也许是一块稻田。当你看到葡萄向你眨着水灵灵的眼睛、稻谷对你笑出金色的灿烂时，你是否意识到：那正是她在你的梦里张扬。

从今天起，面朝大海

这泓泉流会时刻缱绻在你的身边。

人身虽只有两肩却挑有三副重担：一副是国家的；一副是家庭的；一副是自己的。国乃义之所在，家乃伦之所依，己乃生之所寄。此三者又血肉密连而不可分，你会常为重责在压而感到时不我待，力所难及，有时也会因故而却步。然而，当这一泓清泉，沿着你的脉管，渗入你的细胞，注进你的骨骼，你会燃了热情，壮了胆气，硬了肩膀，敢于拼搏，以至于为"余心之所善""虽九死其犹未悔"。

山道婉转，心路曲折；岁移四时，荣枯相继。谁能逃得开三分惆怅七分无奈？然而，在这里饮一口清泉吧，你会去掉许多烦忧，在如星辰早起和月夜晚归那样的安宁里，探到生活真谛和人生奥妙。从而悟得幸福的感觉，原来就在峰回路转处；快乐的心情，原来就是柳暗花明时。此所谓智生于水也。

尽管世俗喧嚣，都市的缭乱，挑战平凡是那么遥远，追求价值是那么玄妙，希望与失望、悲伤与喜悦、成功与艰辛，纠缠不清。你难免因自我增压而紧张、因采摘刺玫而受伤。但是，在这里饮下一口清泉，那清流流经你的疲倦时，会湿润你的烦躁，清醒你的头脑，洗涤你的肺腑。促使你"蓦然回首"，发现"那人却在，灯火阑珊处"。从而返璞归真，厘清自我，在纷扰的尘俗中找到生命的高贵。警醒你莫去憔悴于浪名，不要把浮云做温床。

面临一泓清泉而沐风，理性的力量和智慧的灵感会从你飘起的发丝中出现奇迹，让你正念抱道，轻财薄利，怀瑾握瑜。虽足在泥淖，却胸若明镜，仍然是大写的"人"。

面临一泓清泉，你与你的家人、友人、同道，哪怕是无关的人，边漫步边侃天，或牵手，或照影，她会用一番清澈、一段游历，让你们拉近心距，升华情感，生出理解和体恤，让你多一些生活的味道、人生的力量。

当西风吹落叶、雁叫霜晨月时，你放慢时间的脚步，杖藜泉边，看那不息的流淌，可能悟到生命的归宿，找到灵魂的小屋，让你拒绝衰老的心不在世俗的岁月中沉沦。

《从今天起，面朝大海》中的精神，化为一泓清泉，会因为你的畅饮而梦放光彩，会因为你的青睐而源远流长。她会把你的灵魂融进她永不干涸的泉流，携你奔向光辉灿烂的明天！